syunkonカフェ雑記

クリームシチュウは ごはんに 合うか否かなど

山本ゆり

目次

6章 幼い頃のわかってもらえない感情のことなど

巻末SPECIAL!

きよこ日記

1章

食べること暮らすこと

お肉を食べるならささみ。ケーキを食べるなら和菓子

ダイエットの本やら雑誌やらモデルのインタビュー、ネット記事なんかで昔から必ずといっていいほど、
『お肉を食べる時は、鶏のささみを選ぶようにしましょう』
ていうアドバイスがありますよね。

これ見るたびにいっつも、「いやいや違うやろ」って言いたくなります。
決してささみを否定しているわけではないんです。
ささみは大好きですし、低カロリー、高たんぱくの優れものであり、
ささみは野菜か？って聞かれたら、「いやれっきとした肉です！」てなるけど
それとこれとは別やろという話です。

お肉の何が人を満足させるかって、
あの**脂身**やないか！
ささみってジューシーとは程遠いやん。シャシャッシャッ…ってなってるやん。
お肉のあの、白い部分があってこそ、
口に含んだ時に、あのじゅわっと液体となったうまみが感じられてこそ、
私はお肉を食べているよ！
ってなるやん。

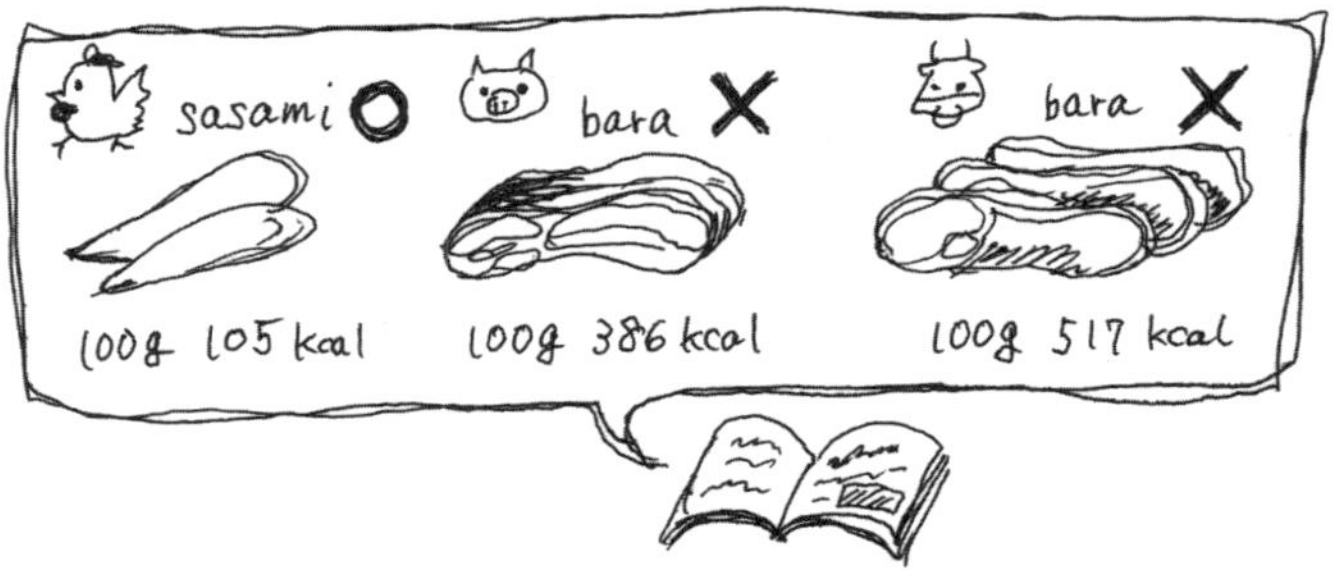

お肉を食べているよfeat.青山テルマやん。
～んなことよりお前のほうは元気か？　ちゃんと肉食ってるか？～
～Baby　boy　私はお肉食べてるよ。どこもいかずに食べてるよ。
　心配しなくていいんだよ。～

やん。（なにも「やん」じゃない。男女側双方に謝れ）

焼肉では赤身を選び、ごはんではなくサンチュで巻いて食べろなんて。
サンチュと白ごはんの満足度の違いすさまじいやろ。
サンチュってなんやねんサンチュって。
チシャの一種のことか。（ほんまにわからんかったんかい）

理想の焼肉の流れとしては、ビールとともに脂ぷるぷるのホルモンを食したあと、タレつきカルビ、あるいはハラミを白ごはんにワンバウンド。ワンバウンドどころかダブルドリブル、もはやトラベリングの勢い。（どういう意味やねん）〆には冷麺かビビンバかクッパで迷い、最後はアイスクリームでお口をさっぱり。これぞ完璧。

他にも
「甘いものを食べたくなったら、ケーキよりも和菓子を選びましょう」
というお決まりのフレーズとともに、

ここにいるよfeat.青山テルマ
2007年にヒットしたSoulJaの遠距離恋愛ソング。2008年には女性側からのアンサーソング『そばにいるねfeat.SoulJa』がリリース。両方がごっちゃになってる人も多数か。

サンチュ
レタスの仲間でチシャの一種。韓国料理ではこれに焼いた肉を包み食べる。焼肉屋で頼むと案外高くて驚く。

●ショートケーキ…450kcal
●大福…130kcal

みたいに比較したりしてはるけど、ほんまちゃんちゃらおかしいからな。

ケーキと和菓子は違うやろ。そんなん小学生でもわかるやろ。

別にケーキのほうが好きなわけではない。和菓子も同じぐらい大好きです。

でも、**ケーキを食べたい時はスポンジと生クリームが食べたいんです。**

「甘味」という成分のみでいったらそりゃ一緒かもしれんけど
あんこの甘味とチョコレートの甘味は違うやん。鈴と小鳥と私は違う、みんなちがってみんないいって習ってないでしょうか。（金子みすゞさん）

たまに和菓子どころか、**ドライフルーツやナッツを選びましょう**と言われたりな。

ひどい。**口当たり**に関してはてんで無視ですか。

酢昆布とショートケーキのカロリー比較なんてされましても
「ショートケーキ1個のカロリーで酢昆布1箱食べれるじゃーん♪」

とかなる人おらんやろ。

酢昆布で満足できるならそもそもおやつなんて欲してないから。

口さみしいのレベルだけで物を言うなと言いたい。

まあ、最終的な結論としては、
こういう屁理屈ばっかり言っている人は痩せられないってことなのであろう。

はみだしレシピ

卵も生クリームも使わない！ 低カロリー　お豆腐アイス

【材料（2人分）】
絹ごし豆腐…150g
A（牛乳または豆乳大さじ4、砂糖大さじ3、純ココア大さじ2、あればバニラエッセンス1～2滴）

【作り方】

ジッパーつきポリ袋に豆腐をいれて手でもんで、粒がほぼなくなりなめらかになるまでつぶす。（ミキサーかフードプロセッサーがあればそれでガーッと）**A**を加えて混ぜて平らにし、冷凍庫で2時間ほど凍らせる。

取り出してよくもんでくずし、再び冷凍庫で凍らせる。2～3回繰り返せば完成！

★砂糖やココアの代わりにはちみつや抹茶パウダーでも。

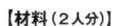

スーパーで大量に買ってしまった時の帰り道

この間、家から少し離れた業務用スーパーにレタスを買いに行きました。
そしたら普段行っているスーパーに比べてめちゃめちゃ安くて。

「うわ、バナナ2房100円!!」
「白菜こんなにでっかくて100円⁉」
「にんじんこの太さで3本100円ですって⁉　ねえマリラ、信じられる？」
と心の中で浮かれて
やってしまった。

バナナ2房
白菜1個
大根1本
玉ねぎ1袋3個入り
にんじん1袋3本入り
しめじ2パック
じゃがいも1袋6個入り
鶏肉、豚肉などなど肉類合わせて1kg以上
パリジャン（っていう名前のフランスパン）ｅｔｃ…

マリラ
L・M・モンゴメリ作の長編小説『赤毛のアン』の登場人物。アンの養母でしつけに厳しく、一見気難しいが、心の温かいおばさん。「ねえマリラ」はおしゃべりなアンがマリラにひたすら話しかける時によく言う台詞の日本語訳。

パリジャン
直訳するとパリっ子。フランスパンの名称で山崎パンの商品名にもなっている。長さ70㎝前後、重さ400g前後でクープ（切れ目）は5～6本。フランスパンは重さや太さで名称が変わり、バゲットは細いフランスパンで、重さ250g前後、長さ60～70㎝、バタールはパリジャンとバゲットの太さの中間。

うん。**持たれへん。**
って気づいたのはお店を出てからで、
この失敗人生で何回すんねーーーんと思いながら、
今回こそは、ついにほんまに持って帰られへんのでは…と途方に暮れた。

とりあえず自分のカバンは肩にかけ、両手にパンパンのスーパーの袋を抱え10歩ほど歩きだしたところで、
タイム。（ピーーー！　チャージドタイムアウトーーー！）
ちょっと道端に荷物を下ろして、一息。

………………

どうしよ。
ほんまどうしよ。ちょっと時間戻してほしい。

バナナとか2房もいらんしな。なんで買ったん？　そんなバナナばっかりいらんやん。猿じゃあるまいし。
バナナが欲しくて買ったんじゃない
バナナが安かったから買ったんや。
これ一番あかんパターンやで。一番あかんパターンのやつやでこれ。
そもそも当初の予定はレタス1個買うだけやったやん。
何この姿。動物園の飼育員か。

はみだしレシピ

バナナの簡単おやつ①　＊硬めのバナナで…大学バナナ

【材料（2人分）】
バナナ…２本
A（砂糖大さじ4、水大さじ1、バター小さじ1）
あれば黒炒りごま…適量

【作り方】
❶バナナは太めの輪切りにする。
❷フライパンに**A**をいれ、軽く混ぜて弱～中火にかける。触らずゆすって、ブクブクと砂糖が溶けてこんがりしてきたら火を止め、バナナをいれて絡める。黒ごまがあればふる。

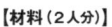

どうすればよいか考えたものの、結局どうにかして家に帰らないといけないわけで
覚悟を決めて歩きだしました。
バシッ。
バシッ。
カレールウの箱の角がふくらはぎに当たる当たる。
痛い。痛いて。ジャワよ。

袋が**ギュ――――ン**食い込んで手がうっ血してる。
うっ血してる。うっ血してるって。タスケテー。（指先より）

10分ぐらい歩いたところで
最悪や。靴紐取れてる。

無理やで。今しゃがむとか無理やで。

そんなもん、実はさっきから**ブラ紐完全に両方ずれてずれて腕付近まで落ちてるけど**気付かんふりしてるからな。

もはや**乳首もろ出し100％**、今痴漢にあったらさぞ喜ばれそうやけど、
冬の服装やから誰にもわからんと放置プレイやからな。

靴紐＆ブラ紐ずる剝け状態のまま

こぼれ話
～スーパーのレジ袋

スーパーのレジ袋って、なぜか1枚余らせたくなりませんか？　2枚もらったら1枚に、3枚もらったら2枚になんとかおさめて詰めようとしてしまう。荷物を減らしたいというより、あれはどこか、自分との勝負みたいなのがある気がするんですよね。

15分ほど歩いたところで

パサッ……!!

緊急事態発生。パリジャン落下。

う――――わ。最悪や。最悪の事態や。

なんでなん。**長いくせに。**長いくせに落ちんなよ。
大体パリジャンなんかなんで買ったん？　バナナ以上にいらんかったやん。
いっつも食パン食べてるくせに。
っていうか**パリジャン**て名前なんやねん。オシャレか。

そこからとぼとぼ15分

ヒッチハイクを若干視野にいれつつ歩き続け（そんな勇気ないくせに）
もうすぐ家…
頑張れ。頑張れ私。

ガチャ。

はみだしレシピ

バナナの簡単おやつ②　＊熟れすぎたバナナで…しっとりバナナマフィン

【材料（小さめのマフィンカップ6個分）】
バナナ…２本
無塩バターまたはマーガリン
…50g
砂糖…40g
卵…１個
牛乳…大さじ３
ホットケーキミックス…100g

【作り方】
❶バナナは皮をむいてつぶす。耐熱容器にバターをいれて電子レンジ（600W）で約１分加熱して溶かし、砂糖、つぶしたバナナを加えて泡だて器でよく混ぜる。
❷卵、牛乳を加えてよーく混ぜ、ホットケーキミックスをいれてゴムべらでさっくり混ぜる。型に７分目ほど生地を流し、170℃のオーブンで20〜30分焼く。

ゴ――――――――――――ル!!

ぬぁあああああ――――ん。（特に意味はない叫び）

もう、どんだけの重さがあったか気になって、袋を体重計にのせてみた。

【7・2kg】

そら重いわ。

あぶない。これに**巨大な栗の甘露煮の瓶詰め**買おうとしてたからな。

…………………あ!!

レタス買ってへん!!

（ドゥ――――――――ン…）

カレーライスの思い出

カレーライスには、人の心を躍らせる何かがあると思うんです。

なんであんなに食べたくなるんやろう。

関西では、お肉といえば牛肉らしいですが、
うちでは昔から、カレーは豚肉でした。いい時は豚バラ、通常は豚こま。
でも、豚でも鶏でも牛でもなんでも好きです。かつでもキーマでもうどんでも。
ごく普通の家庭的なカレー（豚肉、じゃがいも、玉ねぎ、にんじん）はもちろん、
お店の本格的なインドカレーやタイカレーも大好きです。
ナンにつけて食べたりな。**ナーン**に。**ナン**に。**ナーン**に。（どっちでもええわ）

カレーには小さな思い出があって、小学校5年生の時のことです。

給食の時間に給食係が、みんなのごはんがはいったでっかいいれものを運んできたんですね。

中身は炊き込みごはんだったんですが、ふたがしまってるから白ごはんと勘違いして、「**今日カレー!?**」って聞いて思わず立ち上がってんやん。

たったこれだけのことなのに
その日から一時期「**黒豚**」というあだ名がつきました。

我が家のカレーは中辛で、市販の固形ルウを使用。具はじゃがいも、にんじん、玉ねぎ、豚バラ肉（もしくはこま切れ）という、なんの変哲もないカレーです。一番好きなつけ合わせはゆで卵と福神漬け。ゆで卵のちょっとモソッとした黄身をカレーと一緒に食べるのが至福のひとときです。

どういうことやねん。

「**カレー**」ってあだ名がついたんならわかる。
もしくは「インド人」とか「スパイシー山本」とか
「ボン」「ククレ」「バーモント」「ジャワ人間」「こくまろ子」「二段熟女」とかやったらわかるわ。**黒豚ってなんやねん。**（それより**ジャワ人間**て）

おそらく、目を輝かせて立ち上がった行動による「**食いしんぼう**」から派生した模様。

その後「**今日カレー!?**」**って言いながら机バーン叩いて立ち上がる**、っていう一連の流れを色んなやつに真似されました。
実際は軽く聞いただけやのに、いつの間にかデフォルメされて
目をまん丸くして「**カカカカカカレー!?**」みたいにのけぞり気味になってたり
机バーンどころか、立った勢いで倒すぐらいの。
いやいや、そこまでしてへんからな。
とか言いながら自分も声が枯れ果てるまで見本見せたり。（ノリノリか）

でも、そのぐらい給食のカレーは大好きでした。
今でも一番おいしいカレーは給食のカレーやと思ってんねんけど、実際食べたら違うんかなあ。美化されてるだけかもしれんけど、ほんまにおいしかった気がする。

カレーにまつわる本や漫画も昔から大好きです。この『美味しんぼ』や『こまったさん』なんて何十回読んだことか。カレーの話を読みながら実際にカレーを食べるっていう行為がまた好きなんです。（本で読んで「食べたい!」と想像したカレーが実際に目の前にあるよ!っていう地味な幸せを味わう）

あのまろやかさ。
冷めてるし、辛くもないし、ごはんもやわらかいのに、めちゃくちゃおいしい。
4時間目の終わりに給食室からただよってくる香ばしいスパイスの匂い……
あの匂いだけでごはんいけるわ。
塩かけてくれたら3杯いける。（もはや匂い関係ない）

屋外で食べるカレーも最高ですよね。
スキー場で食べるかつカレーとかキャンプ場でみんなで作る適当なカレーなんかは
多少シャバシャバでも、やけにドロッとしてても、具が焦げてても最高においしい。
あきらかにお店のよりおいしくないはずやのに何倍もおいしい。

カレーは、味ももちろんのこと、楽しい出来事なり思い出なりが混ざってたりする
のもあって、より一層好きなんかもしれんなあ…と思います。

はみだしレシピ

きのことひき肉の和風キーマカレー

【材料（たっぷり2人分）】

玉ねぎ…½個
合いびき肉…150g
塩…適量
A（水2カップ、カレールウ2個、めんつゆ／濃縮2倍　小さじ2）
しめじ、しいたけなど好みのきのこ…200g
バター…小さじ2
ごはん、温泉卵…各適量

【作り方】

❶玉ねぎはみじん切りにする。合いびき肉とともに塩少々をふってフライパンで炒め、しんなりしたらAをいれ、とろみがつくまで弱火で煮込む。
❷別のフライパンでしめじ、薄切りのしいたけなどきのこをバターで炒める。
❸器にごはん、カレーをよそい、きのこと温泉卵を添える。

我が家の台所

ときどき「どんな台所ですか?」って聞かれることがあるんですが、私の家の台所はいたって普通です。**中の下。**

キッチンというよりまさに「**台所**」が似合う感じ。全体的に銀色で、**とても汚れやすい素材**。コンロと流しの間のスペースがフラットじゃなくて、アパートにありがち**なみなみのやつ**。

あ、**別に全然気にいってないです**。(「お気にいりの場所です」って言えよ)

「こういう古びた感じが逆にいいんですよね」

とかそういうのとはまた全然違うねん。そんなレトロ的風合いは一切ない。そこまで古くなくて、とにかく中途半端。古びてるけど頑張って新しくしようとした感じです。

天袋と収納の扉は**バンッ!!って開くタイプ**です。

最近のいいキッチンは、あんまり力をいれなくてもスルスルスル~って開いて静かに閉まるけど、うちのはゴム製で**バンッ!**って開くやつ。(ほんで端のほうは取れてビロビロでちゃんと閉まらへん。ビロビロパタパタなってる)

色は**クリーム色~黄色**　いや、ひょっとしたら**もともと白やったんかもしれん**。それやったらめっちゃ嫌やわ。違いますように。

上記は2011年3月~2015年3月まで住んでいた自宅の台所の話です。これが実際の写真。コンロ横のタイルの壁は焦げています。

引っ越してきてもうすぐ1年。台所だけは毎日結構必死に掃除してきたけど最初っから**全体的に薄汚れている感じの台所**なんです。サビと水垢がもう。どんだけこすっても取れへん。どんだけこすっても取れへんってことは、上に何置いても汚れがつかんってことやからええわ、ぐらいに一周まわってポジティブにとらえてしまってるわ。

そういうキッチンなんかもしれんな。**サビと水垢と共存をはかっていくタイプ**の。ＩＮＡＸの粋な計らいなんかもしれん。（どんな会社や）

そして洗剤のボトルをどけるとちゃんとまるい跡がついています。（あれ？　これは最初っからちゃうで）

コンロは備え付けではなく、ホームセンターで買った２口のやつをはめ込んでるから、コンロと壁の間に若干隙間があいてるんですね。ときどき調理中にフライパンからふっとんで、**その隙間にはいっていった米粒とか焼きそばの麺**ってどうなってんねやろ。ふと消えてないかな。

換気扇は弱と強があんねんけど、強、めっちゃうるさい。

ボ――――

言うねん。つけたらテレビの音なんっも聞こえへん。

ちなみにこれは引っ越し当初からで、別に汚れてるわけではないみたいやから対処法もない。逆に弱は、めっちゃ弱い。**ほんの気持ちちゃん**、って感じの吸い方。「え？ついてる？」って感じ。なんで中を作ってくれへんかったんやろ。

一応、換気扇は、月に1度は掃除しようと決めてます。（ここ5ケ月ほどお休みしてます）

調味料に関しては、引っ越してきた時に嬉しがって、友達と雑貨屋さんで買った可愛らしめの容器にいれてます。

容器にマスキングテープを貼って、砂糖のほうのテープにはペンで「sugar」って書いたんですけど、塩のほう、「ソルト」のスペルがわからんくて（solt?salt?ってなって）

迷った結果、なにも書いてない。

だからよく砂糖と塩を間違えます。（なんでsugarって書いてんのに間違うねん）

だいたい、こんな可愛らしくしたところでその横に思いっきり「サラダ油」そのまんまドーンおいてるから。逆に恥ずかしいわ。何がsugarやねん。

そんなキッチンを少しでもうるおわせようと一応観葉植物なんかを飾ってます。

めっちゃ頑丈で水にさしてるだけで伸び続けるというポトス。

その鮮やかな葉っぱの緑色が、我が家に来てからどんどん薄まっていってる。常に生きるか死ぬかの瀬戸際をさまよってる。

そんな台所です。なんの役にも立たない情報ですみません。

連休明けの1枚。夫が飲み終わったビールの空き缶やらペットボトルやらをこのカウンターに並べるせいで、せっかく植物を飾っても潤いゼロ。

恐怖の冷蔵庫掃除

昨日、一日がかりで冷蔵庫の掃除をしました。
冷蔵庫の開けっ放し防止機能に**ピッピーピッピー**言われながら、一段一段はずして洗ってはずして洗って…

まずは一番上の段。海苔《のり》がいれてあります。
巻き寿司用のでっかい海苔と、刻み海苔と
飴が2粒。
なんでやねん。ここに飴がはいってるって誰が知ってんねん。しかも意味不明の青っぽい色。何味やねん絶対舐めへんやろ。
バシュ!（ゴミ袋行き）
次の段、奥のほうに**液だれした瓶**発見。
うわー触りたくない。…ねちゃ。（床とくっついてる）ラベルを見ると
『ハムのドレッシング』。
なんなんこれ。ハムのドレッシングって何？ ハム専用なん？ そんな良いハムがうちにあったことなんてあったっけ。
『賞味期限　2009．10．09』
ジャー……（処分）
その奥にあるのは、**練りごま（黒）**。

※これは2010年12月30日に書いたもので、まだ独身で実家暮らしだった頃の話です。

賞味期限
食料品を味や風味が損なわれない状態で食べられると保証された期限。比較的劣化が遅い加工食品に用いられる。お弁当や生菓子など、保存がきかない食品につくのは消費期限。山本家では賞味期限を過ぎてもたいがいのものは匂いと雰囲気で判断し、食している。

出た――――!!
やっぱりあったか。絶対に使いきらんくせに、毎年**1年に1回は練りごまに手を染める**からな。でも、これはまだ比較的新しかったからセーフ。
おっ**豆板醤《とうばんじゃん》発見**。お前の存在は知ってたで。いつも年末は奥でカピカピになってるけど、今回は知ってたで。だってこの間買ったところだもの。
その奥には……、
おっ**豆板醤発見**。（ドゥーーン）
あったんや。やっぱりあったんや。
そして端っこのほうには…出ました**岩海苔**。（佃煮）
この**「冷蔵庫の端に賞味期限の切れた岩海苔」**っていう図、もう何年経験してるんやろ。食べきることないのになんで買うん。
まあ、置いておこう。大丈夫。**岩海苔やし大丈夫。**（根拠は）
その奥には……、
岩海苔。
なんでやねーん。なんで岩海苔またあんねーん。
もうめっちゃ前に出して主張しといたんねん。
岩海苔・豆板醤・岩海苔・豆板醤って並べておいたんねん。
気を取り直してその奥の…四角いのん何これ。
…………
羊羹《ようかん》。

はみだしレシピ

あまった岩海苔の佃煮を救出！ 岩海苔パスタ

【材料（1人分）】
スパゲッティの麺…100g
にんにくのみじん切り…1かけ分
オリーブ油またはサラダ油…大さじ1
岩海苔の佃煮…大さじ2
大葉の細切り、白炒りごま、万能ねぎの小口切り…各適量

【作り方】
❶鍋に湯をわかして塩（分量外）をいれ、スパゲッティを袋の表示より1分短めにゆではじめる。
❷フライパンにオリーブ油とにんにくをいれて弱火にかけ、こんがりしたらゆで汁を大さじ2と海苔の佃煮をいれてのばし、麺をいれて絡める。
❸器に盛り、大葉、ごま、ねぎをどっさりと。

★海苔の佃煮は、食パンに塗ってチーズをのっけて焼いてもおいしい。

確かこの羊羹は、何ケ月か前に酔っ払ってタクシーに乗った時、なぜか運転手さんが降り際にくれたもので。「え、このタイミングで羊羹？（ティッシュではなく？）」ってなって、なんとなく手がつけれへんかってんな。
羊羹…おっちゃんの優しさ…羊羹…おっちゃん…

…………………………

バスン！（ごめん）
三段目。
器にはいってラップかけられたカレー。
え、カレーとかいつした？　少なくともこの1ケ月はしてないよな。しかもトマトがはいってる…トマトいりのカレーをしたのは確か………‼（さよなら）
その横のラップがかかっている器は、**カッスカスのらっきょう**。らっきょうの化石。
その端には……、
飴が1粒。
だからなんでなん。**袋に「ジューシー」て書いてあるわ。**
置いとこ。まだジューシーな果汁出てきそうやし。（どんだけキャッチに弱いねん）
ほんでさっきから邪魔なこのモロゾフのやけにでっかい箱の中には…（パカッ）
チーズケーキが1/8切れ。
ええ——‼　このためにどれだけスペースとってんねん。箱捨てろ箱。
そしてドアポケットへ。
実はさっきから、ふりかけのゆかりが撒き散らかされてるのが横目で見えてんねん。一番上に置いてたせいで何段にもわたって被害をこうむってんねん。

モロゾフ
1931年、神戸発祥の老舗洋菓子店。発売から50年以上変わらぬ人気を誇るプリンはその代名詞。チーズケーキも有名。

大阪ではどこの家でもモロゾフのプリンの空き瓶が棚にあるらしいですが、うちの実家にもありました。ちなみにラベルの表示「95年8月19日」。20年物。

一番上の段にはゆかりと、中途半端に残ったアーモンドパウダー。

その下敷きになった、
のりたま。（のりたまあったんや！　食べよう！）

次の段には…出た冷蔵庫の定番、
サラダやお弁当を買った時についてくる、**ちっさい袋いりのドレッシング、マヨネーズ。**

うなぎの蒲焼のたれ。餃子のたれ。ローストビーフのたれ。よくわからんたれ。

なんせたれ。たれ。たれ祭り。たれ祭りが開催されております。

このたれ類絶対に使わんのになんで置いといてしまうんやろう。


あとは…いけそうやな。

ケチャップもマヨネーズもソースもＯＫ。下の段もＯＫ。豆腐もまだいける。

牛乳もジャムもマーガリンも大丈夫。

いちごジャムも何気に2個開いてるけど大丈夫。食パンもあのジグソーパズルみたいな留めるやつ10個ぐらい落ちてるけど大丈夫。


さらに恐怖の野菜室、そして冷凍庫に移るわ。

最後に、下の段の奥の瓶だけ確認しよ。

…………………

ハッ…！

岩海苔…!!

食パン留めるやつ。これ、毎回つけますか？　私ははずしたらポイして、袋の口を食パンで踏んづける形で冷凍しています。

クリームシチュウはごはんに合うか否かなど

今日の晩ごはんはクリームシチュウでした。
久しぶりのシチュウだったんですが、以前ブログで、シチュウの時って他にどんなおかずを出しているか気になります、とコメントを頂いたことがあります。（そんなことより「ウ」が気になるわ。唇しまえ）
私は、クリームシチューはカレーみたいなものと認識しているので
●シチュー　●ごはん　終了。
で全然いいんですが、なんとなく今日は、もやしとキャベツを炒めて上に目玉焼きをのせた**名もなき料理**を出しました。

なんか名前つけよ。……**薫**《かおる》**。**（綺麗な名前つけたー！）


シチューはおかずにならないっていう人が結構いるし、その気持ちはわからんでもないって思っててんけど、今日食べて思った。

わからんわ。その気持ち。

え！　こんなにごはんに合うっけ！　ってびっくりするぐらい米を欲した。

最近のルウの味が濃くなってるとか？　箱に書いてある量より水増やしてんのに。

私も昔はシチューとごはんは違うなと思ってたんです。

でも今は、なんならごはんにかけて食べてもいいぐらい。（かける人もいますよね）

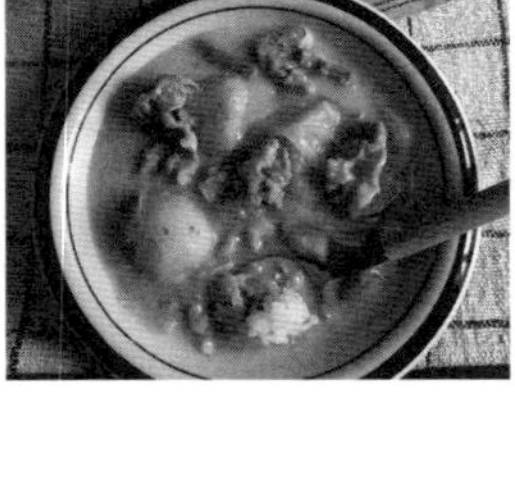

しょうゆをちょっといれるとごはんに合う味になるそうです。

最近食べすぎてたから、今日の夜はごはんを食べずにシチューだけにしようと誓ったのに、その誓いはひと口食べた瞬間無残にも打ち砕かれたわ。

バルス!!!!!

気付けばよそってた。しかも2杯。しゃもじが…しゃもじがぁ〜…（ムスカ）

ルウ部分でも、お肉部分でも、玉ねぎ部分でもごはんがほしくなった。

ごはんに合わないと思ってた頃に戻りたい。あの頃に戻りたい…

夫も昔はシチューはおかずにならない派で、お義母さんは、シチューの時はからあげなど別のおかずをもう1品作ってくれていたらしいねんけど
からあげは豪華すぎじゃござらんかい。（**鮭フレーク**とかでよくない?）
だって**シチュー**っていう、**結構な大物**というか、おかずの中でもメイン張れるようなものに**からあげ**っていう、これまた**完全な大物**を合わせるなんて。それやったらシチューやめて**からあげメインで組み直す**わ。からあげとキャベツと味噌汁に変更。

だいたい、コロッケでもなんでも
おかずにならないものなどないからな。

おかずにしない人がいるだけで。

確かにお芋にごはんって炭水化物×炭水化物やけど、コロッケにはひき肉も入ってるし、なんなら**ソースの染みた衣**もあるわけで、そこをどううまくごはんと合わせていくかやろ。

できるかできないかじゃない、やるかやらないかだと思います。人生。

バルス
アニメ『天空の城ラピュタ』に出てくる滅びの呪文。ラピュタ語で「閉じよ」を意味する。テレビ放映の日に映画に合わせて「バルス」と大量に書き込んだことでサーバーがダウンしたことから、インターネットの掲示板2ちゃんねるではサーバーダウンの呪文としても知られている。

ムスカ
『天空の城ラピュタ』の登場人物。主人公シータとともにラピュタ王家の末裔で悪役として描かれる。ラピュタ文字を解読でき射撃の腕もピカイチ。声は寺田農。有名な台詞「目が…目がぁ〜…」は、ネット上でよく使われている。

って言いながらも、言われたら別におかず作るけども。（弱い）

ちなみにシチューですが、うちは豚バラ薄切り肉をいれています。結婚当初、鶏肉で作ったら夫に「普通豚肉をいれるもんじゃないん」って言われて。

いやいや普通はわからんけど、どちらかというと鶏肉をいれる家のほうが多いやろ。と思ったけど、それから常に豚肉です。（基本、私はなんのこだわりもない）

これがまたごはんに合うんですわ。

豚バラ肉1枚でごはん1杯いけそう。

シチューはごはんに合わないと思っている方でも、豚バラ肉ならいけるんでは？

って、たぶんそんな問題じゃないよな。

おそらく**クリーム系っていうカテゴリー**として無理なんやろうし。

まあ、何が言いたいかって、何も言いたいことはないです。

シチューとごはんが合うっていう気持ちだけで突っ走った文章でした。

あ！　でも最後にこれだけ言わして。

シチューとかカレーのルウの箱の裏に作り方が書いてありますよね。

あのお肉の量ってすごくない？　どんだけいれんねんってなるわ。どれくらいのエンゲル係数の家庭を基準にしてんねん。

そして、カレー12皿分もとれたためしがない。

ブログより

この記事のコメントでは

●絶対ごはんにかける派（むしろ「え！　ごはんにかける以外ある？」ぐらいの人まで）

●かけはせんけどスプーンにのせてくぐらせる派

●くぐらせはせんけど口の中で融合派

●パン派（食パン、フランスパン、ガーリックトーストなど）

●味付けごはん派（ピラフ、かやくごはん）

●個性派（クラッカー、皿うどんの麺にかけるetc…）

に分かれました。

ちなみにシチューに合わせるおかずとしては、焼き魚、お刺身などの魚系か「やる気のない冷凍食品のフライなどが適するように思います」というように、お惣菜のあげ物、レトルト物を添える家も多かったです。

イクラは好きですか？

年末に、義妹から冷凍のイクラをいただきました。

３００ｇも。

３００ｇって、もやしで考えたら相当な量やで。（イクラで考えたほうがな）

イクラ、苦手という声もチラホラ聞きますが、私はめっちゃ好きです。別に好きな食べ物を聞かれてイクラと答えるほどではないし、ウニも、アジも、ハマチも、つぶ貝も、鯛もサーモンもぶりも、うなぎもサンマもイワシも玉子も、とにかくお寿司全般大好きですが。

コーンでさえも大好きやわ。誰が考えたんあれ。なんで甘いコーンをごはんにのせようと思ったん。しかもそれがこんなに合うだなんて、お天道様もさぞ驚くことだろうよ。（この意味不明な発言に驚くわ）

話をイクラに戻します。

ときどきグルメ番組で、**どんぶりにお玉でブァッサ〜**とイクラをのせてたり、お寿司のシャリから完全にこぼれ落ちているイクラを見るたびに、一度でいいから食べてみたいと思っていました。たぶん夫もおなじ気持ち。なのでこのイクラの開封を待ちわびていて、

前日から**「明日はあのイクラを開けるから」**と宣言して

昼間**「今日の晩ごはんはイクラ丼やから」**とメールまでして

万全の態勢でイクラにのぞみました。（万全の態勢…**完全なる空腹**）
そして、ごはんもちょうど炊き上がり、海苔やわさびもテーブルに準備し
いざ冷蔵庫から出してみたら
まだ凍ってました。
うそやん。待ち遠しすぎるやろ。

山本：どうする？
夫：水に浸けるか、流水で解凍するか。
ここでボソッと
「…レンジ」ってつぶやいたら
「絶っ対にあかんで」ってかなり強い口調で返されたわ。
山本：水に浸けよか。
夫：完全に密閉されてる？
山本：…わからん。
夫：**よく見て。完全に密閉されてるか見て。**
怖いわ。どんだけイクラに真剣やねん。

よく見たら完全に密封されてたので、ボウルに水を張ってしばらく浸けててんけど、なかなか溶けず。ボソッと
「…ホットカーペット」って言ってみたら、予想通り即却下されたわ。

ブログより

北海道の方たちから「イクラ、秋になると、もういらんわって思うぐらい食卓にあがります」「子どもの頃からわさわさ食べていました。まさかこんな高級品だと知らず…」「小さい頃から何も考えず毎日、晩ごはんにワッサァァ――とぶっかけて食べてます。なんかごめんなさい」「おかずないからイクラでいいや」「イクラか～～。コーンフレークでええわ（朝食の選択）」など、信じられない贅沢なコメントが届きました。なんてうらやましい。

結局、夫が洗面台にかなりの量の水を張って、（赤子の沐浴並みに）そこで**プカリーン**と浮かせて解凍してました。何この図。シュール。
数分後、様子を見に行くと、ほとんど溶けてて。

山本：え、すごい！　めっちゃ溶けてるやん！
夫：**ほんのちょっとだけお湯足してん。イクラに絶対に熱が入らん程度に。あとさっきから何回もかき回したりしてるし、水も何回か換えてる。**
ぇぇ――どんだけイクラに真剣やねん。

そしていざ開封。
ミィ――――ン…
（※容器にぐるっと一周テープが巻かれてるタイプ）←どうでもいい
（パカッ）
あふれだすイクラ。
うわ――すごい。
ザクロみたーい。（イクラのほうが見る機会多いわ）

娘と3人でごはんを丼によそい
好きなだけスプーンですくってのせようってなってんけど
これが、**どうしても遠慮してしまう**ねん。
夫も「まずスプーンでイクラだけひと口いくで」とか言いながらも

手にしてるの、**めっちゃちっさいティースプーン**やしな。
イクラ5粒て。親が泣くで。（親て何）

人生最初で最後かもしれないチャンスに何を躊躇しているんだっていうのは頭ではわかってんねんけど、ごはんの表面全体にイクラがいきわたったら、その上にさらにかぶせる勇気がない。どうしても、その分ごはんもおかわりしてしまう。
なんか怖い。
イクラばっかり食べるのって怖い。痛風になりそう。（たった1回で）
あと、ちょっと悪いことしてる気になるというか。板チョコ1枚食べきれない感覚と似てるかもしれん。（できるけど、できないっていう）
そして、薄々感づいてたけど単純に**イクラだけやったら味が濃い**わ。とっても塩辛いわ。ごはんのおともだけを食べ続けてる感覚。とっても塩辛いわ。味が濃いわ。

やっぱりごはんとの比率って何事も大事だと実感しました。ごはんあってこそ輝くものってたくさんあるよな。おひつとかさ。（容器）

結局、全然食べ飽きていない状態で残念ながら満腹になり、3人で半分も食べることができずでした。
でも明日もイクラ丼です。

幸せ。

イクラ300g。実際の写真です。バサッといきたいところだったんですが…。

憧れの生活と現実の生活

スローライフっていうんでしょうか。
そういう雑誌や本を眺めるのがすごく好きです。
ホーローの鍋でコトコトジャムを煮て泥つきの野菜を食べようぜ、リネンとコットンの服をさらっと着て天然酵母のパンを焼こうぜ、みたいな。（こんな口調で誘われたくない）
なんで彼女たちの生活はあんなに素敵なんやろう。なんで彼女たちの炊くジャムはやたらとおいしそうで、ホーローの鍋はいい感じに古びてるんやろう。

ジャムを炊くっていう発想がないわまず。

そら**「炊け！」**って言われたら炊けんことないけど、150円で買えるやんっていう発想が浮かんでしまう性分で。アヲハタよりおいしい味は出せませんし。

コトコトに幸せを感じられる豊かな心を持ちたい。今は心に余裕がない。ほんでホーローのお鍋もないわ。余裕もホーローもない。

仮に炊いたとしても、どうせ喜んで食べるのは最初だけやねんなあ。言うてもそんなにジャムって毎日食べへんし、瓶に入れたまま冷蔵庫の奥に放置。年末の大掃除でカビが生えているのを発見し**「うわー…瓶ごと捨てたい」**ってなるパターンに陥る自信がある。

土鍋で玄米、とかも素敵で憧れます。あのちょっと暗い写真がやたらとおいしそう

はみだしレシピ

コトコト…ではないけれど　レンジでいちごジャム

【材料（すぐに食べきれる量）】
砂糖…40g
レモン汁…大さじ½ぐらい
いちご… ½ パック（約150g）

※保存は密閉容器にいれて冷蔵庫で。砂糖が少なめなので3～4日で食べきってください。

【作り方】
❶大きめの耐熱ボウルに、ヘタをとったいちごをいれ、砂糖とレモン汁をかけて10分ほどおく。
❷ラップをかけずにレンジ（600W）で5分ほどチンし、混ぜてアクをとる。
❸再びラップをかけずにレンジで4～5分チンし（とろみが足りなければさらに1～2分加熱）よく混ぜて、好きにつぶせば完成！

★冷めるととろみがつくので、ゆるめでストップしてください。

に見えるんですよね。おこげができてて、木のしゃもじで。間違ってても今私が使ってる凸凹がいっぱいついたプラッチックのしゃもじではない。

かぶのポタージュとかな。

なんやねん。かぶってなんやねん。オシャレか。（山本ゆりニューシングル「かぶってオシャレ」）里芋のポタージュとか、枝豆のポタージュとか、**なんせポタージュ**。

彼女たちの生活の中では、ひよこ豆や雑穀、ルバーブやルッコラなんかが普通に存在していて、子どもも玄米おにぎりをおいしそうに頬張り、乾物、根菜たっぷり、砂糖はきび砂糖を使用。子どもの服はお母さんの手作り（お揃い）。初夏には梅干しを漬け、秋には栗の渋皮をむき、冬には毛糸で帽子を編んで小豆をコトコト…。

里芋をただ焼いて塩をつけて食べるとか

にんじんをひたすらコトコト煮込むとか

そんなシンプルなもんが本当においしそう。

なんなんこの素敵な生活。絶対みんな肌綺麗やわ。（コンプレックスか）

私のブログは「カフェごはん」が一応テーマですが、**完全にブログ用**なんですね。他の料理ブロガーさんは、実際に普段食べている料理だったり家での生活の一部を紹介してますが、**私は見せかけでしかない。**基本的に生活腐ってるから。だいたい朝ごはん以外ほとんど外食やし。（おもに居酒屋か定食屋か牛丼屋かマクドナルド）ブログの写真撮る時以外、料理なんて目玉焼きぐらいしかしてない気がする。あとはインスタントラーメン、うどん、雑炊、納豆ごはんぐらい。自分用の料理に仕上

プラッチック
関西人のいうプラスチック。他、センタッキー（洗濯機）、すいぞっかん（水族館）などあり。

かぶってオシャレ。

げのごまとか絶対ふらんし、**彩りにねぎをパラッ…**とかまずないわ。

理想の生活と現実の生活の違い…
でも、普段のこういうすさんだ生活の中、部屋にぐちゃぐちゃに積まれた服をかきわけて座る場所を確保し、夜中に食べるカップラーメンとか、スーパーのお惣菜をパックごと食べながらあける缶ビールとか、飲み会の帰りにほろ酔いで買ったコンビニのおにぎりとか、これもまたおいしくて、幸せやねんなあ。
身分相応の幸せ。バタバタであることの幸せ。

そして、ときどきはこういう雑誌を真似して、木のスプーンで食べてみたり、根菜のカレーを作ってみたり、自分にちょっと酔ってみるのも幸せで。
憧れの生活を目指しつつも、今ある小さな幸せに気づける人でありたいと思います。

ということで里芋をただ焼いて塩で食べてみたんですが
特においしくないねんけど。
そんなねっとりされても。
ねっとりホクホクされましても。

疲れて帰ってきて、缶ビール（第三）をプシュッ…この瞬間が幸せなんです。

※これは2010年12月5日、まだ実家暮らしで働いていた頃に書いた話です。

サンドイッチを買う時に考えること

サンドイッチを買う時って、迷いませんか？
あの、たまごサンドにするかハムサンドにするかとかじゃなくて、なんていうん
サンドイッチをパン1個分ととらえてよろしいのかどうか
っていうところなんです。
サンドイッチって**パン1個分よりは多少ボリュームはある**と思うねん。
一気に食べるかどうかは別にして、一応、三角は2個あるわけやし。
でも**パン2個分よりはボリュームが断然少ない**やん。
じゃあ、たとえばパン2個とおにぎり1個食べようって思ったら、
さあどうしようかと。
しかもサンドイッチは**パン2個分の値段**なんですよ。２３０円とか２５０円とかす
るんです。ここにボリュームと価格の不具合が生じているわけです。
この問題どう解決したらいいん？
まあ、サンドイッチは2組入ってるから、パン2個分の値段してもしょうがないワ
イって言われるかもしれんけど、そこでも罠があるんです。

たまに**間にパン1枚しかはさまってない時**あるからな。

本来なら

パン、カツ、パン
パン、カツ、パン
のところが
パン、カツ、パン
カツ、パン
やった時
やられたっ!ってならん？　実はでかい口あけなあかんタイプやった！ってとき。

結構ショックやねんあれ。
だって私の中で、**サンドイッチ→おにぎり→残りのサンドイッチ**っていう流れを思い描いてたのに
もう、わややん。（祖母のきよこがよく使う言葉「わや」。使用例：もう、わややん）
という、とてつもなくどうでもいい話でした。

最後にこれだけ
サンドイッチのパンって、妙に上の歯の裏にペッターンくっつきませんか？

おいしいサンドイッチのコツ

❶バターやマーガリンをきっちり塗る。パンに野菜の水分が浸み込むのをふせぎます。
❷野菜の水分はしっかりとる。トマトはハムとチーズの間など、具と具の間にはさむのも手。
❸ラップに包んだ状態で切る。端から具がはみ出ずきれいに切れます。
❹できたら乾かないよう、固く絞った濡れ布巾やペーパータオル、ラップなどで包みなじませる。
❺大口で食べる。

人生で一番パンを食べた日

この間、営業所の先輩と、ごはんを食べに行きました。

そこは先輩のお勧めの店で、スパゲッティを頼んだら無料でパンが食べ放題なんですね。そのパンがまた絶妙に小さいサイズなもんで、いくらでも食べられてしまいます。魔のひと口サイズ。

先輩が「私めっちゃ食べるけどいい?」って言ったんで「いやいや私ほんま大食いなんで」と言い返し、**いざスタート**。(戦いか)

店員さん：こちらから、メープルデニッシュ、くるみ、レーズン、玄米です。
先輩&山本：**全部ください。**
山本：「全部ください」とか言うん私だけかと思ってました。
先輩：ほんま? まっだまだ食べるで。
スパゲッティが運ばれてきて…
店員さん：パンのおかわりはいかがですか?? ジャムコロネ、オレンジデニッシュ、ガーリックです。
先輩&山本：**全部ください。**
山本：えー! めっちゃ種類あるじゃないですか。全部おいしいし!
先輩：やろ? いいやろここ。
しばらくして…

※これは2009年11月8日、新卒で働いていた頃に書いた話です。

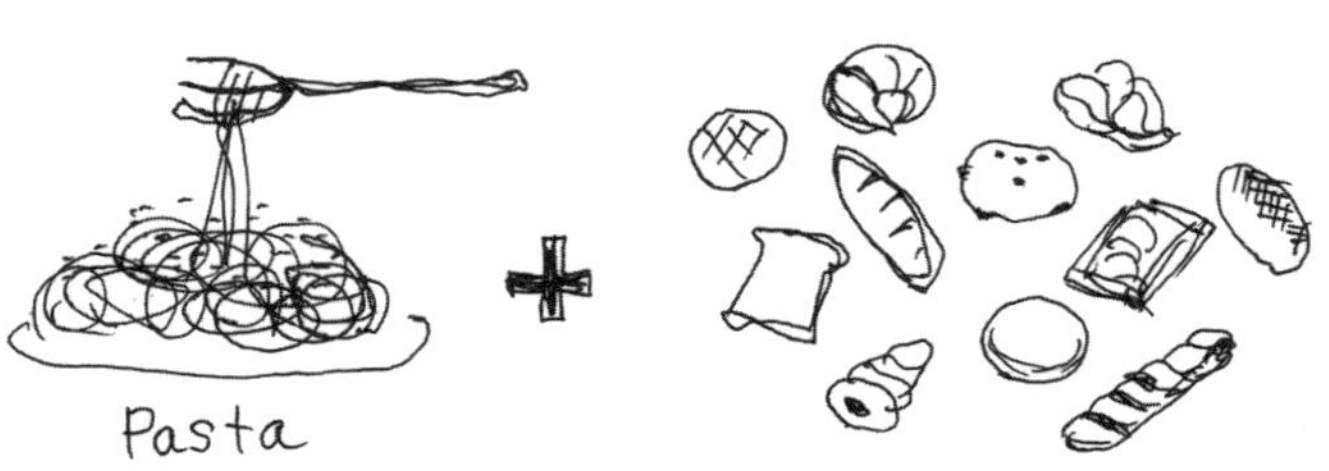

店員さん：りんごカスタード、あんぱん、玄米です。
先輩&山本：**全部ください。**
山本：ちょっと店つぶれるんちゃいます？
先輩：**「あいつらやばい」**みたいになってるやろな。
山本：**「あのA1の客注意しとけよ」**みたいに言われてるでしょうね。
しばらくして…
店員さん：パンはいかがですか？　メロンパンが焼きたてです。（かごにメロンパンが2個のみ）
先輩&山本：**お願いします。**
先輩：なんで今2個しか入ってなかったんやろうな。**確実にうちら用**やん。
山本：**「やばいあいつらの分無くなる！」**てなって慌ててきたんでしょうね。
先輩：（笑）**「あいつらにまず持っていっとかな！　やばいで！」**
山本：（笑）**「ちょっとちょっとあのパンなんですか!?　こっち来てないんですけどーー！」**（店員にクレームを言う演技）
先輩：（笑）**「メロンパンじゃないですか？　来てませんけどーー！（怒）」**（店員にクレームを言う演技）
山本：**「え、すいませんそれなんですか!?」**（隣の人に必死の形相で尋ねる演技）
先輩：（笑）
しばらくして…
店員さん：ハムチーズです。
先輩&山本：**お願いします。**

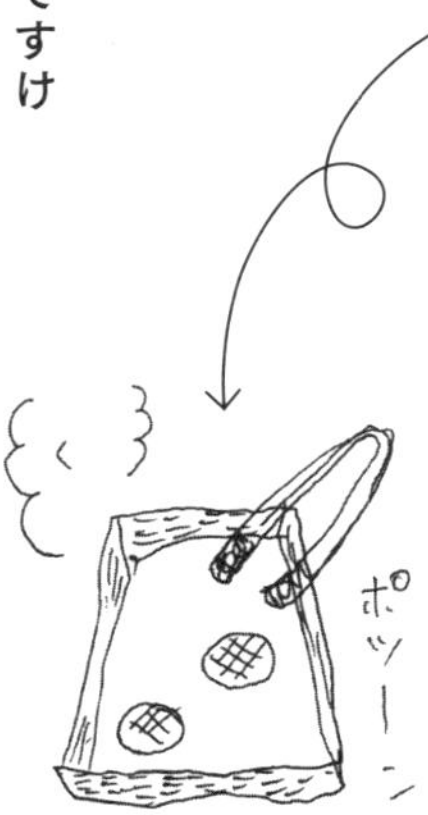

山本：もー！　なんでまた新しいやつ持ってくんねん！　一周まわったら止めれるのにー！お腹いっぱいやのにー！
店員さん：チョコデニッシュです。
先輩&山本：**お願いします。**
山本：どんだけ種類あんねん!!　店つぶれますやん。もうやめて！
店員さん：玄米チーズです。
先輩&山本：**お願いします。**
山本：今「玄米です」やったら頼まんかったのに――――！
先輩：わかるー！**「え、チーズ!?」**てなったもん。
山本：このパンの小ささがダメですよね。でかかったら食べませんもん。
先輩：ほんまこの小ささ…てほど小さくないよね。
山本：そうですよね。そない小さくもないですね。もう**赤阪尊子**《あかさかたかこ》ですね。
先輩：初代大食い王者ー！（笑）なんで知ってんねん。
山本：めっちゃ長い海苔巻き食べてましたよね。
先輩：ボウリングのレーン使ってたからな。

結局、すべての種類を一周食べきって食事を終えました。

人生で一番パンを食べた日やわ。
パン記念日。（この味も　いいねと君が　言ったから）

赤阪尊子
伝説のフードファイター。数々の大食い番組で優勝する。1996年放映の人気番組『TVチャンピオン』において野獣・藤田操と演じた長さ6mの細巻きの死闘はあまりにも有名。

サラダ記念日
歌人・俵万智が1987年に出版した短歌集で異例の280万部のベストセラーを記録。表題のサラダ記念日〝「この味がいいね」と君が言ったから七月六日はサラダ記念日〟は実際に記念日に制定された。

【友達との会話1　～ディズニーランドホテル編】

メンバー：しーちゃん、さきちゃん、さや、みんみん、山本

ディズニーランドに、仲良しの高校時代のメンバーで大学卒業旅行に行った時の話です。朝のホテルのバイキング。食べ終わったみんなのお茶碗とお味噌汁のお椀を５～６個重ねて置いていると、レストランの方が「こちらお下げしてよろしいでしょうか？」と言ってくださいました。

山本：そんなに気を遣ってもらわなくても、あんだけ重ねてたら勝手に下げていいよな

しー：ちょっと待ってください！まだなんです！

さき：１個１個に芋が入ってるんです！

みん：(笑) まとめとけよ！(笑)

さき：芋タワーなんです―――(懇願したように)

全員：芋タワー (笑)！

山本：「芋タワーなんです」言われてホテル側もどうしたらいいねん

全員：(笑)

山本：むしろ聞いても「あ、芋タワーなんですねー＾＾」言うて下げるからな

さや：謝られても嫌やけどな。芋タワーでしたか！　大変申し訳ございませんでした!!

全員：(笑)

さき：申し訳ございません。まさかあの芋タワーとは知らずに…

山本：あのかの有名な芋タワーとは露知らず…

さや：今支配人を呼んで参ります

みん：支配人きた―――！ (笑)

しー：めっちゃでかい話なってるやん

さや：すみません先ほどは芋タワーの件で大変失礼な態度を……

全員：(笑)

さや：今シェフを呼んで参ります

みん：シェフ来た――!!

さや：大変申し訳ございませんでした。
あの、もしよろしければ…
こちら新しい芋タワーです

全員：（笑）

さや：今ミッキーのほうを
呼んで参ります

全員：ミッキー来た――！（笑）

みん：よっぽどのことがないと
呼ばへんで

さや：申し訳ございません。芋タワーでしたか。（ミッキーの頭のかぶりものを脱ぐ動作で）

みん：中身ばらした――！　それ絶対
やったあかんこと――!!

さや：芋タワーでしたか。
（ミッキーの着ぐるみの後ろのチャックを外す動作で）

みん：脱いだ――！（笑）

山本：謝るならちゃんと
脱いでから来いよ！（笑）

さや：芋タワーでしたか。
（ミッキーのかぶりものの鼻を摑んで軽く上にあげる動作で）

全員：適当――!!（笑）

さや：あなたが落としたのは
この金の芋タワーですか？
それとも銀の芋タワーですか？

全員：（笑）

山本：ていうか、そもそも、
芋タワーって、何？

全員：ほんまや何この会話。（笑）

芋タワーでしたか。

おまけレシピその1

「お肉を食べるならささみ。ケーキを食べるなら和菓子」より

これならシャシャシャ…とならない

やわらかささみチーズ

全然低カロリーではないしっとりやわらかなささみのおかず。
端っこのカリカリに熱々とろとろのチーズを絡めて。

ささみの筋はキッチンばさみで切るとラクです。ちなみに私はとりません。あの食感が結構好きで。(趣味悪い)

材料 (2人分)

- ささみ……4〜5本
- A
  - 塩……小さじ⅓
  - 砂糖……小さじ1
  - 酒、オリーブ油またはサラダ油、片栗粉……各大さじ1
- サラダ油……小さじ2
- ピザ用チーズまたは溶けるスライスチーズ、あればドライパセリ、粗びき黒こしょう……全部好きなだけ

作り方

1 ささみは筋をとって斜めに2等分にし、全体的にこれでもかとフォークでズサズサ穴をあける。ポリ袋にいれて**A**をもみ込み、できれば5分以上おく。

2 フライパンに油を熱して**1**を並べ、こんがりしたら裏返し、ふたをして中火で焼く。1分ほどしたらチーズをのせて再びふたをし、まわりがカリカリになったら火を止め、皿に盛る。あればパセリ、黒こしょうをパラッ。

好みでしょうゆをチラッとたらしても。

「恐怖の冷蔵庫掃除」より

より古いほうの豆板醤を使って

もやしと豚のピリ辛卵スープ

すべての材料をお鍋にいれて煮るだけですが、これ、ほんまにおいしいです。
具は好きなものでOK。ごはんにかけてクッパにするのもおすすめです。

材料（たっぷり２人分）

長ねぎ……½本
にんにく……１かけ
もやし……½袋
豚バラ薄切り肉……120ｇ
A
- 水……３カップ
- 豆板醤、しょうゆ……各小さじ１
- 顆粒鶏ガラスープの素、砂糖、味噌……各小さじ２
- 塩、こしょう……各少々

卵……１個でも２個でも
万能ねぎまたはニラ……３本ぐらい
あれば白炒りごま……適量

作り方

1 長ねぎは斜め薄切り、にんにくは薄切り、豚肉は２cm長さに、万能ねぎは食べやすい長さに切る。フライパンかお鍋に**A**をいれて沸かし、長ねぎとにんにく、もやし、豚肉をいれて煮る。

2 火が通ったら強火にし、溶き卵を少しずつ回しいれる。万能ねぎを加え、火を止める。器に盛り、あればごまをふる。

溶き卵は強火でグツグツ煮立ったところにほそーく回しいれると、いれた瞬間固まるので汁が濁らずふわっと仕上がります。

「恐怖の冷蔵庫掃除」より

うなぎのたれ祭りに終止符を

サクサク天かすうなぎだれ丼

よそでは出せないまかない飯ですが、止まらない味。
サクサク天かすに甘辛だれ、わさびを添えればまるでひつまぶしのような味わい！

材料（1人分）

ごはん……丼軽く1杯分ぐらい
卵……1個
天かす、うなぎのたれ……それぞれ好きなだけ
A［あれば万能ねぎ（小口切り）、刻み海苔、練りわさび……これも好きなだけ

作り方

1 器にごはんを盛って卵、天かすをのせ、たれを回しかけ、Aを添える。それだけです。

天かすは「イカ風味」とかじゃない、シンプルなものがおすすめです。

「クリームシチュウはごはんに合うか否かなど」より

これならごはんでもいけるはず

クリームシチュー献立

・フライパンで＊豚バラシチュー　・糸こん明太炒め　・じゃこサラダ

市販のルウを使わない、炒めた具に粉を絡めて煮るだけの簡単シチュー。

シチューはごはんに合わない！という人用にごはんのおともになるおかずを２品合わせました。

フライパンで＊豚バラシチュー

材料（たっぷり２人分）

じゃがいも……小さめ２個
にんじん……½本
玉ねぎ……½個
豚バラ薄切り肉……150ｇ
バター……大さじ１
小麦粉……大さじ３
水……２カップぐらい
固形コンソメスープの素……１個半
牛乳……1.5カップぐらい
塩、こしょう……各少々。味をみつつ

作り方

1 じゃがいもは皮をむいてひと口大に切る。にんじんは乱切り、玉ねぎは薄切り、豚肉は食べやすい長さに切る。
2 フライパンを中火にかけてバターを溶かし、豚肉、玉ねぎ、にんじんを加えて炒める。色が変わったら小麦粉をふりいれて絡め、水を少しずつ加えてのばす。コンソメ、じゃがいもをいれてふたをずらしてのせ、弱～中火で10分ほど、ときどき混ぜながら煮る。
3 牛乳を加え、じゃがいもがやわらかくなるまで煮る。塩、こしょうで味をととのえる。

どんどんどろっとしてきますんで、底に張りつかないよう混ぜます。水が減ったら適当に足してください。

糸こん明太炒め

材料（２人分）

糸こんにゃく……100ｇ
明太子またはたらこ……½本
サラダ油……小さじ１
めんつゆ（濃縮２倍）……大さじ１弱

作り方

アク抜きです。ときどきこの工程とばします。

1 糸こんにゃくは食べやすい長さにはさみで切り、サッとゆでてザルにあける。 明太子はほぐす。
2 フライパンに油を熱して糸こんにゃくを炒め、ちりちり音がしたらめんつゆを加えてジャッと絡める。明太子を加えて絡める。

じゃこサラダ

材料（２人分）

レタス、きゅうり、トマト　ちりめんじゃこ……好きなだけ
A しょうゆ、酢……各大さじ１
A 砂糖……小さじ１
A ごま油……小さじ½

作り方

1 レタスはちぎる。きゅうりは縞目に皮をむいて乱切り、トマトは薄い半月切りにする。
2 器に盛って合わせた**A**をかけ、じゃこをワサッ。

夫はじゃこだけ別皿に出してしょうゆをかけてごはんに…というパターンで食べました。

「サンドイッチを買う時に考えること」より

これなら4本分楽しめます スティックオープンサンド

食パン1枚を4つに分けてそれぞれ違う味にするという欲張りなサンドイッチ。インスタグラムで流行っているそうな。(私はやってないんですけど。ブーム終わってたらすみません)

材料 (1人分)

食パン(6枚切り) …… 1枚
バターまたはマーガリン、マヨネーズ …… 各適量
ベーコン …… ½枚
ミニトマト …… 1個
きゅうりの薄切り …… 5枚
ゆで卵の薄切り …… 2枚
塩 …… 少々
ツナ缶 …… ¼缶
くるみ …… 適量
A 板チョコレート …… 2かけ
　砂糖 …… ひとつまみ
　水 …… 小さじ½
あればドライパセリ、粉砂糖 …… 各適量

作り方

1 パンは横向きに4等分に切ってオーブントースターで焼き、バターを塗る。ベーコンは1㎝幅に、トマトは4つ割りに、ゆで卵は半分に切る。
2 フライパンは油をひかずに熱してベーコンをいれ、カリカリになったら取り出す。パン3本にマヨネーズを絞り、卵とベーコン、きゅうりとツナ、トマトとツナを乗せ、塩をふる。好みでマヨネーズを絞ったりパセリを散らす。
3 小さい耐熱容器に**A**をいれ、ラップをかけずに電子レンジ(600W)で20秒ほどチンし、混ぜながら溶かす。残りの1本に塗ってくるみを乗せ、上からもかけ、あれば粉砂糖をふる。

マヨネーズは塗り広げず、細くシュッと絞ったままのほうが具が落ちにくいです。

【ある1週間の献立　その1】

私は一応料理ブログを書いているんですが、普段の自宅の夜ごはんを載せたことはなく**完全にブログ用**に作っています。(ごはんは熱々をすぐ食べたい、など色々理由はありますが、なんとなく恥ずかしいんで) でも今回、実際の夜ごはんの写真を撮ってみました。もう、ほんまにテーブルに運んでパシャッって撮っただけやから、**お箸の向きすら合ってない**けど。

月曜日

右後ろに見えます白い紙がファサ～なってるのは、**ゴミではなくかきあげ**です。

●**サバの塩焼き**（向きもくそもない。添え物もない）
●**もやしときゅうりとハムのサラダ**
●**にんじんと玉ねぎのかきあげ**（７割５厘崩壊）
●**豆腐とえのきの汁物**
（ミスターチルドレン　ニューシングル『名もなき汁物』）
●**白ごはん**

火曜日

食べかけて。

●**鶏胸肉のチキンカツっぽいやつ**
（チキンカツほどカツカツはしてない）
●**レタス**（手で豪快にむしりました。
そのままお召し上がりください）
●**そうめんサラダ**（和えた器のままでどうぞ）
●**白ごはん**

基本的に、まずはビールでつまむ→〆に白ごはんと汁物（もしくはあまったおかずか海苔的なもん）という流れです。

水曜日

サラダぐっちゃぐちゃやないか。
シェフの気晴らしサラダみたいな。

●**豚こまを丸めて焼いてたれを絡めたもん**
●**冷奴**（天かす乗せ）
●**胸肉とゆで卵のサラダ**
●**トマト**（素材の味をお楽しみください）

これらで飲んだあと
●**わかめとえのきのお吸い物**（写真ないけど）
●**白ごはん**

木曜日

色合いさみしっ。

●カレイの干物（網に油を塗り忘れたため、皮が一部グリルにくっついて剥がれました）
●豆腐サラダ（むしりレタスに豆腐をのせたのみ。市販のドレッシングで）
●エリンギ焼き（そのペラペラのやつ）

これらで飲んだあと

●にんじんと大根のお味噌汁
●白ごはん

金曜日

鍋ごと———！

●豆腐ともやしのピリ辛煮
●レタスとツナとゆで卵のサラダ（卵はあの『ゆで卵ガッシャマン』でカット）
●ミニトマト（だいぶつまんだ残り）
●小松菜と油揚げのレンジ煮
●モロヘイヤのおひたし（私以外の家族に大不評）

白ごはんは食べたかどうか忘れました。

土曜日

サンマの体どこいってん。
もう説明する気力もなくなってきた。

おまけ

夫が飲み会でいない日。（ひとり酒）

●炒めもん

実はこの炒めもんの下に
納豆オムレツも隠れてます
（お箸の近くよく見て）。
どんだけ洗い物面倒くさいねん。

2章

なんていうことのない
愛すべき日常

なんやねんって言いたくなる酒屋

うちの最寄りのスーパーまでは10分もかからないんですが、それよりもっと近くに老夫婦が経営している1軒の酒屋さんがあります。

この酒屋さん、お酒だけじゃなくおつまみやお菓子、カップ麺やらカレールウやら缶詰やら結構なんでもある、ちょっとしたスーパーみたいなお店なんですね。

「生鮮食品始めました！」とも書いてあって、（たぶん何年も前から始まってそうな古びた張り紙）入り口付近には野菜もちょっとだけあり。さらに**お惣菜**も置いてあるんです。発泡スチロールのトレーにコロッケが2個入ってラップしてあったり、ひじきやきんぴらごぼうがあったり。

それはいいんですけど、なんか、**品揃えがよくわからん**ねん。

ほんのちょっとだけおにぎりが置いてあったり（手作りではと疑うような形のおにぎり）コロッケの横に**お刺身がポツン**と売ってたり。そしてコロッケは冷蔵庫で冷やされてんのにお刺身はそのまま棚に置いてあるという。

どんだけ冷たいコロッケや。（そっちはええやろ。問題は完全にお刺身やろ）

ほんでレジのおじいちゃん、**なんか食べてんねん。**

今のところ7割の確率でなんか食べてんねん。別に全然隠す様子もなく、お弁当（商品？）とかムシャムシャしてる。

ムシャムシャいわしてる。（ヤンキーみたいに言うな）↑別に言ってない

初めて行った時おばあさんがレジ打っててんけど、おじいさんに「これなんぼやったかいなあ」「このボタンどこやったかいなあ」とか聞いてるし、おじいさんはお弁当タイムやし、**なんやねんこの店最高やん**と思い、好きになってしまって。その後頻繁に通ってたんですが、ちょっと離れたところにあるでっかいチェーン店の酒屋さんのほうが安いと気づき、最近めっきり行ってませんでした。

でもこの間、焼肉を焼きはじめた瞬間にたれがないことに気づいて。一刻も早くたれが必要になったんで、一番近くのそのお店に向かって走りました。


焼肉のたれはちゃんとありました。

甘口か辛口か中辛か。（種類は「エバラ焼肉のたれ黄金の味」しかなかった）

どれにしよ…中辛かな…いや甘口…なんでもいいから早くせな…

そしたらレジから、

「お姉ちゃん！　お姉ちゃん!!」とかすかに呼ぶ声が。

最初はよくわからず無視しててんけど、やっぱり「お姉ちゃん！」と呼ばれるんで、私か！と気づいた。

おばあさん：お姉ちゃん！
山本：はい！

焼肉のたれの便利な使い道

★そのまま
炒め物、煮物の味付けに、からあげの下味に。（鶏モモ肉1枚に大さじ3～）。炊き込みごはんに。（2合に大さじ3～）。
★たれ＋マヨネーズ
ディップや炒め物の味付けに。
★たれ＋ポン酢
蒸し野菜や豚しゃぶにかけたり、炒め物の味付けに。
★たれ＋ごま油
お刺身を和えてユッケに。
★たれ＋めんつゆ
麺のつけだれや煮物、炒め物の味付けに。
★たれ＋酢
ドレッシング、和え物に。
★たれ＋ケチャップ
ハンバーグのソースや肉料理の下味に。
※焼肉のたれの会社の回し者かって感じですが、全然無関係です。

おばあさん：**パン買わん？**
山本：え？
おじいさん：**パン買わんか？**
なんかパン勧められた――！　どうしよ。いらんねんけど。

おばあさん：**30円引く**から。
山本：……。
おじいさん：30円引くからパン買わんか？
山本：……。
おばあさん：30円引くからパン買うてくれんか？

え――どんだけ言うねん。最後**「買うてくれんか」**言うてるやん。頼み口調なってるやん。

おじいさん：**パン。**

なんやねんその単語推し。パンなのはわかってるわ。
あー急いでんのにー…でもこの雰囲気、いりませんって言われへんねんけど。
老夫婦ふたりにこんなに見つめられたら…

山本：**…どのパンですか？**（聞いてもた――！）

おばあさん：そこの棚の。

そこにはメロンパン（125円）とくるみとレーズンのねじりパン？　みたいなんが4本はいった袋（168円）が。**わあ。どっちもいらんわ。**

おばあさん：30円引くから。

山本：…………………**ください。**（敗者）

ええねん。くるみとレーズン大好きやし。30円引きやし得したわ。

レジでお金を払いました。

おばあさん：ありがとう。じゃあおつりが…104円やね。えっと…もう、あー…

もう、105円渡しとくわ。

どんだけ適当やねん。

山本：ありがとうございました！

急いでお店を出ようとすると、

おばあさん：お姉ちゃん！　お姉ちゃん！

はみだしレシピ

硬くなったパンでも！ レーズンとくるみのパンプディング

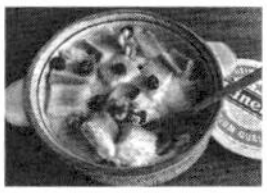

【材料（2人分）】

食パン…２枚

レーズン、くるみ…各15g

バターかマーガリン…適量

A（卵１個、牛乳120㎖、砂糖大さじ１～２）

ラム酒または湯…大さじ1

【作り方】

❶レーズンにラム酒をかけ、電子レンジ（600W）で１分ほど加熱しておく。パンは軽くトーストしてひと口大の角切りにする。

❷耐熱皿にバターを塗ってパンを並べ、混ぜ合わせた**A**をかけ（染み染みが好きなら少し浸しておき）レーズン、くるみを散らす。

❸200℃のオーブンで20～30分焼く。

★オーブンがなければ、レンジで２～３分チンして卵液に火を通してから、オーブントースターでこんがり焼きます。

熱々のところにバニラアイスをのせてもおいしい！

え、まだ何かあるん⁉

おばあさん：**レンジ。**

山本：え？

おばあさん：家にレンジあるか？

山本：え？

おばあさん：**あたためよか？**

いやいや！　今勧められたから買ったのに今食べるかいな。しかも**4本もはいった袋詰めの甘いパン**とか全然温める対象ちゃうやろ。

山本：大丈夫です！　レンジあります！

おばあさん：そうかー。

この、お客さん目線でもすごく親切なわけでもなく、商売っ気がまったくないんかと思えばいきなりあったりするお店

やっぱり好きです。

豆知識

パンをレンジでチンするとカッチカチになるという方へ

パンをレンジでふわふわに温める方法

パンをクッキングペーパーにくるみ、10〜20秒チンするだけ。
※やりすぎると硬くなるので10秒単位で。

硬くなったバゲットなどは、クッキングペーパーをちょっとだけ湿らせてくるみ、10〜20秒チンで復活します。冷めると硬くなるので食べる直前に。

ただ必死で自転車で街を駆け抜けていた頃

大学を卒業し、新卒採用で広告代理店に入社しました。

広告代理店とだけ聞いたらスマートでカッコよさそうですが、実際は求人広告の会社の営業職で、ただただ堺の街を自転車で駆け抜け、飛び込み営業をして回るという、完全に肉体労働系の仕事です。（いや、賢い人はオフィスからでも受注できるんかもしれん）

そもそも飛び込み営業って誰が考えたんかしらんけど、やっててなんちゅー行為やとたまに思ってたわ。

まったく知らん人がいきなり会社に飛び込んでくるなんて。迷惑極まりない。

一歩間違えたら不法侵入やん。名刺と笑顔と丸顔でごまかしてるけど。

飛び込む前はだいたい緊張します。

ほんで、「よし！　どんだけでも罵声を浴びせてくれ！」と自分に言い聞かせて意気込んで

申し訳なさそ――――に現れて

申し訳なさそ――――に去っていきます。（全然あかん営業マン）

「求人……ないですよね？」と、存在の必要性の無さを自らアピールし

こぼれ話
～全力だったあの頃

求人広告の営業をやっていたといっても、たった2年で退職したので、何を知ってんねんという話で。仕事について語る資格もないんです。でも当時を振り返ると、切なくなったり、熱くなったり、色んな感情が湧きあがって泣きそうになるんですよね。全力だったなあ…と思います。

「失礼しました！」と去ります。その繰り返し。

オフィスでカップスープ片手に手作りのお弁当を広げ、アフター5にヨガ教室で自分磨き…みたいなOL生活とは程遠い、**昼は牛丼屋、夜は居酒屋。**
うまくいかなかった日はコンビニで缶ビールを買って、スーツで飲みながらフラフラ帰ったり、日をまたいで帰宅したりネットカフェで寝たり、肌も化粧もボロボロ。

真夏には日焼けしまくってお客さんに**「サーファー」**と言われ、
毎日大量の資料をいれた営業カバンの持ち手はボロボロで、上司に**「猛犬の鎖」**と呼ばれ、
営業所で唯一の女性営業マンだったにもかかわらず、
「メスゴリラ」と呼ばれながら働いていました。（日焼けしすぎて**「顔面乳首か！」**とつっこまれたり。完全にセクシャルハラスメントじゃござらんかい）

当時は寝ても覚めても仕事のこと考えていた気がします。（仕事が好きだからじゃなく、怖すぎて）仕事の夢しか見なかった。

「自分の書いた原稿で誰も応募がなかったらどうしよう」とか
「来週本当に売り上げがゼロだったらどうしよう」とか
「自分のせいでチームの目標を下げたらどうしよう」とかとにかく胃が痛くて。
でも、先輩と上司には最高に恵まれていて。

並盛（つゆだく）380円。
週に何回行ったか。

優しいしおもしろいし賢い人ばっかりで、ボケカス怒ってくれて、色々なことを親身になって熱心に教えてくれて、
今思い出しても本当にいい職場でした。もう書きだしたら止まらない。

そんな営業時代のブログです。

～真夏の1ページ～

普段、「いってきまーす」と会社を出て、
2階から1階まで自転車を抱えて階段でおろしてきて（この作業ほんま嫌いやわ）
一日堺の街を自転車で走り回ってます。

不動産、飲食店、建築会社、車の工場、ガソリンスタンド、介護施設、病院、歯医者、クリーニング店、スーパー、じゅうたんの会社、印刷会社、デザイン事務所、塾、保育園、花屋、タクシー会社、何してるかわからん会社、何してるかわからん整骨院……

暑くてもうわけわからんくなってきた。**気温35℃。**体温やないか。

もうスーツとか脱ぎたい。全裸で営業したい。（捕まるわ）

堺市
大阪府泉北に位置する日本の政令指定都市。人口84万人。当時の私のテリ（テリトリー。担当地域）は堺市堺区で、ちんちん電車が走る人情味溢れる街でした。

半裸で営業したい。（どっち残すねん）

だいたいこんなに**汗だるぅあ〜〜〜**かいた女性がいきなり会社に飛び込んできたらびっくりされるわ。

右。（横分け———！）

この間、お客様のポーラ ザ ビューティの店員さんに肌診断してもらって**「ほんま肌死んでまっせ。乾燥&油ギッシュ全開のニキビ満開!! 紫外線ダメ、絶対！」**って内容の言葉を**200倍お上品に気を遣いながらほっこりとした口調**で言われたのに、早速紫外線浴びまくってるからな。


あまりにも暑くてどこかで休もうと思い黄色いMのマークでおなじみの、**中身死ぬほど熱いアップルパイのお店**にはいりました。（サイドメニューで言うな）

席についてジャケット脱ごうと思たら、**汗で腕と密着してスッと脱げず。**

Tシャツは絞れそうな勢いでビッショビショ。

…私こんな肉体派の社会人になりたかったんだっけ…

だいたいインドア派で人見知りやのに、何が嬉しくて炎天下、立ちこぎとかしてんねん。（こんな楽な仕事で何を贅沢な）

そしてトイレで鏡を見ると、**顔面が明らかに朝より黒くなってた。**
ドゥーーーン。（マタヤケタヨ）
昨日より今日、今日より明日と、このままの勢いで焼け続けたら
夏の終わりには歯しか見えなくなる恐れありやわ。
また自転車をこいで、暑すぎて大山古墳横で座ってぼーっとしてたら
古墳の中に、野生のタヌキがいました。

タヌキや

って思った。（感情なしか）

帰って、アシスタントの姉さんに
「私って焼けましたよね」って聞いたら
「うん。焼けたね。
なんかギャル系の友人たちの間で『ナッツ』ってあだ名で呼ばれてそう」

何その設定。

大山古墳
大仙陵古墳。堺市にある日本最大の前方後円墳。5世紀前半に造築されたといわれている。

当時あの古墳にタヌキがいたと帰って上司に報告したんですが、信じてもらえませんでした。写真はイメージです。

〜雨の日の1ページ〜

今日は雨の中、自転車で走り回ってました。ビニール傘片手に自転車で。
この雨にもかかわらず、**ねずみ色のスーツ**で来てしまって。(グレーと言え)
もう、**濡れたところバレバレ。**びっしょびしょ。ドボドボ。

雨の中留めてた自転車に何回も座るから、お尻の雨の染み込み方やばい。
完全おもらし状態。ぼあ―――ん。見るな…誰も俺を後ろから見るな……!!

朝10時の工務店さんに始まり、整骨院→うどん屋→漫画喫茶→タクシー会社→中華料理屋→パン屋→服屋→本屋→カフェ→コンビニ→花屋→介護施設→美容院……

回りきった頃には暗くなりかけてて、さらに雨足は強くなり…

ザ―――

ザ―――――――!

ザ―――――――――!!!!!!

ついに恐れていた事態が。

強風にあおられた傘が

ブァッサ〜!!!

（恥ずかしいことランキング5位：いきなり傘ズル剝け）

全身びっしゃ――――――ん
前髪でこにぴった――――ん。
お腹の肉ぼっょ――――――ん。（雨関係ない）

…………………………

ボキボキに折れた針金状態の傘を片手に握り締め、申込書の日付をたったひとつだけ間違えて、訂正印を**「ポンッ」**と押してもらうだけのために、
その**ほんの1秒**のために、
パン屋に向けて猛ダッシュで自転車をとばした。（もうどうにでもなれ私）

そこのパン屋は社長が怖いと有名で、
これまでも2〜3度、**「誰やお前は!!」「帰れー！」「出てけー!!」**と言われていて、
ちょうどこの時も、中で怒鳴り散らしてる声がしててんけど……

山本：失礼致します。
社長：何の用や?…どうしてん。とりあえず中はいれ！
山本：お忙しいところすいません。
社長：いいから座れ！　なんか拭くもん持ってないんか？
山本：チャリの座るとこ拭くのに使ってしまいました。
社長：（スタッフさんに）おい！　**お前タオル持ってきたれ！**

こぼれ話
〜傘さし運転

2015年6月から道路交通法が改正され、自転車への罰則が厳しくなりました。傘さし運転や携帯電話の使用は5万円以下の罰金です。しかし取り締まりが緩かっただけで、傘さし運転はそもそも違法だそうで、当時の私は違法していたことになります。皆様もお気をつけ下さい。

ほんまに優しくて泣きそうでした。

社長：**なんでお前だけこんな厳しくやらされてんねん！** 今までの奴こんなことなかったぞ!?

あ、今までの人は**ミスがなかっただけ**なんです、すみません。

そんなこんなで、傘を借りて帰り、
会社にたどり着いた瞬間「濡れすぎやろ!!」と笑われ、
何食わぬ顔で原稿作りに励みました。

こぼれ話
〜厳しくも優しいパン屋さん

このパン屋さん、堺市堺区で大人気の有名店なんですが、とにかく最初は厳しい社長に何度も怒鳴られ、追い返されてびくびくしていました。でも最後のほうには「こんな遅くまで働いて、腹減ってるやろ。食え！」と551の肉だんごを食べさせてくれたり、クリスマスにはケーキとコーヒーを出してくれたり、本当に可愛がってもらいました。(ちょっと間が悪いとまたすぐ怒鳴られるんですが)もう絶対に覚えていないと思いますが、またいつかお会いしたいです。

近所の自転車屋の話

自転車を毎日使うんですが、年に何回かパンクします。パンクってやっかいですよね。もうお尻に地面の凹凸がダイレクトに刺激を与えますもんね。（降りて押せ。何乗り続けてんねん）

自分じゃどうしようもないんで自転車屋さんに直してもらいに行くんですが、近くにチェーン店の自転車屋がないんで、昔からあるめっちゃ小さな個人店に行きます。

そこの自転車屋、**無愛想なおじさん**が経営してるんですが、**基本的に店先には誰もおらず**、用事がある人はインターホンで呼び出すシステム。ちょっと空気いれを借りるのにも10円がいるんです。あの、**キコキコする昔からあるタイプの古い汚い空気いれ**が外にぽーんと置いてあって（盗まれへんように紐でくくりつけてある）、ちょうど**10円玉が入る太さの筒が設置してあって**、そこにいれるシステム。

以前、真夏にスーツで空気いれを借りた時、うまくはいらなかったんでインターホンでおじさんを呼び出して説明すると、ものすごく面倒くさそうに出てきて、1〜2回キコキコして、

「はいるやん。じゃあ。」

と、スーツに汗だくの私にキコキコの続きを託し、

「あ、10円いれてや?」
とだけ言って、店の中に帰っていきました。

そしてこの前、またもやパンクして。いうても10分ぐらいの距離ですが、やっとの思いで自転車を押しながらそのお店にたどり着いたら、ちょうど5時で。
おじさんが外にいて、店先の自転車を中にしまいだしました。

山本：あのすみません。パンクしたんですけど…
おじさん：**あー今営業終わったわー。うち5時までやからね。もう店閉まった。また明日きて。**

うそ――――ん。店閉まったんちゃうやん！ **店閉めたんやん！** 今目の前で！
個人店やねんから閉めるも閉めないもおじさんのさじ加減じゃないんかい！ ここまで運んできてんから、ちょっとぐらい見てくれたっていいやん！

そら、確かに5時までかもしれんよ。
でも時間の厳しさもう大学入試並みやないか。「今鉛筆持ってるもん0点」の世界やん。

…………………………

もちろんその日はトボトボ帰ったんですけど、
ただこのおじさん、いい味してるよなあ。

だって何このやる気の無さというかサービス精神の無さ。今の経営者じゃ考えられへんで。競争社会じゃ生き残られへんで。

でもそんなことはおじさんにとってどうだっていいねんきっと。


もしかしたらその日、5時からものすごく重要な何かがあったんかもしれんけど、ちょっと「世界の車窓から」が見たかったとか、そんなくだらんことかもしれん。

そもそも特に理由なんてないんかもしれん。でも目の前にお客さんがいようが、5時までって言うたら5時までやねん。真夏だろうとスーツの女性だろうと、空気いれは自分でいれるもんやねん。もしかして気分がよかったらやってくれてたんかもしれんけど、それならその時は気分よくなかったからやらんかってん。


この自分の気持ちへの忠実さというか、頑固さというか、**「何十年も商売やってるからもう単なる流れ作業です」**て感じが、なんかもう、それでいい。

最近はどこいっても、みんな本心はだるくても、基本的に優しいし愛想いい世の中で、このヘンクツ者のおじさんは、いつまでもこのままでおってほしいもんです。

世の中、色んな人がおる。

世界の車窓から
テレビ朝日系列で放送されているミニ番組で、鉄道の車窓から見える世界各地の名所、観光地などを紹介する。放送開始は1987年。あの音楽と、ナレーションの石丸謙二郎さんの声に癒されるんです。

夏の終わりの切なさ

今年も夏が終わってしまう。
夏の終わりってなんでこんなにも切ないんやろう。あんなに「暑い暑い」と言ってたくせになんですが、私は季節の中で夏が一番好きです。

かんかん照りの空とか、シャーシャーうるさいセミとか、甲子園球児やら薄着のギャルやら、スイカと風鈴と蚊取り線香とウチワ、お祭りやら花火の雰囲気、もう、すべてをひっくるめてめっちゃ好きです。うどんぐらい好き。（レベルわからんわ）
歌謡曲なんかも、夏の歌がすごく好きです。明るくてノリがいい

♪サマ――！　フゥ〜〜〜！　サマ――！

みたいな曲が好き。（誰の曲やねん。絶対オリコン1000位以下やろ）
キャンプに海水浴にスイカ割りにバーベキューにビアガーデン…ほんま夏最高。
ちなみに**今挙げた五つとも一切やってない**ねんけどな。なんせそういうアクティブな予定は、予定立てるまで楽しみやのに**当日とたんに面倒くさくなる**から。
残念ながら絶対インドア派やわ。**壁大好き。**

それでもやっぱり夏が大好きです。
1年が春と夏の2回で終わってほしい。**春、夏、春、夏、秋、春、**が理想やわ。多少秋の雰囲気も感じたいけど、本格的な寒さがくる前に春に戻ってきてほしい。…

※これは2010年8月17日、社会人2年目の夏に書いた話です。

いや待って。春がちょっと多い？　もう一回考えて書いていい？（どうでもええわ）

今日、ふと**夏の終わりの匂い**がして、その瞬間泣きそうになった。

なんでやろう。毎年のこの、夏の終わりの不思議な感じ。

特に夏の夜は、色々なことを考えてしまいます。ふり返ってみると、毎年一年の中で一番印象が強いのが夏やねんなあ。

去年の夏は何してたとか、一昨年は誰と過ごしてたとか、バイトに明け暮れていた夏、恋愛に溺れていた夏、友達の結婚式の準備、バスケ部の旅行、夜中の河原で飲んだビール…色んな思い出が頭をめぐって、最終的に**人生って何やろう**ってあたりまで考えてしまって、それが嫌なような、もっと考えたいような、妙な感情になる。

今もそんな感じなんで、とりあえずゲソ食べながらビール飲むわ。


今年も夏が終わる。

今年は暑かったなあ。何年かしたら、社会人2年目の夏は暑かったなあーって思うんかなあ。今年の夏も一緒に過ごしてくれたみんなありがとう。


ほら、こんなんいきなり言いだすやろ？

これも**夏の終わりの諸症状**やから。何これ誰か。解明して。

ほんでこのゲソ苦いわ。焦げとるわ。


ゲソ苦っ。

夏の終わりに聴きたくなるちょっと切ない曲
（完全に個人の主観です）

♪井上陽水
『少年時代』
♪ケツメイシ
『サマーデイズ』
♪森山直太朗
『夏の終わり』
♪サザンオールスターズ
『真夏の果実』
♪フジファブリック
『若者のすべて』
♪Cocco
『ポロメリア』
♪久石譲
『Summer』

人生で最強の全身筋肉痛になった

この間『すべらない話』で小籔さんのスノーボードの話があったんで、今日はスノーボードの思い出を書こうと思います。

そういえば昔、ウィンタースポーツの専門店の店員さんに、**「スノボ」って言ったらあかん**、みたいなことを言われたわ。スノーボード好きな人はスノボとは言わんらしい。

理由は忘れたけども。呪われるんやったっけ。（絶対に違う）

学生時代や、社会人になってからも、たまに「今年スノボいこー」とか誘われてたけど、「いこいこー！」って口では言うくせに全然いこいこー！って気分じゃない。

あわよくばこの企画が消えてくれたらいいな、って思うぐらい。

ほなそう言えよって話やねんけど、ひとりだけ置いていかれるのはさみしいから、みんなが行くなら行きたいねん。（最強にうっとうしい）

大学の頃1回だけ行ったことがあるんです。バイトの先輩たちと。

でも、行く前から、あのスポーツの構造そのものに疑問を感じてたんですね。

あれ、**両足が板にくっついてますよね。**

その時点でおかしいやん。歩かれへんやん。

歩かんでいいやん。って言われそうやけど、**いざという時**の話をしてんねん。

すべらない話
『人志松本のすべらない話』はフジテレビ系列のバラエティ番組。「人は誰でも1つはすべらない話を持っており、そしてそれは誰が何度聞いても面白いものである」がコンセプト。

ゲレンデマジックにより、色んな人がかっこよく見えていました。

大体、**ウィンタースポーツなんてほとんどいざ**やろ。いざの連続やろ。たとえば**崖に差し掛かったら、死ぬか生きるか**なわけで。しかも結構な割合で崖に差し掛かるわけで。っていうか**崖を滑ってる**し。スキーやったらストックがあるからあれで**ガシガシガシガッシガシガッシガシ**したらなんとかなりそうやけど（折れるわ）それすら持たせてもらえないなんて。

でも当時はみんなハマッてたし、なんだかんだ行ったら絶対楽しいんやろうなって思ってました。で、実際行ってみたら、滑る以前に**靴が板に装着できない**という事態に陥り、（ガシャンって全然ならへん）先輩に手伝ってもらってなんとかくっついたものの、まだ1秒も滑ってないのにリフトで山の上のコースまで乗せられ。リフトの着地でつまずいて横の先輩につかまってズザ――――――引きずられてもう帰りたいと思った。今のズザーでだいぶ雪がウェアの中に入ったし、耳にもはいったしもう十分です。

滑ってみたら、案の定めっちゃ難しくて。まず立つことができへん。そして立てるようになっても、びびりやから板を斜面に対して平行にしたまま、いつまでも同じ場所で止まって進まへん。（なにしてんねん）しかもスノーボードって**びびったらこける**ねんな。こけたらまた痛くてたまらんから、余計びびる。**びびってこけて、こけてびびって。卵が先かニワトリが先か**。

1日じゅうほとんどお尻でゲレンデを駆け回って、お尻の皮ずる剝けそうになるほ

卵が先か
ニワトリが先か論争
古来人類を悩ませている疑問。生命の起源に関わる問題であるため、哲学、科学、数学、神学などによりその答えは異なる。
私はニワトリが先だと思う。だってニワトリがいないとその卵は誰が産んだんって話やし。じゃあそのニワトリはどこから来たん？って聞かれたら、え…そ、それは…（アセアセ）ってなるけど。（結局か）

ど酷使して、たまに意を決していきなり叫びながら滑りだしたりして（「うぉぉ——！　卵が先かニワトリが先か——！」↑嘘つけ）

そのままスキー講座の団体みたいなんに何度も突っ込んで（迷惑野郎）こけてこけてこけまくって、一日が終わり。

その後は**人生で最強の全身筋肉痛。**

そらもう。忘れられへん。出産の時よりひどい。

つま先から頭のてっぺんまでまんべんなく激痛。何よりお尻が痛くて痛くて。お尻むしって取りたかった。お尻むしって取りたかった。

こんなんなったのは覚えてるくせに、

今になって、

もう一回行きたいとちょっと思っている自分がいます。

NHKのど自慢について

タクシーに乗っていたら、ラジオで『**NHKのど自慢**』を中継していました。
私はこの番組について全然くわしくなく、数年ぶりに聴いた気がするんですが（たまたまテレビでついてた時はあるけど）
あの番組の雰囲気ってなんか好きなんですよね。
幼い頃から日曜日のお昼にきよこ（祖母）が観ていたからか、『笑点』にしても『のど自慢』にしても、ついてたら**とりあえず安心する番組**です。

何が好きなのか考えてみてんけど、まず、本番の**こざっぱり感とすがすがしさよ。**
ものすごい長寿番組で（1946年かららしいで。戦後まもなくやないか）おそらくみんな色んな思いを抱えてこの舞台に立っていると思うんです。
ここで歌うのが昔からの目標で、何度も何度も練習を重ねオーディションに合格して、感極まって泣いて観客席やテレビの前でもたくさんの人が応援してて。
にもかかわらずあの、**若干流れ作業とも取れるような展開の早さ。**

歌い終わったら司会の方がすごい勢いで
「お名前は!?」
「今日はどうしてこの曲を!?」

NHKのど自慢
NHKのラジオとテレビで放送されている視聴者参加型の歌番組。放送開始は1946年。タイトル画面に出てくる鳥のマスコットはスズメをモチーフにしているが特に名前はない。何この情報。

「はい！　どうもありがとうございました――――!!　ヘイ!!」
みたいな。（※ヘイはイメージです）
この曲を選んだ理由も
「これは恩師が私に伝えてくれた曲で、忘れたくないなと思って…」
「遠くに住む弟に、やればできるんだと、自分を信じて進めと伝えたくて…」
「病気でずっと笑えなかった時に助けてくれた曲です」など感動的で、
司会の人も事前に全部聞いているみたいですが
「わーそれは先生も喜んでくれてますね。はいありがとうございました――――!!」
「では弟さんに一言！」「頑張れよ――――！」「ハハハ!!　はい！　ありがとうございました――――!!」
など最後までものすごい明るいという。（なんせ番組のテーマは「明るく！　楽しく！　元気よく！」）　こっちが「え！　それでいいん!?」ってちょっとドキドキするわ。

生放送なのももちろんあるとは思うけど、感動の押し売りがないというか、大袈裟な「涙のドキュメンタリー」みたいにもっていかないところが好きなんかもしれん。最近のテレビ番組は感動に溢れすぎてる気もして。もうそこ笑いだけでええやん！っていうような内容でも、実はこんな苦労があって…って涙にもっていったり。まあ、私はそれ観て泣くねんけど。（泣くんかい）

あと、どんな経緯で、どんな思いでここにきたとか関係なく、ただ**その場の歌がうまいかのみ**で鐘が鳴るやん。そこがぶれへんのも好きです。容赦なく**「カーンカー**

鐘奏者
『のど自慢』で鐘を叩くのは秋山気清さん。東京芸術大学フィルハーモニアに約30年所属し2002年より同番組担当。ただし審査しているのは別部屋の審査員で、秋山さんは彼らの指示に従って鐘を叩くらしい。

ン…」ってなるさみしさ。（ずっと観てる人からすればもしかしたら「甘くなってる」とかあるんかもしれんけど）
だいたい「カーン…」で終わるのに、大勢で楽しそうに歌うグループが毎回いるのも和むわ。**てんとう虫のサンバ。**（何回聴いても「てんとう虫が　しゃしゃり出て」に反応してしまう。しゃしゃり出るって。なんかちょっとひどくない？）

昔は「お昼の退屈な番組」っていう印象でちょっと苦手やったりもしたけど、
自分に何か悲しいことがあったり、環境の変化があったりした時、
昔からずーっと変わらない番組を観ると、なぜか安心できることもあるよなあ…
色んなことを考えながらタクシーに乗っていたら、突然すごい歌がうまい人が現れて。
「これは…」って思わずつぶやいたら、今まで全く会話のなかった運転手さんが
「いきましたね」と返してきて
車内に妙な一体感が生まれ、おもしろかったです。

てんとう虫のサンバ
夫婦デュオ、チェリッシュが歌った1973年のヒット曲。結婚式の定番の歌としてあまりにも有名。実際にてんとう虫は交尾する時にオスが激しく体をゆすり、その様がサンバを踊っているように見えるらしい。

金曜日のかつ丼

かつ丼って、なんであんなにおいしいんやろう。

どう考えても高カロリーなので年に数回しか食べませんが、私がまだ求人広告の会社にいて、堺の営業所で働いていた時、金曜日のお昼は大体かつ丼でした。

金曜が締め切り日で外に出られないので、営業所の近くにあるかつ丼屋に電話で注文し、取りに行くシステム。

当時の所長は**「飯食わへんやつは売れへんねんぞ！」**とよく言っていたので、カロリーなんて気にせずムッシャー食べてました。当時はスーツパンパンではちきれんばかりやったわ。売れてたわけではないけど、飯は食ってたわ。


このかつ丼が、とにかくおいしいんです。


国産の黒豚を注文してから揚げてくれるんですが、サクサクのとんかつがど――んとのっかっていて卵は少なめ、だしが甘くないのが特徴。そこに、付属の一味と山椒をたっぷりかけて食べます。

かなりのボリュームですが、並で６００円。てんこ（てんこもり）で６５０円、たまつい（卵追加）50円、ダブル（卵２個、カツ２枚）９５０円。

初めて食べた時は、卵がとろとろで甘いかつ丼をイメージしてたからあんまりおいしいと思わなかったけど、何度も食べたら完全にはまりました。今でも一番おいし

まるはのかつ丼
堺東駅すぐの商店街の一角にあるかつ丼屋。席はカウンターのみ、メニューはかつ丼のみで、昼時には行列になる。お肉が分厚くジューシーで最高においしい。先輩とカウンターで食べた出来立ての味が忘れられません。

いと思う。上司いわく、3回食べるとハマるかつ丼らしい。

金曜日の11時半頃になると、一番下っ端の私がメモを片手にみんなに**「今日かつ丼どうしましょう」**と聞いてまわります。

ランチに600円は当時の給料からは高めなんで、お弁当を持ってきたりコンビニですます人もいるけど、全員から注文を受けた日は、なぜか私が嬉しくなってたわ。

先輩に**「今日全員かつ丼ですね」**とか快活に言うてたわ。（何その絡み）

店員でもないくせに

「今日のかつ丼いつもよりうまない?」って言われたらテンションあがってたし

「てんこいっとこかな」って言われたら「おおっ!」ってなってた。（なんで）

逆に、上司や先輩が原稿やクレーム対応に追われてたら

「すみません…かつど…」「ええわ」ってそっけなく言われるし

もっとピリピリしてたら「かつ丼どうですか」なんて口にも出されへんかったわ。

そんな大変な時に**「どんぶり」っていう陽気な単語**言ったらあかん気がして。

バタバタしていたらかつ丼の存在をみんな完全に忘れて「お昼すぎてる…!!」ってなったり、余裕があったら全員で「いただきます!」ができたり、営業所内に**かつ丼バロメーター**みたいなものがありました。

絶対に私しか感じてないけどな。（ほな無いやろ）

はみだしレシピ

市販のとんかつで かつ丼

【材料（1人分）】

とんかつ（市販）…1枚

卵…2個

A（みりん、しょうゆ各大さじ1、顆粒和風だしの素少々 砂糖小さじ½、水大さじ4）

ごはん…適量

【作り方】

❶とんかつはオーブントースターでサクサクになるまで温める。卵は軽く溶いておく（白身と黄身がざっくり分かれたらOK）。

❷小さいフライパンにAをいれて煮立て、かつをいれる。

❸卵を半量を回しいれ、8割がた固まったら残りを入れる。ふたをして好みの固さになったら、どんぶりによそったごはんの上に、ゴムべらを使ってすべらせる。

なんやろう、同じ釜の飯とはまた違うけど、みんなで揃って同じものを食べるだけで一体感が生まれる気がする。

それがかつ丼ってのがまたいいねんなぁ。マカロンじゃあかんねん。(甘いし小さいわ)

こんなにおいしいかつ丼ですが、実は**出来立てを食べたことはほとんどなくて。**

締め切りで追われてるから、作業がひと段落するまで棚に放置。だしはごはんに完全に吸われてなくなり、ごはんはぶよぶよになって、卵はカチカチ。店員さんが知ったら涙しそうやけど、それでもおいしいんです。

自分がその週あんまり売れてなかったら、作業も早く終わるから熱々を食べられるけど、バタバタで目標を達成して、「終わったー」ってホッとしたあとに食べる完全に冷めきったかつ丼のほうがなぜかおいしかったりもして。

当時をふり返ると、怒鳴られたり頭下げたりした思い出に加え、このおいしかったかつ丼の味と、楽しかった営業所の雰囲気がよみがえって、
ちょっと泣きそうになります。

初めて週目、月間、経目すべて達成できて花が3つ並び、うれしくて思わず撮った写真です。達成すると本社で表彰されるんですが、社員全員の前で表彰コメントを言うのがとにかく恥ずかしくて嫌でしょうがなく、そのせいでちょっと達成したくないとまで思っていました。

警備会社の求人広告

半年以上前にはじめて飛び込んで、その時は全然話を聞いてもらえなかった、とある警備会社さんとのやりとりです。
その後も何度も足を運んだある日、やっと**「ちょっと入って座りーや」**と言ってくださるようになり、そこから何度も、仕事内容や警備業のイメージについて話を聞けるようになりました。

その会社の仕事は**高速道路で車を規制したり誘導したりする規制保安員**で、実際、かなり大変な仕事なんですが、
「警備」っていうイメージで、誰でも簡単にできると思われるのが悩みだそうで。
今までと違ったやり方で求人を出してみようということになりました。
でも、向こうは現場の人やから予定も合わんし、なんだかんだで**何ケ月も経過。**
今まで、お客さんの要望はすべて言われるがままに受け入れてましたが、
このままじゃ一生掲載できないと気づき
「土日でも早朝でも夜中でも行きます。5分でもいいので協力してください！」
とむちゃくちゃな電話をしました。（夜の8時に思い立って。ど迷惑野郎やわ）
すると先方も忙しい中**「よっしゃわかった！」**と本当に色々協力してくださり、
やっと原稿を作っていけるようになりました。

自分が書いた求人広告が載っているのをはじめて見た時は興奮しました。初受注は個人経営の小さい居酒屋。写真もない小さい記事でしたが、何時間もかけて書き直しました。ちなみに女性アルバイトがほしいのに「コンセプトは〝楽しくかっこよく〟」と書いてしまい、男性ばっかり面接に来たっていう。

この間伺うと、いつも優しい担当者さんが、ちょうど、**部下を叱っているところ**でした。

「お前のそういうとこがあかんのちゃうんか！」

あ、すいませんこんな時に…（ドアを開けたり閉めたり、出て行こうとしたりはいろうとしたり）↑うっとうしい

「お前これからどうすんねん。別にお前の人生やから辞めるも続けるも勝手や。でもな、**ここで逃げたらお前はこれから一生逃げる人生を選ぶことになるで**」

なんかめっちゃいい話してるー！（しっかり聞いてる。ドアにはさまりかけながら）

「お前、親父さん倒れてから一気にガタガタなったやろ。そういうところがお前のメンタルの弱さやろ。違うんか？　ひとりで悩んでも答えなんかでーへんねん。ひとりでどうにかしようとすんな。**そんな時こそ仲間やろ。**俺も話聞くけど、同期のほうが話しやすいやろ。そのための仲間やろ。**ひとりで溜め込むからいっぱいいっぱいになんねやろ。もっと相談せえ！**」

ジーン…（ジーン言うてるけどはいるタイミング最低やからな）

そのやりとりのあと、若手の社員さんに取材をさせてもらいました。

山本：なんでこの会社にはいったんですか？

社員さん：**楽そうやったから（笑）そんなん言うたら怒られるわ。（笑）**

社員さん曰く、最初は「まあ俺やったらできるやろ」と簡単に考えて、いざ現場に出たら、**高速道路を走る車のあまりのスピードに足がすくんで。**あんなに頭では理解してたのに、一切動けなくて、ただただ先輩たちの姿に圧倒されて、めっちゃくやしかったらしい。

でももうすでに隊長にまであがってる彼は、

「まあ、腕一本でどこまでものしあがれる仕事やからね」と。（男！って感じやわ）

そんな会話をしていると年配の社員さんが

「お前、そんな偉そうなことばっかり言ってたらゴンさんに殺されるぞ。（笑）」と。

「噂をすれば」

「あと5分で来るで」

「うわ、やばいもうすぐ来るわー」

皆が口々に言いだしたので

こぼれ話
〜あの時の思い出

当時「警備業」というと、道路で旗振りをするおじいちゃんというイメージで、どうしても50代以上の応募が大半でした。なのでターゲットを20代前半に絞り、「消防士や警察官を目指していた人」「なんらかのスポーツをしていた人」「チームプレーが好きな人」などを前面に打ち出した広告を何度も相談しながら作ったら、なんとあのご時世に若者の応募が殺到。10代20代合わせて4人の採用が決まった時の喜びは忘れられません。まだ続けてくれてたらいいなあ…

「ゴンさん、って？」と聞くと
「別名、白髪鬼って言われてる人や…」

漫画か！ていうような展開になっているといると
「ちわっす！」「ちわーっす！」「チューッス！」

ゴンさん登場————！（巨大な黒い犬を連れて）

ゴクリ…
うわ、なんか言わな…
山本：すみません！　いつもお世話になってます。〇〇広告の山本です！
ゴンさん：……
うわ、こっち見てはる…
ゴンさん：……
山本：……
ゴンさん：**ほれっ。（巨大な黒い犬の手綱を放す）**
山本：……!!

こっちに向かってくる犬。

え!?　うそやん。

白髪鬼
はくはつき。ホワイトヘアードデビル。江戸川乱歩の呪いと復讐のミステリー。現代では漫画『スラムダンク』の登場人物で湘北高校バスケットボール部の監督安西先生の異名として知られる。

近づいてくる犬。

ぎゃ――――――!!!

逃げる山本!!

覆いかぶさる犬!!!

………………(ペロペロペロペロ)

顔面、舐めまわされてドロドロ。

みんな爆笑。ちなみにその犬はメスで、**サリーちゃん**というなんとも人懐っこいわんちゃんでした。**ゴンさん、良い人。**

そこからゴンさんと若手社員たちの会話を聞いてました。

ゴンさんが

「よし、今日は、タイム30分に縮めよな」

と言うと

「いや! 25分でいけますよ!」

って言い返す若手社員たち。

「言うたなお前。（笑）」

「お前なんで自分からハードル上げんねん！（笑）」

「いやや－！　俺、夜はいりたないわ－！」


…なんか部活を思い出す感じ。こんなふうに仕事してるのってかっこいいなあ。

まあ、「色々勉強になりました」て言ってもゴンさんには**「なんぼ口で言ったって、実際現場見んかったら全然わからんわ」**って言われてしまったけど。

数々のエピソードの中で原稿の下地は完成し、残すところは先方の土曜日の会議で警備会社の社長からＯＫを頂くのみになりました。


当日、家で爆睡していると、ケータイに電話が。

ブブブブブブ…（マナーモード）↑ここは「プルルルル」でええやん別に

『〇〇警備』

来たっ。

山本**：**はい！　お世話になってます山本です！
担当者さん**：ケツもろたで。あとは最後原稿一気にかためていこか。**

来た――――！！！

山本：ありがとうございます！

担当者さん：今日休みちゃうんか？　寝起きの声やな。**でも先に言ったほうがいいと思って。**

めっちゃ嬉しかったです。

その後、速攻自分の営業所の所長・元松さんにメールすると**「おめでとう!!　テンション上がったわ」**と即返事。

私の会社もほんまにいい会社やと思いました。

そういえば、就職する前**あんまり仕事とか会社に対して思い入れんようにしよう**って思っててんけどなあ。

やっぱり無理やったわ。

元松さん

当時の堺営業所の所長で恩師。知識の豊富さと頭の回転の速さ、話のおもしろさ、絶対に部下のケツをぬぐってくれる面倒見のよさなどで、部下からも上司からもお客さんからもめちゃくちゃ信頼の厚い人物。「おいそこのクズ」「豚野郎」「俺がお前なら死にたい」などの暴言や、殴る蹴るなど愛のある暴行も当時の営業所の名物でした。また飲みに行きたいです。

英語は得意ですか？

母は昔から英語がベラベラですが、私はまったく話せません。
ハローぐらい。
アーユーアーベースボールファン？ぐらい。（ムカミかケンの台詞）
大学受験で勉強しまくったんで大学入学当初は多少は話せたんですが、（っていっても受験英語なんでスムーズな会話はできませんが）大学4年間のとろけきった生活により完璧に忘れ去りました。ほんま、だらけたっていうかもう、**とろけきってなくなった**ぐらい一切英語なんて勉強してなくて。

あんなに難しい文法や長文も読めたのに、大学にはいった瞬間、英語の単語テスト
●パン　●チーズ　●ハム　●ソース
とかに成り下がったからな。（何このピザの具中心の単語テスト）
どんだけ簡単やねん！って思うけど、それすら今は書かれへん。
hamぐらい。え、あってる？　自信ないわ。**ハァム**、やろ？

大学の教科書で広告についての話があって、筋肉質な男たちがパンツを半分ずりおろして並んでる写真とともに
「Macho man（マッチョマン）」って書いてあってんやん。
でもまったく読めなくて、当てられた時、

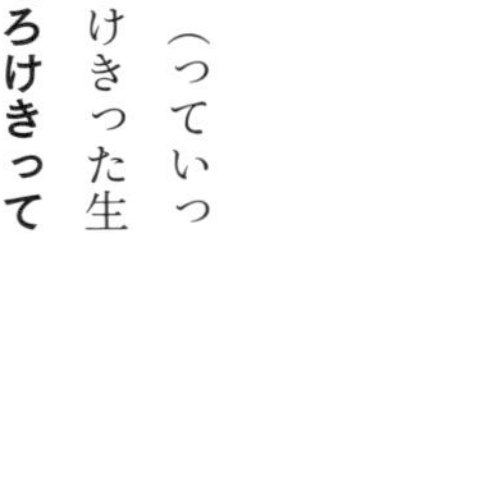

ムカミ、ケン
中学の英語教科書『NEW CROWN』の登場人物。主人公は日本人のケン。ムカミはナイロビ出身のケニア人。現在の教科書ではムカミはいないという噂。

「魔性マン（＝魔性の男）」って読んだからな。

だってパンツ半分ずりおろしてんねんもん。魔性マンやろ。


でも、大学入学当初のまだ若干英語が話せた時代は、バイトをしていた居酒屋（宮崎地鶏の専門店）に外国の方が来たら、必死で英語を話してました。

お店のメニュー表に写真が一切ないから、とにかく身振り手振りで説明。

っていっても焼き鳥の名前に身振りも手振りもないから、（全身でつくねをあらわす表現力北島マヤ以外持ってないやろ）

イラストでニワトリを描き、矢印で「ハート」「ミンチ」など部位の説明を書いて、

「このコースがおすすめです」っていう文章だけ覚えて伝えていました。

でも、そのコース、

●鶏刺身　●鶏南蛮　●もも炭火焼　●つくね　●せせり

というラインナップなもんで、私の英語力では**全部チキン**やねん。

「イッツ　チキン」「イッツ　レアチキン」「イッツ　ホットチキン」「チキン。ソーリー」…。

その頃はそれでも必死に会話をしようと頑張ってたし、多少勉強しようとしてたけど、今はもう、興味すらなくなってしまったわ。この先興味が復活することはあるんかなあ…。

あ、今思い出したけど、バイト先に食べに来たことのある外国人とたまたま道で

北島マヤ
発行累計部数5000万部を超える超ベストセラー漫画『ガラスの仮面』（美内すずえ作）のヒロイン。千の仮面を持つと言われる天才女優。頻繁に白目になる。

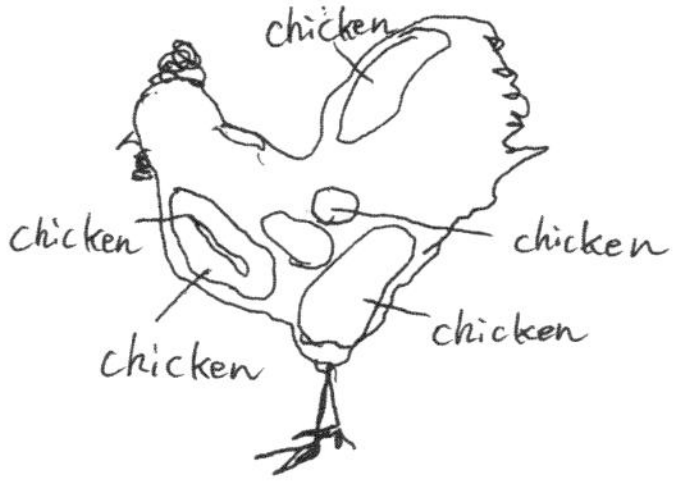

会って、田んぼの端っこに座って缶ビールを飲みながら30分ぐらい話したことがあるわ。何この思い出。
その時「すみませんもう一回ゆっくり言ってください」って何回聞き直しても全然わからんかった単語があって。
最後の最後にわかってんけど
日本語やったからな。

「デーモン小暮」やった。

日本語でも当時久しく聞いてない言葉やったから、ほんまにわからんかったわ。

デモコグレ?
って
シルブプレ?
みたいな流れで言われるからもう。

デーモン小暮
現在の名はデーモン閣下。発生日は西暦紀元前98038年11月10日。世をしのぶ仮の職業は表現家、演出家、文筆家、相撲評論家ほかマルチに活躍。ゴジラの鳴き真似コンテストで優勝経験あり。あの外国人が彼について何を話したかったのかは不明です。

街で遭遇した小学生の言い合い

営業の外回り中、前に学校帰りの小学生ふたりが歩いてました。
ちょっとぽっちゃりした体型の男の子、少し離れて後ろにもうひとりの男の子。

後ろの少年：おい！　デブ!!
前の少年：なんやねん。
後ろの少年：デーブデーブ!!

なんてこと言うねん。と思っていたら

前の少年：いじめっ子！
後ろの少年：やいデブ！
前の少年：**なんやねん！　このいじめっ子！**
後ろの少年：なんやねん。
前の少年：**このいじめっ子が！　いじめっ子！　いじめっ子ー！！！！**

巻き返してました。「いじめっ子」っていう悪口初めて聞いた。ええやん。斬新やん。
いじめっ子＝恥ずかしい、ダサい　みたいな図になったらちょっといいかもなーと
ふと思った瞬間でした。

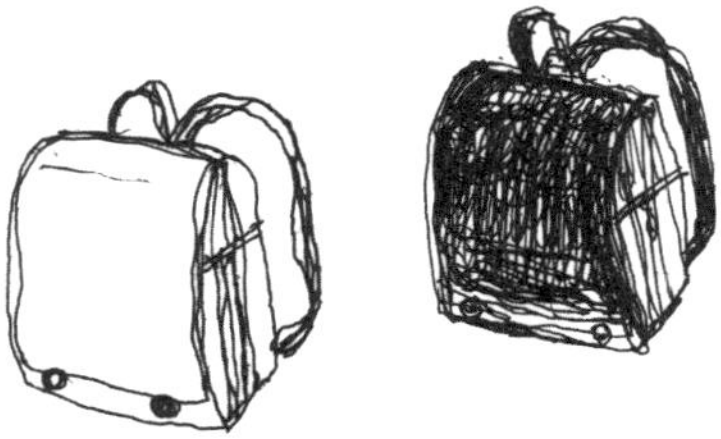

やったらあかんのにやってしまうこと

昔、『ピチレモン』かなにかの雑誌の読者投稿のページで、
桃が大好きな人が、桃を買って、**嬉しくて頬擦りしたらトゲが刺さって何針か縫っ**
たっていうめっちゃ悲しい投稿がありました。
地味すぎる事件にケタケタケッタ一笑ってしまって。桃の表面はさらさらに見える
のになあ一なんて思っていたら、たまたま家に桃があって。

わかってんのに
わかってんのに
試してしまった。

軽〜いタッチで、さらっと、触れるか触れないか程度に表面を撫でてみたら
…………………………**痛っ。**
あ、痛いわ。どうやら細かいトゲがいっぱい刺さったらしいわ。
あかん、めっちゃ痛いわ。**最悪や。最悪の事態や。**
…………………………
ちょっと最悪の事態やわこれ。

大体こんな情報なかったら**桃を頬擦りしよう**なんか一生思わへんのに、

ピチレモン
ローティーン向けの月刊ファッション誌。毎月1日発行。ティーンズ向けの雑誌『Lemon』の姉妹誌という位置付けからネーミングされた。所属モデルはピチモと呼ばれる。姉が愛読していて、当時は栗山千明さん、榎本加奈子さん、前田愛さんなどが活躍していました。（2015年10月発売の12月号にて休刊）

なんやねんピチレモンめ。なんやねん桃め。
桃め。
って言ったら、めっちゃ唇くっつくな。（どうでもいい）
その後、どうにか手でトゲらしき毛を抜き、必死で顔を洗ってんけど、しばらくずっと痛くて、ほんまに最低やと思いました。

という話を、幼馴染の**はまざきまい**に話してんやん。

ほんで、**「意外に痛いからほんま絶対試したあかんで」**って言ったのに、**次会った時にはトゲ刺さってた**からな。

まい：ほんまにめっちゃ痛い。しかもずっと痛くてどうしようかと思った。

アホやろ。うちら2人とも。

そしてまいはその話を弟にしたらしく、
彼の頬にも桃のトゲが。

なんでやねん。なんで学ばんねん。むしろなんで身をもって学ぶねん。

この、**「やったあかんのはわかってんのにちょっとやってしまう」**って心理なんやろなあ。

はい、**桃を頬擦りしたら結構痛い**っていう、どうでもいい話でした。

たぶん、誰かやると思いますが。

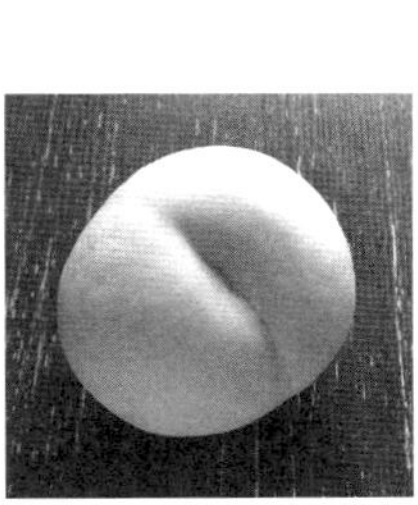
意外と凶器。

伝えたいことを読み取ろうとすることについて

金曜日、高校時代の友達、**ちよりん**と**ごいち**と飲みに行きました。
ちよりんとは頻繁に会うけど、ごいちとは数年ぶり。
ごいちは高校時代からバンドをやっていて、歌詞も書いてるんですが、その歌詞が意味不明なんですね。どう意味不明かうまく説明できないんですが
「ちょうちょが紅茶を飲んだら手から涙が出た」
みたいな歌詞。
あ、今のめっちゃ適当に書いたし実際は全然違うんですけどね。（なんやねん）
その歌詞について「あれは、実は何か意味があるん?」って聞いたら、

「ない」

って言われて（うそやん）、その時にした話や、そこから派生した話です。

絵にしても歌詞にしても、よく、**これはいったい何を意味しているのだろうか**って考えがちやけど、実は何か意味があるっていうのはこちら側の勝手な解釈であることも多いんではないかと。

くるりの『春風』っていう曲の歌詞に

春風
２０００年発売のくるりの５ｔｈシングル。結婚式ソングとしても人気。

「溶けてなくなった氷のように花の名前をひとつ忘れて　あなたを抱くのです」

っていう部分があるんですけど

この**花の名前っていうのは何を意味してるんだろう**とずっと考えてて。女の人のことかな?とか。

もちろん、ほんまに比喩的な表現かもしれんけど、もしかしたら、単にまじで花の名前をひとつ忘れてあなたを抱いてただけなんかもしれんよなあ。（**単にまじで花の名前をひとつ忘れてあなたを抱く**って何）

わかりやすいところでいえば、『魔女の宅急便』で黒猫のジジが話せなくなったのも、人間に恋をしたからなのか、キキが大人になったからなのか、まだ魔法が完全に戻っていないからなのか。

観てる人は色々「本当はどうなんだろう」と推測するけど、実は**別に理由はなくて、ただ話すことができなくなるストーリー**を描いてるだけかもしれん。

モナリザなんかも、「実は右手が女性、左手が男性」とか、「目線が実は片方あってない」とか何百人もの人が謎を研究してるけど、

レオナルド・ダ・ヴィンチが知ったら

「うわーごめんごめん!　俺全然そんなん考えてへんねんけど!（アセアセ）」ってなる可能性もある。

昔、『ほぼ日刊イトイ新聞』で、横尾忠則さんとタモリさんと糸井重里さんの対談でもまさにそんな話がありました。モナリザアセアセの話ではないけど、横尾さんが描く「Y字路」の作品に、実は何の意味もないっていう、でもみんな意味をつけ

魔女の宅急便
角野栄子原作の児童書をスタジオジブリが映画化。魔女と人間の間に生まれた少女キキが魔女として自立の旅に出た姿を描いた作品。作品の最後で黒猫ジジが話せなくなった理由については今も様々な解釈がなされている。

ほぼ日刊イトイ新聞
糸井重里さんが主宰するウェブサイト。略称「ほぼ日」。『インターネットで毎日お送りする、ちょっとほかにはない、たのしい新聞』として、ほぼ毎日どころか1998年の創刊から1日も休まず更新されている。

たがるっていう話で、すごくおもしろかったのを覚えています。

でも、あらゆる作品において、「実はなんの意味もありませんでした」ってなった場合。もしかしたら、すんなり受け入れられへんかもしれん。

本でも映画でも絵画でも、「結局何が言いたかったんかわからん」ものはちょっとモヤモヤしてしまうことがあるしなあ。

横尾さんの「Y字路」
美術家・横尾忠則さんのライフワーク。自身の通学路であった出身地、兵庫県西脇市のY字路を2000年に描いて以来、各地のY字路を作品にしている。

このことで思い出したもうひとつのエピソード。

高校の美術の授業で、身体の一部を用いた絵を描きなさいっていう課題があって。私は耳の形とかくぼみとか、そういうのが単純におもしろいなと思ったから、でっかく耳を描きました。耳の穴からは水が滝みたいに流れてて、くぼみに水が溜まってて耳全体に草のツルが巻き付いている絵。顔と接する部分には曲線に合わせて大きいオウムを描きました。

←今30秒ぐらいでパッと描いたけどこんなん

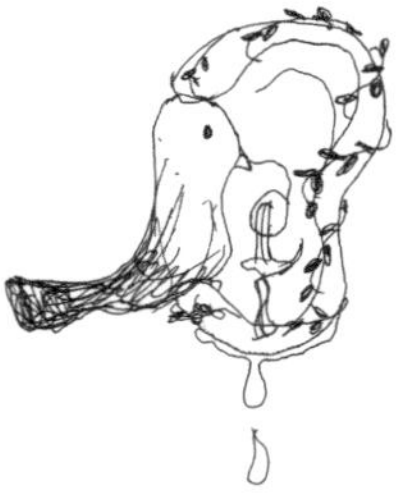

これを数倍丁寧にして、絵の具で立体的にカラフルにした感じ。（より気持ち悪いわ）

これを描いた時に、**「何を伝えたいことにしよう」**って悩んだんです。

まず**伝えたいことがあって、それを表現するのが芸術**っていう認識があったからで、それがないのに見た目だけで描くなんて、**浅い作品だ**という感じがして。浅いくせに。

結局「自然の声を聴こう」とか、そんな無難なものにした気がする。（耳の穴から思いきり聞き流してる）

その点、子どもはそういうの考えずになんでもそのままとらえるよなあ。

この間トトロを観た時に夫が

「これは結局何を伝えたかったん？　姉妹愛？　自然？」みたいに言っててんけど、

娘はそんなこと考えずに、**ストーリーそのものが楽しい**と思って観てるし

きっとそれでいいんだろうと思った。

そしてごいちと散々話して、小説でも絵でも映画でも、評論家が何と言おうが「実は」が隠されていようがいなかろうが、

おもしろければそれでいい。

という当たり前の結論に達しました。

ブログより

『となりのトトロ』についてブログで書いたことがあるんですが、カンタがおはぎを持ってくるシーンありますよね。サツキに桶を突き出して「母ちゃんが、ばあちゃんに」ってぶっきらぼうに言うシーン。そこについてのコメントで「あれ、『カジャマ＝バジャニ』っていう呪文だと思っていました」っていうのがあって、にやにやが止まりませんでした。

近所のとても親切な薬屋さん

近所に、おそらく昔からある薬屋さんがあります。

ザ・昭和って感じの看板で、店先に**色あせたケロちゃん**（服が変）が立っていて、おじさんがひとりで経営しています。おじさんっていうか、お医者さん的な人なんかな。白衣着こなしてるし。（はおるだけやろ）

1歳の娘を連れて行くとタオルやら指人形をくれたりして、すごく親切なんで、近所の子どもたちにも人気者です。

ただ親切ゆえ、置いてない商品を「置いてないです」とスッと言わへんねん。

前回行った時も、

山本：**ロキソニン**ってありますか？
おじさん：**ロキソニン**なあ――。最近ロキソニンとかそういうのは普通の薬局でも売っていいみたいになってるけど、色々副作用とか問題あるからなあ――。いや、あかんことはないよ？　でも、なんでもかんでもロキソニン使うような人がいるからなあ。……（中略）……え、ちなみにどんな症状ですか？
山本：いや、私じゃないんですけど、夫が頭痛と関節痛で。
おじさん：それは風邪の予兆かなんかで。
山本：たぶんそうだと思います。
おじさん：せやけどな、風邪の時は、風邪薬のほうがいいと思うよ。頭痛とか関節

ケロちゃん
製薬会社のマスコットキャラクター。昭和24年に薬の新聞広告に初登場したカエルが昭和52年に現在のケロちゃんの名前と姿に。薬屋さんでもらった指人形が知らず知らずに増えていく。

痛にきくような成分も入ってるからね。今あるのやったら……（ガサゴソ）……このバファリンとかね。これやったらね、風邪もよくなるから。ロキソニンはねえ、やめといたほうがいいと思うよ。
山本：そうなんですか。
おじさん：あと、とにかく横になって、安静にすること。風邪の時はね、それが一番なんです。そして消化のいいもんを食べる。おかゆとか、うどんとかね。それから温かくすることですよ。この風邪薬を飲んで温かくして…（以下略）

その時は結局、バファリンを購入しました。（夫「え、ロキソニンは？」）

そして先日、デコルテに数年前からあった大きいケロイドを手術で取ったんですが、その手術痕に貼る、何の薬品もついていない、**ベージュの医療用テープ**を買いに行きました。
山本：すみません。こういう**医療用テープ**（実物を見せる）売ってますでしょうか。
おじさん：あー。それか……それに似たような、ちょっと**ジェル状のプルプルしたもん**がついてるような傷口に貼るテープやったらあるねんけど。
山本：あー…何もついてないのはないでしょうか。傷痕を固定するだけの。
おじさん：それは何？　縫った痕かなにか？
山本：はい。ケロイドの手術をしたんですけど…。
おじさん：そうかー。手術のあとはね、とりあえず患部に触れないようにしないといけないからね。

ちなみにこれはコロちゃんです。ケロちゃんのまがいものー！って思ったら、昭和52年にケロちゃんと一緒に誕生したれっきとしたキャラクターらしい。知らんかった…

ロキソニン
解熱鎮痛消炎薬。以前は処方箋がないと買えない薬だったが、2011年から市販薬として販売が可能になった。

山本：はい。（だから買いに来たんです）

おじさん：とりあえず2～3日は何か貼ってたほうがいいかもわからんね。

山本：お医者さんに、半年間貼ってって言われたんです。

おじさん：半年⁉ それはちょっと貼りすぎちゃうのん。……あ、でも、深く縫ったのかな。ケロイドなんかで深く切って縫った場合はね、ちょっと長いこと貼ってないとあかんからね。

山本：そうなんですねー。

おじさん：せやけど半年か…半年とまではいかなくても、まあ、2～3ヶ月は貼っといたほうがいいよ。

山本：はい。……あの、やっぱり病院でしか売ってないんですかね。

おじさん：あー…まあ、そんなふうに何もついてないただのテープっちゅうのは……うちにはないかなあ…ちょっと薬がついたようなね、**ジェル状のプルプルっとしたのがついてるの**はあるんやけどな。でも手術の痕やったらなー…お風呂とかにも入れるような、貼りっぱなしのやつやと思うんですよ。

山本：はい。（**ジェル状のプルプルっとしたのがついてないの**が欲しいんです）

おじさん：とりあえずね、普段の生活が一番大事なわけですよ。ちょっとここが擦れるようなことがあったらね、悪化するから。子どもを抱っこする時とか当たったりするでしょ？

山本：はい。

おじさん：あと、そんなカバン下げてたらそのカバンがグッ！と引っ張られた時なんかに傷口に当たるよ。**ウエストポーチ**みたいなのにしなさい。

デコルテのケロイド

5～6年前からデコルテにあり、散々色んな人にネタにされてきた謎のできもの。もともとの原因は不明で、2013年に手術で切除。さよならケロイド…と涙のお別れを果たすも、ケロイド体質だったらしく、手術痕がさらに大きいケロイドとなり、半年間の治療もむなしく約5倍の大きさに成長。（うそやん）今では仲良く暮らしています。どうしよこれ。

山本：はい。
おじさん：普段がすべてだから。最初その傷を見てそのカバン見た時、それはあかんと思ったよ。**ウエストポーチ**にしないと。**ウエストポーチ**やったらここだけ（腰回り）やからね、擦れないし。
山本：そうですよね。気をつけます。リュックとかのほうがいいですね。
おじさん：リュック？　**ウエストポーチがええんちゃう？**

どっちでもええがな。

山本：そうですね。ウエストポーチにします。
おじさん：そのカバンはあかんわー。危ないよ。**ウエストポーチにすること。**
山本：ありがとうございました。
おじさん：いや――、そのカバンは絶対やめたほうがいいわ。**ウエスト…**

どんだけ言うねん。

よし
ウエストポーチを探しに行こう。（医療用テープは――！）

はじめての引っ越し ～服が捨てられないよ編

今週末に引っ越すので荷造りをしてるんですが、もはや途方に暮れています。
何からどう詰めたらいいものか…
産まれてこのかた引っ越しって一回もしたことないんです。
なので小学校のじゆうちょうとか交換ノートとかも残ってるわけやねんけど、
何をどこまで持って行けばいいんかさっぱりわからん。

まず服よ。**「2年袖を通してないものは今後も着ないと考えなさい」**とかよく本に書いてるけど、大概2年どころか4～5年袖を通してない。というより、袖を通してる服同じのばっかりやわ。もはやレギュラー陣はタンスにしまってないもん。**いつでも出れるようソファーや床で待機してる。**

今回すべての服を取り出してみたら、
無地の白の長袖カットソー。

無地のグレーの長袖カットソー。

無地の黒の長袖カットソー。

この3種類どんだけ発見されたか。

「無彩色」っていう服屋が開けそう。（客めっちゃ地味な人ばっかりか）

どうせいざ着ようと思う時には見つからんかったり、タンスの隅でクッシャ――

※これは2011年3月、結婚して新居が決まり、実家を出る時に書いた話です。

今でも残っている小学校時代のじゆうちょうやノートです。懐かしのジャポニカ学習帳。当時「ジャーポニーカガーくしゅーうちょ――♪」っていうCMがあってんけど、なんて言ってるかわからず、「ジャポニカガク」「しゅうちょう」っていう2つの言葉やと思ってたわ。（どっちも何ジャポニカガクて。ムカミカマウみたいな。

なってて結局買うねんから、**もう捨てーな**って声が聞こえた時は、「ほんまそれ」ってなって、ゴミ袋にバーンといれんねんけど、「いいん？　ほんまに捨てていいん？　まだ綺麗やで？　また流行りがめぐってくるかもしれんで？」っていう声があとから追いかけてきて、**拾い上げる**っていうパターンを繰り返してしまって一向に減らへん。

膝丈のドット柄のスカートなんて高1で買ったくせに「いつか絶対また必要になる」と思って何年も持ってて（どうせその時は「微妙に形が」とか言って買うくせに）この間ひさしぶりに梅田をぶらぶらしたら、また流行ってて。

「ほれ見てみい！」ってなって（誰に対して）置いててよかったー！って思って広げたら

カビてたわ。

なんか**白いカピカピついてた。**白いカピカピは梅田でも流行ってないみたいやった。

こういうふうに、明らかに汚れてたり破れてたら思いきって捨てれんのに、どれも、「別にすすんで着ようとはしないけど全然着れる」っていう一定の品質は保たれてるせいで思いきられへんねん。

あえてもう全部汚したいわ。

世の中の美しいものを全部私の手で汚してやりたいわ。（変態発言）

汚れてても汚れてなくても捨てる段階では一緒やのに、なんやろこの心理。賞味期

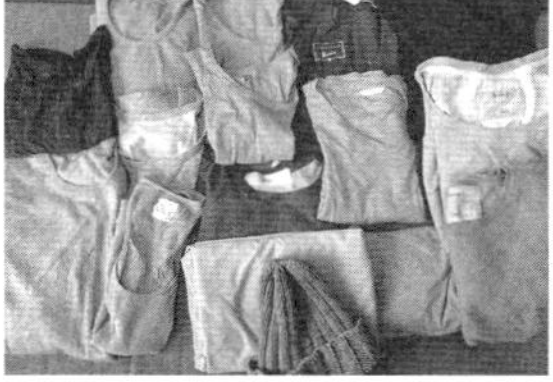

カラーじゃないので伝わらないんですが、これ全部グレーです。前世カバやったんかと疑うほどグレーに惹かれるわ。

限が切れているのをしっかり見届けてからしか捨てられへんみたいな。


外には着て行かれへんけど品質はしっかりしてる場合、**パジャマにできる**とかな。

パジャマ候補多すぎるわ。そない寝る時の服色々換えへんやろ。

ほかにも**作業着にできる**とか。そんなペンキ塗りみたいなんしたことないくせに。

「いつか物置の大掃除をする時、上に着るかもTシャツ」とか
「いつかダンスの練習する時、穿《は》くかもカーゴパンツ」とか
「いつか子どもと汚いプールはいる時、穿くかもハーフパンツ」とかあるけど、どんだけ可能性低いねん。(ほんで子どもを汚いプールにいれる気かい)
最終、**布として使える**っていう理由で何年もしまってる服まであるからな。お前一回も縫い物しようと思ったことないやろ――――ってなるわ。

そんなこんなで服だけでも全く進まへんのに、あと、本とか食器とか文房具とか、まだまだ難関を越えなあかんっていう。

一番困る「思い出グッズ」と「飾り物」まで残ってる。

小学校1年の時のマラソン大会の「7位」って書いた紙どうしよ。(即刻捨てろ)

正直、なくても全然生きていけんねん。ないならないなりにその中でやりくりすんねん。それ言いだしたら服なんてほとんど全部いらんけどな。

下着3つぐらいあればどうにか生きていけるわ。(裸やないか)

高校時代の女子バスケットボール部のTシャツ。春魂=syunkon もうロゴが茶色く薄汚れてヨレヨレですけど、一生捨てられません。

期限はあと4日…タスケテー。

まあ、実家とそんなに距離があるわけでもないからいつでも取りにこれんねんけど。最初血迷って絵本とかめっちゃ詰めてたからな。本棚もないくせに。この**タコのぬいぐるみ**…とかもうあとでいいから！！！　むしろ捨てやがれ。だいたい、**海鮮系のぬいぐるみ**なんか全然可愛くないねんから。

そして

「整理整頓術」みたいな本買ってまたひとつ荷物を増やしました。

こまったさんとわかったさんシリーズ大好きでした。登場人物「ごしゅじんのヤマさん」の「ごしゅじん」の意味がわからず、勝手に女友達を想像して読んでたわ。

はじめての引っ越し ～懐かしグッズ編

服の整理は終わり、文房具やら小物類にうつりました。

このあたり、脳みそが捨てるモードにはいっていてバスバス捨てられた。単語カードとか、汚い分度器とか、あの文字が見えなくなる赤い下敷きとか。赤い下敷き、**目に当てて20秒ぐらい周り見わたしてから捨てたわ。**（小学生か）

机やら棚から色んな箱が発見されんねんけど、そもそも**「この箱って何がはいってるんやろう」**って疑問に思った時点で、その箱の中身見ずに捨てたとしても絶対大丈夫やんな。なんせ存在を忘れてんねんから。

でも開けてしまうねん。そしたら鉛筆のお尻にでっかいミッキーついてるやつとか、鉛筆のお尻にバネついててキティちゃんがビヨーンなってるやつとか、ちっさい時**「いつか使おう」**って大事に大事にしまってたものがはいってんねん。

でもずーっと机の引き出しにしまってたもんってベタベタせん？ あれなんのベタベタなんやろ。なんかめっちゃベタベタしたから捨てたわ。

ロケット鉛筆も捨てた。バキバキのクレヨンとちびた色鉛筆も捨てた。（2～3回拾いあげたけど） 1つの芯が7色になってる色鉛筆とかな。何あれ。見た目はきれいやけど書いたら色が混ざって灰色やしな。

ロケット鉛筆
昭和40年代に登場した筆記具。プラスチック製の鉛筆型の筒に、弾丸のような小さな芯をいくつも装填して使用する。芯が丸くなったら次の弾に換えるという発想が斬新で子どもたちに大人気だった。

これは今私が100均の無地の扇子に書いたんですが（わざわざー！）、まさにこんな扇子でした。確か大学の友達に誕生日プレゼントにもらってんけど、どういうつもりやねん。

……あの端っこにある細長い箱はなにかしら。（パカッ）

扇子が1本。

ジャラッと開くと達筆で

「無理」

何これ。なんのメッセージ扇子これ。いつどのタイミングで開けばいいん。

この缶の中身なんやろ。（パカッ）

北海道土産の「じゃがポックル」のキャラクターストラップ。の、**折れた上半身のみ。**

怖いわ。ニッコリした笑顔が余計怖いわ。

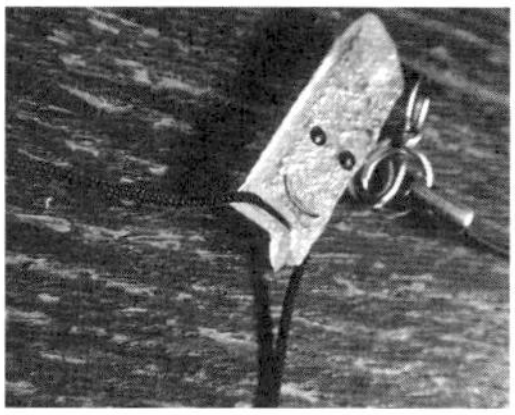

高校でラインダンスを踊った時の、小道具の紙で作ったタバコ。たぶん「ずっと持っとこうな」とかみんなで言い合ったんやろうと思うけど**絶対自分以外持ってへんわ。**

ほんまこういうとこ律儀やわ。（ほんでまたしまう）

昔なぜか妙に好きやった人にもらったギターのピック。ちなみに告白もしてへんの

じゃがポックル

北海道産のじゃがいもを使ったカルビーの地域限定スナック菓子。伝説のアイヌの妖精コロポックルから命名。写真はそのキャラクターのストラップです。

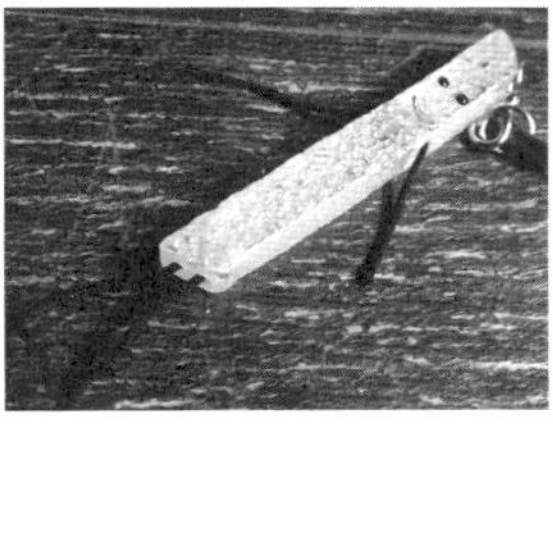

に3回もフラれたっていう。夜のテンションで告白されて翌朝の冷静な頭でフラれんねん。


次の引き出し。（ガチャガチャ…）

出た、**カセットテープ**。

私、大学時代までカセットしか聴いてなかったんです。

「夏の歌全集」

なんやねんこれ。

●ミュージック・アワー
●夏の王様
●夏色
●HOT LIMIT
●ラプソディ イン ブルー
●少年時代

うわー。夏の歌全集やわ。

確かこのカセット、**「夏色」**の途中でバグッて音がとんで、30秒近く無音になんねんやん。だからその間は自分で歌って、そのあと**音が戻った時に歌ってる箇所がぴったりとあっていれば勝ち**、みたいなゲームしてたわ。（誰との勝負）

夏の歌全集
ミュージック・アワー：ポルノグラフィティの3枚目シングル。２０００年7月12日発売。
夏の王様：KinKi Kidsの10枚目シングル。２０００年6月21日発売。
夏色：ゆずのデビューシングル。１９９８年6月3日発売。
HOT LIMIT：T.M.Revolutionの8枚目のシングル。１９９８年6月24日発売。
Rhapsody in Blue：DA PUMPの5枚目シングル。１９９８年6月24日発売。
少年時代：井上陽水の28枚目シングル。１９９０年9月21日発売。

またこのゲームしたくなったらどうしよ。（100%ならんからはよ捨てやがれ）

もうひとつの箱。（パカッ）

ハンコ。ひまわりのハンコと、犬のハンコと、変な鳥のハンコ。

次の箱。

けん玉、ハイパーヨーヨー、なわとび。缶バッジにオルゴール。小学校の名札の裏に友達といれていた秘密の紙。小3の時友達と見つけたつるんつるんの丸い石3つ。お弁当の形の消しゴム。ブドウの形の消しゴム。匂いつきの消しゴム。**「特別な時に使おう」**ってずっと思ってたさくらんぼ柄のレターセットに、うさぎのピンクのレターセット。1枚しかないバナナの絵のメモ。スイカの形のメモ。ずっと使えなかった可愛いシール。もこもこしたシール。食べ物のシール。お菓子のシール。

なんであの時思い切って使わんかったんやろう。今なんて全然いらんのに。

何回も大掃除のたびに捨てるか迷って、結局しまってきた物たち。
かなり捨てたけど、3分の1ぐらいはやっぱりもう一回引き出しに戻しました。
どうしても、大事にしまってた幼い頃の自分が邪魔してくるんです。あの**おかっぱ頭が。**

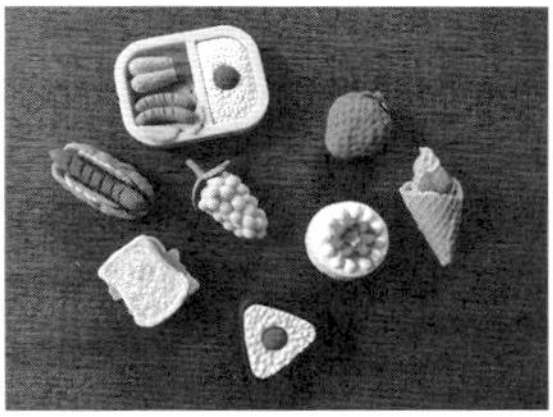

この食べ物の形の消しゴムシリーズ大好きでした。分解しては戻して…を繰り返してた。

きっと今「もったいない」って思ってしまってる新しいグロスも、もらい物のお風呂グッズもアロマキャンドルも結局こうなるんやろうから、もう、ガンガン使おうと思った。

常に唇テッカテカにして無意味に部屋に甘い匂い漂わせよう。

思い出グッズに関しては、感傷にひたらんように机の引き出しにガサッとおさめすべての整理を終えることができました。

は――――終わった。

ふと、ガラ――――ンとした部屋を見て、
なんかちょっとだけ泣いてしまった。
山本家の子どもとして過ごした24年間。
泣いたり笑ったり喧嘩したり姉と2人で過ごしてきた子ども部屋。

何回模様替えしてきたやろう。ぬいぐるみだらけにしてみたり、植物とか飾りだしたり、瓶を並べだしたり、いきなりアジア系にしたくて布とかたらしてみたり。（何してもどうせ壁紙が可愛らしい「おうちの絵」やから無駄やねんけどな）

思春期の時は、どうしても一人部屋が欲しくて、二段ベッドを間に置いて狭い部屋

結局捨てられなかった、小学校時代友達と近所で拾ったつるつるの石。今では娘が遊んでます。

を2つに分けてたわ。（小学校の時は漫画の『りぼん』を積み上げて壁を製作し崩壊）受験の時は参考書まみれやったり、大学まで子機がなかったから、リビングから部屋まで電話線を延ばして長電話したり、はじめて彼氏ができた時は、毎日夜中にソーッと窓から出入りしたり。

就職してからはほとんど寝るためだけの部屋になってしまったけど、子どもができて、また部屋でゆっくり昔の絵本とか読むようになって。

どうもありがとう。
これからは、新しい家庭で新しい思い出を作っていきます。

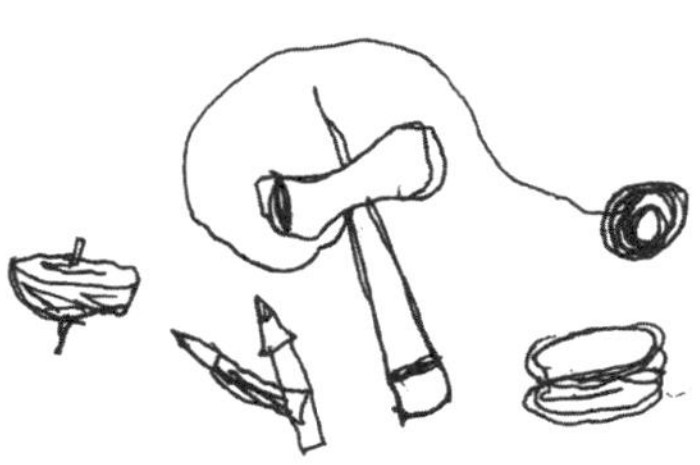

刃向かい
刃向かいます

ついに**刃向かう決意**をしたようで。

ハムなど
ハムのん

ハムのん!! **関西人がサンドイッチ選ぶとき**ぐらいやろ。「そのハムのんで」

ハムだ

ハム大臣——！
（それはお前の勝手なイメージ）

刃向かわ
刃向かわない

結局**刃向かわん**のかい。

刃向かわねー
刃向かわねえ
刃向かわん

えー何この**若者口調。**
刃向かわねー！とか普段絶対言わんやろ。

最後の４つはさらにひどい。

ハムな

「あ、デザインは、**ハムな感じ**でお願いします」

ハムへ

手紙書いた————！！！
「ハムへ　お元気ですか？」

ハムとして

「人として」みたいに言うな。

ハムまで

「**ハムまで**私を裏切るのか……」

【ガラケーの予測変換機能「ハム」】

スーパーで買わないといけないものをケータイにメモした時のこと。
『ハム』って打ったら予測変換機能で色んな言葉が出てきました。以下がその単語たちです。

ハム
ハムスター
ハム太郎
ハムレット
羽村
ハムナプトラ

ここまではまあよし。しいて言えば、
羽村って誰やねんってぐらいで。

ハムの
ハムを
ハムラビ
ハムに
葉室
ハムが
ハムは
ハムで
ハムと
ハムも

ハムものっすごい変換されてるやん!!
そんなに「ハム」でしゃべらんやろ。**ハムを主人公にした小説**でも書かん限り。
そして、「ハムに」よりは使用頻度低いけど、「ハムが」よりはよく使われるとされている**葉室さん**。

続きます。

刃向かっ
刃向かった
刃向かって
ハムです

ついに**ハム自己紹介―――!**
「吹田市に引っ越してきました、ハムです」

ハムから

どう使うねん。「**チーズからハムから**いっぱいあるわ」とか?他には…「**ハムから後ろ**はこちらのレジでお願いしまーす!」「**北はハムから**南は沖縄まで」

ハムや

何その**年寄り口調。**
「ハムや。こっちにおいで」

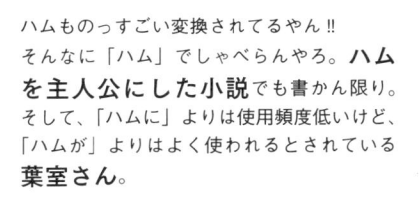

さや
ネガティブを想定して産むんやな…

さき
自分がネガティブやから子どもがネガティブなのもわかるんやろな

さや
そんなネガティブなくせに肝心なとこで危機感もてずボーッとしてしまって食べられるって…

さき
むしろ敵と出会った瞬間あきらめるんかもしれん。あーどうせ食べられて死ぬんや…みたいな

さや
むしろマンボウに産まれたって自覚した瞬間絶望で何匹か死にそう

さき
オギャー！　うーわマンボウや！死のう！(＿＿。)

さや
うわ！　俺マンボウやったー！　最悪や…プカ〜…　みたいな。(何が)

みん
うちマンボウに生まれかわっても強く生きるよう努めよう

さき
海で生きるならシャチとかの強靭な肉体に生まれたいな…

みん
シャチかっこええよな！
人間に食べられることもないし！

みん
でも、いまだにイルカとかシャチが哺乳類でとか、ペンギンは鳥とか、マンボウは魚でとか、いろいろ納得いってない

さき
まぁ〇〇類ってあれやん、産まれ方の分類やん。イルカとかシャチとか見た目どう見ても魚やしな。ペンギンが鳥っていうのはうちは納得してるけど！　マンボウは別の何かに見える

みん
マンボウは顔が泳いでいるように見える

あづ
カモノハシってたまごで産む哺乳類やっけ？意味わからん

さき
カモノハシちゃんはあんな可愛い顔で凶悪な毒爪もってるしな。神様がふざけて「こんな変なん作ってみた！(笑)」ってノリでやってるとしか思えん

あづ
毒爪！　いやマジで水の中では目を閉じてるけど、生体電流を察知できるねんでカモノハシ。なんか神様カモノハシにいろいろ詰め込みすぎや

みん
卵産む哺乳類ってなんやねん
わけわからんやん

あづ
「哺乳類には非常に珍しい卵生である」
え！　哺乳類の定義ー！　ってならん？

さき
カモノハシの毒って犬ぐらいなら普通に殺せて、人間でも激痛で「無力になる」ってウィキペディアにかいてたで。こわすぎやんカモノハシ

あづ
なんか恐竜さんが仕切ってた頃はカモノハシ系哺乳類結構いたみたいやな。すごいよな

みん
カモノハシすげぇ…!!

さき
カモノハシすげ――――！

【友達との会話2 ～動物の生態について編】

メンバー：みんみん、さきちゃん、さや、あづ

みん

水族館でマンボウ見れたぁ♡
可愛かったぁ♡

さき

マンボウの豆知識って
面白いよなあ

みん

【マンボウの死因一覧】
❶朝日が強過ぎて死亡
❷水中の泡が目に入ったストレスで死亡
❸海水の塩分が肌に染みたショックで死亡
❹前から来たウミガメとぶつかる事を予感したストレスで死亡
❺近くにいた仲間が死亡したショックで死亡
❻近くにいた仲間が死亡したショックで死亡した仲間から受けたストレスで死亡
❼寄生虫殺すためにジャンプして水面に当たって死亡
❽まっすぐしか泳げないから岩に直撃して死亡
❾水中に潜って凍死
❿日にあたってたら鳥に突かれて死亡
⓫寝てたら陸に打ち上げられて死亡
⓬魚の骨が喉に詰まって死亡
⓭泡が目に入ってイライラして死亡
⓮エビやカニを食べることがありよく殻が内臓に刺さって死亡

（※ネット上での噂なだけで、デマらしいです）

さき

水の中の泡が目に入るっていう
死因が２回も出てきてる

さや

泡が目に入って死亡て２個も
書いてあるし

さや＆さき

かぶった（笑）

さき

マンボウにとって水中の泡ってほんまに悪魔みたいな存在なんやろな。
死神か

みん

仲間が死んだらショックでストレスで自分も死んでしまうとか
マジ優しいし繊細（涙）

さき

前から来るウミガメを見ただけでぶつかることを想像してショックで死んでまうとか可愛いよな。儚い…

みん

想像力豊かやんな

さき

そんだけ想像力豊かなら、ポジティブな想像をすれば自己暗示でめっちゃ強くなれそうやのにな。船に体当たりして沈めてやるぜ！！！とか。
マンボウってネガティブなんやな

みん

ボーッとしてるからすぐ捕食もされるらしいし(/_;)
そやってどんどん死んでいって、
おっきくなれるの数匹らしいから、
産む数３億個らしいな(/_;)

「小学校時代に書いたあみだくじ」

じゆうちょうより

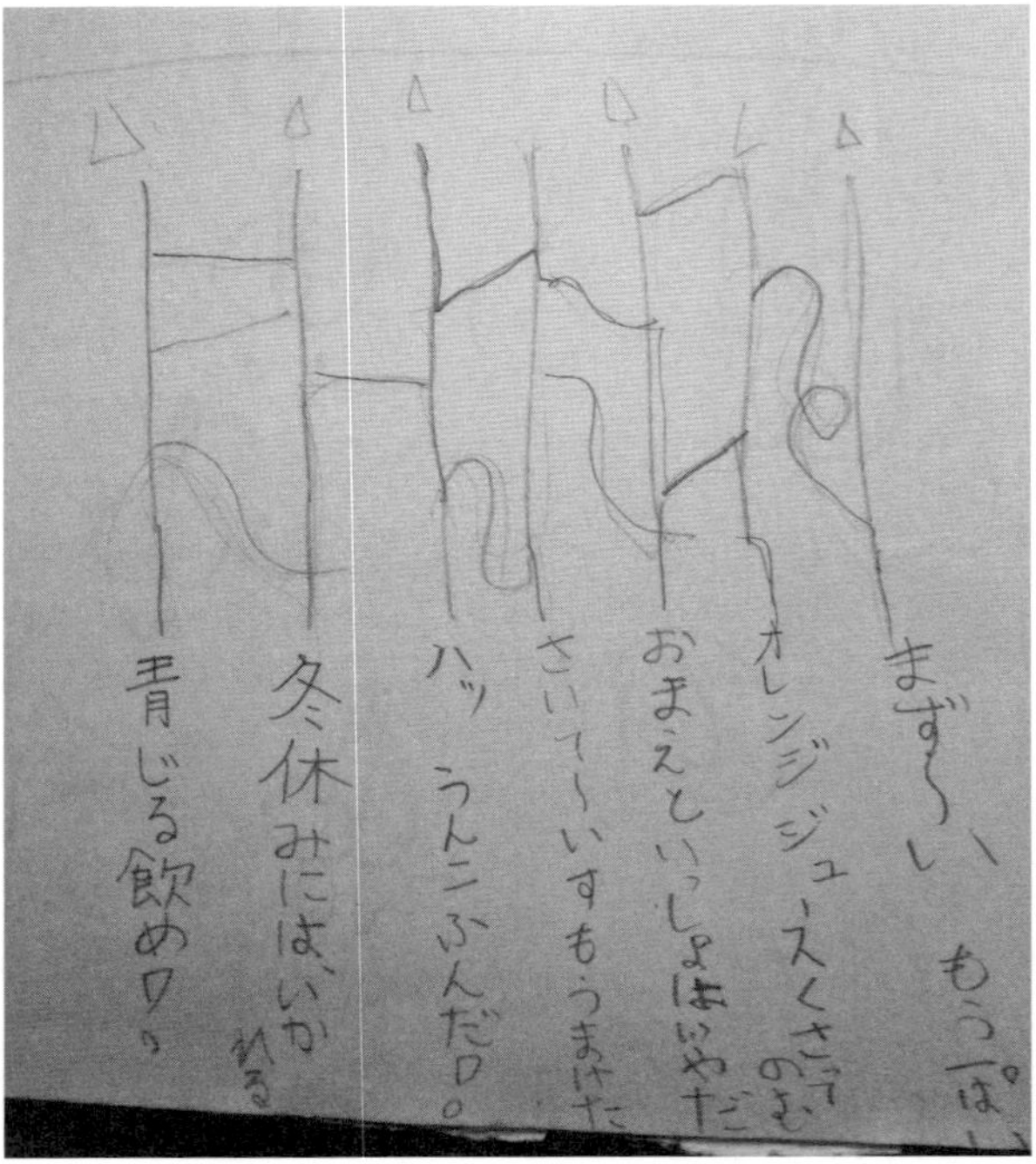

●青じる飲め！
●オレンジジュースくさってのむ
この２つはまだ許せるわ。(「くさってのむ」はおかしいけどな。「くさったオレンジジュースのむ」やろ) ←いずれにせよ過酷
●まず〜い　もうーぱい
え、誰の感想？
● ハッ　うんこふんだ！
● さいて〜い　すもうまけた
え！何それ何それ。そこにたどり着いたところでどうしたらいいん。
●冬休みには、いかれる
何の予言――！いかれる、ってなんやねん。

そして、もっとも意味不明な項目
●おまえといっしょはいやだ

おまけレシピその2

「なんやねんって言いたくなる酒屋」より

エバラ焼肉のたれ黄金の味（中辛）を使って
鶏とキャベツのうまだれ炒め

たれ単品だとちょっと甘いのでしょうゆを足し、マヨネーズでコクと酸味と「ちゃんと料理をした」という満足感をプラス。（この気持ちわかりますでしょうか）

材料（2人分）

鶏モモ肉	250g
塩、こしょう	各少々
片栗粉	適量
キャベツ	3枚
長ねぎ	½本
サラダ油	小さじ1
A 焼肉のたれ（塩だれとか以外ならなんでもいいです）	大さじ2
A マヨネーズ、しょうゆ	各小さじ1
好みで粗びき黒こしょう	適量

作り方

1 鶏肉はひと口大に切って塩、こしょうをふり、片栗粉をまぶす。キャベツはざく切りに、ねぎは斜め薄切りにする。

2 フライパンに油を熱して鶏肉を皮目を下にしていれる。こんがりしたら裏返し、ふたをして弱めの中火で3～4分焼く。ねぎ、キャベツを加えて炒め、しんなりしたら**A**を絡める。

3 器に盛り、好みで黒こしょうをガリガリ…。

粒からひいてるみたいに書くな。

「夏の終わりの切なさ」より

夏野菜食べ納め
レンジで簡単ラタトゥイユ

ザクザク切ってチンするだけ。夏にたくさんもらったり買う機会が多い野菜を
ブヨブヨになる前に一気に消費。冷やして食べてもおいしい。私は保存容器ごと食べてます。

材料 (3～4人分) ※私は1人で2日ぐらいかけて食べています。

トマト、ナス、ピーマン……各2個
玉ねぎ……小1個
にんにく……1かけ
A
- オリーブ油……大さじ2
- ケチャップ、砂糖……各小さじ2
- ウスターソース、顆粒コンソメスープの素……各小さじ1
- 塩……ひとつまみ

あればドライパセリ……適量

ズッキーニやかぼちゃをいれても。

作り方

1. 野菜は全部ザクザクと2～3㎝ぐらいの大きさに切る。にんにくはみじん切り。
2. 大きめの耐熱ボウルに**1**をいれ、混ぜ合わせた**A**をかけ、ふわっとラップをかけて電子レンジ(600W)で約12分チン。
3. 取り出してよく混ぜ、一度冷まして味を染み込ませる。器に盛り、あればパセリをふる。

玉ねぎあたりを食べてみて、まだ生っぽかったら追加加熱を。

「ただ必死で自転車で街を駆け抜けていた頃」より

真夏のナッツガールに捧ぐ
ラムレーズンナッツ＆ナッツクッキーアイス

ただ市販のバニラアイスに、砕いたナッツやクッキー、ラム酒に漬けたレーズンをたっぷり混ぜるだけで、お店やないか…‼というぐらいおいしくなります。

ラムレーズンナッツアイス

材料 （作りやすい量。２人分）

バニラアイス……200mℓ
レーズン……15gぐらい
ラム酒……大さじ１
くるみ、スライスアーモンド……好きなだけ

作り方

1 耐熱容器にレーズンをいれてラム酒をかけ、ふわっとラップをかけて電子レンジ(600W)で30秒〜１分加熱し、冷ます。
2 バニラアイスを練って**1**、砕いたくるみ、アーモンドを混ぜ、冷やし固める。

ナッツクッキーアイス

材料 （作りやすい量。２人分）

バニラアイス……200mℓ
ココアクリームサンドクッキー（オレオ）……１枚（２枚１組で１枚）
くるみ……いれたいだけ。15gぐらい

作り方

1 バニラアイスを少しだけ溶かして練り、砕いたクッキー（中のクリームごと）、くるみを混ぜて冷やし固める。それだけです。

一度溶けたアイスは、再び固めると食感が変わる（シャリッとしてしまう）ので、できるだけ溶かさず無理やり混ぜ込むのがおすすめです。

「警備会社の求人広告」より

これぞ男めし スタミナ焼肉丼

牛肉を焼いてたれを絡め、ごはんにのっけてワシワシかき込む。
めっちゃ簡単なボリューム満点レシピ。甘辛だれは豚でも鶏でもなんにでも合います。

材料（2人分）

にんにく		1かけ
牛焼肉用肉（カルビでもモモでもロースでも）		200〜250g
サラダ油		小さじ2
A	しょうゆ、酒、みりん	各大さじ2
	砂糖、白炒りごま	各小さじ1
	チューブのおろししょうが	1㎝ぐらい
	好みで豆板醤	少々
	片栗粉	小さじ½
	こしょう	少々
ごはん		丼2杯分
卵		2個
好みで万能ねぎの小口切り		適量

作り方

1 にんにくは薄切りにする。フライパンに油をひいて熱し、にんにくをいれこんがりしたら取り出す。続いて牛肉をいれ、両面焼いたら合わせた**A**を加え、絡める。

2 丼にごはんを盛ってお肉をのせ、フライパンのたれを回しかける。卵を落としてにんにくをちらし、好みでねぎをちらす。

片栗粉がダマがないようよく混ぜてからいれてください。

「やったらあかんのにやってしまうこと』より

頬擦り不要! 白桃紅茶ゼリー

市販の紙パックの紅茶を使った、めっちゃ簡単なデザート。生の白桃は
頬擦りしてしまいがちなので缶詰で。甘さ控えめで桃の香りがちょっと大人の味です。

材料 (底の直径5㎝のカップ3個分)

粉ゼラチン	1袋(5g)
白桃(缶詰)	120g
紅茶(ストレート／加糖)	350㎖
砂糖	大さじ2

急ぐときは、鍋の底を氷水につけて混ぜながら冷やし、とろみをつけてから冷蔵庫に。

作り方

1 ゼラチンは水大さじ3にふりいれてふやかし、電子レンジ(600W)で30秒加熱して完全に溶かす。白桃は食べやすく切る。
2 鍋に紅茶と砂糖をいれて火にかけ、砂糖が溶けたら1のゼラチンを加えて混ぜる。冷めたらカップに流して冷蔵庫にいれ、30分～1時間ほどしてとろみがついたら白桃をいれ、再び冷やし固める。

とろみがついたところに桃をいれると沈まずキレイ。でも面倒だったら最初からカップにいれてしまってください。

「はじめての引っ越し　～服が捨てられないよ編」より

タコのぬいぐるみから連想して

タコとじゃがいものからあげ

無理やりタコつながりの居酒屋風おつまみ。タコは本当に殺されるかと思うぐらい油が跳ねる時があるので、吸盤には切り込みをいれてしつこいぐらい水気をとり、小麦粉、片栗粉の二重衣で。

材料（2人分）

ゆでダコ……150g

A
- しょうゆ……大さじ1
- みりん……小さじ1
- 塩……ひとつまみ
- こしょう、チューブのおろししょうが、おろしにんにく……各少々

じゃがいも……1個

塩、こしょう……各少々

小麦粉、片栗粉、揚げ油

あればドライパセリ、レモン……各適量

油の温度が低いと衣がはがれるので、高温でサッと。ゆでダコなので、表面がこんがりすればOKです。

作り方

1 タコは小さめのぶつ切りにし、吸盤に切り込みをいれて水分をしっかりとり、ポリ袋にいれて**A**をもみ込み、15分以上おく。じゃがいもは洗って水気がついたままラップに包み、電子レンジ(600W)で3分ほど加熱し、皮をむいてひと口大に切る。

2 ①のタコの水気をよーくとって小麦粉をまぶしたあと、片栗粉をしっかりまぶす。フライパンに揚げ油を170℃に熱し、じゃがいもをこんがり揚げて取り出し、塩、こしょうをふる。続いてタコをいれ、触らず表面が固まったら裏返し、こんがりしたら油を切る。器に盛り、あればパセリをふりレモンを添える。

【ある1週間の献立　その2】

このシリーズ、ブログに載せると毎回「勇気が出ます」と言っていただけます。
ただの夜ごはんの画像が人に勇気を与えるなんて…。
ちなみにこの献立、特に手抜きの日というわけではないですよ。

月曜日

- **豚こまとキャベツともやしの炒め物**
- **ブロッコリーとほうれん草**（ゆでたのみ）
- **にんじんとしめじとワンタンのスープ**（市販のワンタンスープに具を足したのみ）

これらをつまんでビールなどを飲んだのち…

- **白ごはん**

火曜日

- **ほうれん草**（ゆでたのみ）
- **大根**（切ったのみ。どう食べろと）
- **にんじん**（塩、こしょう、砂糖、しょうゆで炒めたのみ）
- **豆もやし**（ゆでてごま油と塩、ごまで和えたのみ）
- **お餅と豆腐の揚げ出し**（～食べかけ～）

ほぼ素材でしかない献立。
素材の味を活かしすぎやろ。

これらをつまんで
夫はビールなどを飲み…

- **鮭チャーハン**

刻み海苔汚っ！
ちょびヒゲか。

水曜日

テーブルにクーラーのリモコンを置きなさんな。

- **どす紫色に変色した塩焼きのれんこん**（どす紫ってなんやねん。うす紫みたいに）
- **エリンギ**（バターとしょうゆで焼いたのみ）
- **ブロッコリー**（ゆでたのみ。間違えてくったくたになったんで、ビタミン等ほぼ紛失）
- **鶏ハムとコーンと暴れピンピンキャベツのサラダ**

これらをつまんで飲み

- **豚汁と白ごはん**（写真はございません）

木曜日

- **ぶりの照り焼き**（NO添え物）
- **こんにゃく発表**（っていう商品名のこんにゃく）
- **レタス、ベーコンなどのサラダ**
- **卵豆腐**（夫のみ）

これで飲んだのち

- **白ごはんと根菜とわかめの汁物**
（やったと思う。たぶん）

金曜日

刻み海苔汚っ！！！！！惨劇か。

- **フライパンでビビンバ**
（娘にコーンめっちゃ嫌がられたわ）
- **トマト**（切ったのみ）
- **えのきポン酢**
（チンしたのみ。～耐熱皿のままどうぞ～）

土曜日

- **サンマ**（頭どこいったんやろ）
- **キャベツとベーコンと、そのへんにあった野菜やきのこを炒めたやつ**
- **レタスとささみのサラダ**（刻み海苔かぶり）
- **アスパラガスのフリッター？みたいなやつ**
（サクサクに見えるやろ？　フニャフニャやで）

これで飲んで

- **白ごはん**（味付け海苔か温泉卵か何かで）

日曜日

- **からあげ**（市販）
- **メンチカツ**（市販）
- **カレイのしょうゆ焼き**
（撮影の残り）
- **キャベツとベーコンとスクランブルエッグとおかかのサラダ**

あとビール。
ほぼ揚げ物しか食べてない。
野菜はキャベツのみ。

おまけ

残骸――――!!
閲覧注意画像やないか。
（娘に骨がはいらないよう分けたら、
骨だらけでした、の図）

3章

世間のことをぶつぶつと

この世にぴったりの靴がほとんどない件

わかる————！って声が聞こえてきそうですが、靴を買うのが苦手です。なんであんなに合わへんのやろう。**特にパンプス。**これまでに何足失敗したことか。

私の足のサイズは23・5㎝なんで、特別大きくも小さくもないんですが幅広なので気にいった靴がはいらない場合が多いんです。

見た目そんな「**幅広!!!**」って感じじゃないから、店員さんには「お客様全然大丈夫ですよー」って言われるんですけど、**全然大丈夫じゃないんです。お客様は。**

かといって幅を合わせるとかかとがパカパカで

歩くたびにカポン、カポン、カポン、カポン、カポン、カポン、カポン、カポン、カポン、カポン、てなる。(何歩進むねん)

ちょっとキツいけど、見た目が気にいってどうしてもほしくなってしまい、せっかくはいったし多少我慢したらいつかで買ってしまうと、最初はよくてもどんどんどんどん痛くなってきて。もう、**梅田のど真ん中で脱いで手に持って裸足で走って帰りたくなる。**「お願い…メイのところに通して…」ってなる。

しかも、私はハイヒールが履けないんです。ふくらはぎが**プルプルプルプルカタカタカタ…**と、産まれたての子鹿になる。だから**低めのヒールで、幅もあって、かかとも脱げない**、ってのが見つかったら、もうほとんど奇跡の出合い。

ブログより

この記事300件ぐらい「わかるー!」のコメントを頂きました。
「小指が腐った甘エビのようになっています」「もう捨てようと思っても、『監督、まだ投げれます…!』『この夏だけは、何とか投げさせてください…!』っていう目で靴たちが見てくるような気がして捨てられない」「絆創膏を貼ってもすぐに取れてくるくる丸まって煮た油揚げ(甘めに煮たやつ)みたいになる」「この世にぴったりのブラもない」などなど…
具体的な対策もたくさん教えていただきましたので参考にしてみてください。
・シューズストレッチャーで伸ばす

ただこれ、試着の段階ではわからんのが厄介やねんなあ。

お店の中で5〜6歩歩いたぐらいじゃわからんねん。

せめて店内15周したい。（邪魔やわ）

足をいれる段階で「はいサヨナラ！！！」っていう靴ならいいけど一見フィットしてるように見えても、一日履いて歩き回って帰る頃には、かかとと両小指の外側が水膨れ、もしくは流血っていう靴も多くて。

最初は優しかったのに付き合った瞬間ＤＶが発覚したような気持ちになるわ。**（まさかこんな人だったなんて…）**


さらに私は、**ガニ股ですり足**、っていう最低の歩き方なんですね。直したいわこれ。かかとの外側だけがどんどんどんすり減っていくねん。

今までで一番ひどかったのが、高校時代に清水の舞台から飛び降りる気持ちで買った８９００円のブーツ。（当時で８９００円はほんまに相当な値段やった）立てたら外側に**ファー――ン…**って倒れていくほどに擦り切れて、ついにかかとの外側だけ底全部なくなって穴開いた。（どこまで履くねん）

そんな歩き方やから靴の損傷が半端なくて、せっかく気にいったパンプスでも、１シーズンで完全に履きつぶして終わるんです。

でも時間ある時しか探されへんから、どちらかというと見つけるより失うほうが早いねん。探して見つけて失ってまた探して。**キャンユーセレブレイト状態。**

女性はみんな「靴ばっかり増えて靴箱にはいらなくて…」っていうし、姉も母も、靴

・ドライヤーで伸ばす（気持ち伸びる）
・修理屋に出す
・シューズバンドをつける（１００均でも売っている）
・中敷きをいれる
・石垣島へ移住する（みんなギョサンというサンダルか島ぞうりを履いている）

CAN YOU CELEBRATE?
安室奈美恵のメガヒットナンバー。作詞・作曲は小室哲哉。フジテレビの月9ドラマ『バージンロード』の主題歌。今あらためて聴くとまた、いい曲やな…と思います。

箱から溢れた靴が部屋の中やらクローゼット埋め尽くしてるのに、私だけほとんど一定量っていうな。**履きつぶしたから買い替えるスタイル。**電化製品か。

理想ではセックス・アンド・ザ・シティみたいに、棚開けたらズラ———ッて靴が並んでて服とカバンに合わせて選びたいのに、もはや消去法やから。

スニーカーかコイツしかいない…みたいな。

どんなに服がオシャレでいいものでも、足元があかんかったら駄目っていうやん。私の場合、初対面やったら大丈夫やけど5回会ったらバレるわ。「こいつ駄目やな」って。「こいつ駄目やし顔丸いな」って。(そこは初対面でバレるわ)

そしてこの間、唯一の生き残りだったサンダルが死にました。

歩く時にやたらカン!カン!カン!カン!カン!って聞こえるな、と思ったらヒールの底が完全に無かった。

というわけで今、

スニーカーか、結婚式用の靴か、どこかに問題を抱えたパンプスたちしかないので

一周まわって、毎日ビーチサンダル履いてます。

オシャレは足元から。

セックス・アンド・ザ・シティ
ニューヨークに住む30代の独身女性の暮らしを描いたアメリカの連続ドラマ。タイトルはサラ・ジェシカ・パーカー演じる主人公キャリー・ブラッドショーが連載する新聞コラムのタイトル。キャリーの靴のコレクションに憧れる女性は多く、コーディネートをまとめたサイトや雑誌の記事も多数。

足元はあえてビーサンではずして。(って自分に言い聞かせてる)

自分が気づいていない顔の話

あ、自分が気づいていない顔って、「知らない間にすっかりお母さんの顔になって」、とかそういう素敵な話じゃなくて、**単純に顔面の話**です。

昨日、パソコンを開いたら『**できることなら見たくない、女の子の姿　1位鼻毛**』というタイトルとともに

1位　鼻毛が出ている　51・6％
2位　泥酔状態　26・1％
3位　汗だくでメイクがボロボロ　23・7％
4位　歯に青のり　22・9％
5位　猛ダッシュで必死の形相　11・6％

と書いてありました。

うそやん。こんなん1位以外、営業時代の私の基本スタイルやん。

基本的に猛ダッシュで、汗だくでメイクがボロボロで、仕事のあとは毎日のように飲んで、（泥酔はないけど）風月帰りの歯には青のり。

まさかこんなにあかん状態やったとは。鼻毛はわかるけど、もっと見たくない姿あるやろ。

風月
正式名称は鶴橋風月。創業60余年を誇る大阪のお好み焼きチェーン。キャベツたっぷりの生地が特徴。

2位　こそこそお金をせびっている　26・1％

とか。（女の子とかじゃなく人として見たくない）

今思えば、求人広告の営業時代は本当に毎日走り続けてました。**前向きに頑張る＝走り続ける**っていう比喩じゃなくて、**実際に走ってた。足と手を交互に動かして。**夏なんて汗かきすぎて化粧全部とれて幼稚園児並みに真っ黒。まさに

雨ニモマケズ　風ニモマケズ
雪ニモ夏ノ暑サニモマケヌ丈夫ナカラダヲモチ
一日ニ玄米四合ト味噌ト少シノ野菜
ト**大量ノオ肉ヲ食べ**

って感じ。（宮沢賢治×ゆり）←イーストエンド×ゆりみたいに言うな
退職して、そんなに走る機会も飲む機会もなく過ごしててんけど、この間夫に**「ゆりって走ってる時、白目で笑顔やんな」**って言われてん。

何それ！　と思い話を聞くと、私がツタヤにビデオを返しにいって、走って戻ってきた時も、車から降りてダッシュで缶ジュース買って帰ってきたときもとりあえず**白目むいてたら**しい。

そのまま笑顔で走ってきたから「**ええ――!!**」ってなったらしい。

「知らんかったんや」って言われた。知ってたら走らんわ。

EAST END×YURI
90年代に活躍したヒップホップユニットで『DA.YO.NE』がミリオンセラーに。英語以外のラップによるCD売り上げ記録が世界一としてギネスにも認定された。ボーカルのYURIは東京パフォーマンスドール出身。

絶対嘘！って思って、その後ちょっと走る機会があった時に、顔を意識してみてん。真顔で前を向いて走ろうと。いや、意識してる時点で普段は違うんかいって感じやけど。そしたら、**かなり頑張らないと顔が保たれへん**ことに気づいた。

目をつぶってしまいそうなところをこじあけて、口が開きそうなところを閉じる…ってことは

無意識やったらほんまに白目で笑顔ってことか――!!

確かに営業時代も、お客さんに何回か

「やまもっちゃんこないだ道で見かけたで！　声かけようと思ったけど顔が必死やったからやめといたわ」

「あの坂道を必死の形相で自転車でのぼってたよね」

みたいなことは言われててんけど、まさか白目むいてるとは。嫌やわー。恥ずかしい。ちゃんと景色は見えてんねんけどなあ。**不思議な白目。**

でもこんなふうに、自分では気づいてない自分の表情とか顔ってあるんやろうな。人間って鏡見る時は無意識に一番美しく見える表情をしてるらしいから、実際は**普段自分が思ってる顔の3倍ブサイク**って聞いたことある。

今思いだしたけど、誰かに昔、**食べ方が牛みたい**って言われたこともあったわ。**口元を必要以上にもっしゃもっしゃさせてる**らしい。嫌やわー。今でもそうやったらどうしよ。

牛が必要以上に口元をもしゃもしゃさせて草を食べている様子。をいれるつもりでしたが見つかりませんでした。（そらな）

はじめてサブウェイに行きました

この間はじめてサンドイッチ店のサブウェイに行きました。

ずっと行ってみたかったんですけど、行く機会がなかったんです。近くにもないし。

でもいきなり「今日しかない！」ってなって、めったに即行動なんてしないくせに、
わざわざひとり電車で梅田まで行きました。**サブウェイが呼んでる気がして。**

いざお店に入ったら、とにかく人がいっぱいで、席確保できるか否かの状態でした。

全然呼ばれてなかったわ。

そして、まず驚いたのがサブウェイのサンドイッチの種類の豊富さよ。

優柔不断の自分に決められるわけなかろうが。

一番人気の**えびアボカド**にすべきか…それともここは**たまご**か、はたまた**チキン**にすべきか、たまごは家でも食べれそうやしせっかくやからチキン…うわ、**ツナ**！ ツナ捨てがたいけど**ソーセージ**もおいしそう…トッピングもできるやん何これ何これ…あー…**ベーコン**…**えびアボカド**…**たまご**……とか考えすぎて頭痛くなってきて並んでる後ろの人にどんどん先行ってもらった。（ほんまはよ決めろ）

結局ＢＬＴサンドに。

「パンの種類はどうされますか？」
パ、パパパ、パ、パパパパパパンの種類!?（そない大したこと聞かれてへん）

サブウェイ
アメリカ生まれのサンドイッチチェーン店。キャッチフレーズは「おいしい！をはさもう。」パンの種類や具、トッピング、ソースなどセレクトの幅が広いためオーダーの仕方がわからずに戸惑う人が多く、注文方法のまとめサイトが生まれるほど。

「…じゃあ、このウィートで。（ウィートが何かはわからんけど）」

「パンは焼きますか？」

「はい」

「嫌いな野菜はありますか？」

レタス、トマト、オニオン、ピーマン、ピクルス、オリーブ。

全部好き！　首飾りにしたい！（オリーブだけやろ）

よく見ると**「野菜の増量無料」**だそうで。

そりゃ増量やろ。別にそんなにいらんけど、無料と言われたら増量やろ。（いやしい）

「あの…**増量、とか、ありですか？**　すいません…」（謝るぐらいなら言うな）

「かしこまりました。ドレッシングはどうされますか？　シーザーがオススメですが」

「じゃあそれで」

「パルメザンチーズはおかけしてよろしいですか？」

「はい」

「セットにされますか？」

「ポテトセットで」

「お飲み物はどうされますか？」

「オレンジジュースで」

そこで空のカップを渡され
「お飲み物はセルフサービスとなっておりますので、あちらでお入れください」

じゃあさっきなんで種類聞いてん。なんでもええやないか。

あえてジンジャーエールをなみなみと注いだんねん。（なんのために）

パンの種類と説明
ハニーオーツ（ウィートにはちみつとオーツをプラス）、ウィート（小麦胚芽入り）、セサミ（ホワイトに香ばしいごまをトッピング）、ホワイト（プレーンな味わい）、フラットブレッド（もちもち食感）の5種類からパンを選べる。

そして待望のＢＬＴサンドをひと口…（むしゃり）
ファッサファサ〜
うわー**食感。食感しかこない**。野菜が多すぎるわこれ。口内レタスでワサワサやわ。
レタス祭りやん。年に15度の。（結構開催頻度多い）
これ、ＢＬＴの比率**１：68：４**ぐらいやで。

とりあえず、はみ出まくりボンバーのレタスと玉ねぎとトマトを処理しよう。
シャク　シャク　シャク
うん。素材。素材そのものの味。
そらしゃーないわ。私が増やしたんだもの。

よし、パンをひと口。シャク……

次こそパンを。シャク……

レタス――――!!

もうレタスと玉ねぎの味しかせーへんがな。野菜を増量したら無条件にソースも増量とかはないんや。そんなシステムではないんや。ゆとり世代はこれやから。言われるの待ってるだけやからあかんねんな。
このへんにマヨネーズかけてほしいねんけど、言おうかな…でも迷惑やんな。まだ

そんな親しい仲ちゃうし。張り切って増量したくせにちょっと恥ずかしいし。


でも食べ進めていくうちに、めちゃめちゃおいしく感じてきた。

うわ。あかん。おいしい。明日も来たい。もう**毎日サブウェイでもいい。**

このパンがまたおいしい！　もう、毎日ウィートでもいい。


ひとりで満足してぼーっとしてたら、ジュースのゾーンに来た女子高生ふたり組。

「これ自分で入れるんや！じゃあ聞かんでえーやん！なんで聞いてきたん」

その後ろのカップル。

「え⁉　へー。そうなんや。なんで種類聞いてきたんやろう。なんでもいれれるやん」

それを聞いていた近くの男ふたり組。

「ほら、ジュースやっぱ俺ら以外も同じこと思ってるって。（笑）」


そして帰り際、満足して片付けていると、とある男の人がカウンターに来ました。

「嫌いな野菜はございませんか？」

「レタスとトマトと玉ねぎ。あ、ピーマンも嫌いです。…あ、ピクルスも」

なんでサブウェイ来てん。いれれんのオリーブだけやないか。（ほんでたぶんやけどオリーブも嫌いやろ。たぶんやけど）

また来よう。

毎日に野菜をはさもう。

レモン1000個分のビタミンC

よく、『**レモン1000個分のビタミンC!**』って書いてある飴とかありますが、**そんなにいる?** っていうのは結構みんな思ってることやと思います。

絶対1000個分もいらんやろと。

そんなにレモン食べたら、最悪の場合死に至るんちゃうん。

しじみ300個分のオルニチンが摂れます!とかも
オルニチン、そんなにいる?（ごめんそもそもオルニチンって何?）

オルニチン…。**オルニ=チン。**（オグリ=シュンみたいに言うな）←それ自体が誰。

海外版小栗旬みたいなん誰
このレモン1000個分について調べたら、水溶性ビタミンなので過剰分は排出されるとか、（まさに無駄）そもそも人工的なビタミンなんでちょっと違うとか、**アセロラで考えたら全然や**とか、有名な話でいけば『レタス8個分の食物繊維!』って書いてあるけどレタスは実は食物繊維少ない野菜の代表とか色々ありました。

かといって『**こんにゃく¼個分の食物繊維!**』とか書かれたら、ほなこんにゃく食うわってなるけどな。こんにゃく今夜食うわってなるけどな。（『おかあさんといっしょ』より）

これについて、ある掲示板でこんな意見を見つけました。

『**レモンにレモン1個分のビタミンCしか含まれてないっておかしくね?**』

オルニチン
アミノ酸の一種。しじみに含まれる健康成分で肝臓の働きをサポートすると言われる。

どういう意味やねんと思って開いたら
『いやいや実際おかしいと思わね？　なんか甘ったるいレモン味の飴玉でも「レモン200個分のビタミンC」とか書いてんのにさ、あんなに酸っぱいレモンにレモン1個分のビタミンCってのはどう考えても不公平だろ』
うわー言いたいことめっちゃわかるわこれ。でも、**レモン1個にレモン2個分のビタミンCが入ってるってどう考えてもおかしい**けどな。レモン2個やんそれ。
それに対して『たしかにそうだな…あんだけ酸っぱいレモン1個にレモン1個だけってのはおかしい』っていう同意の意見がちらほらあったり、もちろん「現実を受けいれろよ」って意見もあって『お前にレモンの酸っぱさがわかるのかよ！　黄色さがわかるのかよ！』と反論していたりして
ついに
『まてよ…レモン1個が1000個分のビタミンCってことは、**逆に考えるとレモン1000個は1個分のビタミンCという可能性も捨てきれないぞ**』
『そんな発想はなかった　なんという発想の逆転…新世界だ！　俺たちは今まさに新たな俺理論の扉を開こうとしている!!』
なんやねんこれ。こういうのめっちゃ好きやわ。
他にも「しじみ300個分って、**しじみ絶滅しないの？**」っていう意見のしょうもなさも大好きです。そもそもしじみからとらんやろ。

とりあえず今言いたいこと。
さっきからレモンレモン言いすぎてめっちゃ口内にツバ出てきてる。

はみだしレシピ

レンジで簡単！ レモンの砂糖漬け

【材料（作りやすい量）】
レモン（国産）…1個
砂糖…大さじ2

【作り方】
❶レモンをよーく洗って皮ごと薄切りにし、耐熱容器にいれる。砂糖をふりかけて10分ほどおき、ふわっとラップをかけて電子レンジ（600W）で1分30秒〜2分ほど加熱する。

★そのまま食べてもおいしいですが、紅茶にいれたり、サイダーを注いでレモンスカッシュにしたり、パウンドケーキの上に飾るなどしても。

時候の挨拶について

まだまだ残暑の厳しい季節ですが、いかがお過ごしでしょうか。

みたいに、時候の挨拶がはいったビジネスメールを頂くことがよくあるんですが
いかがお過ごしかについてどう答えたらいいか迷うわ。（たぶん聞かれてない）
「毎日暑いですが、体調などくずしておられませんでしょうか」にしても
「ピンピンしておりますぞ」ってどのタイミングで言えばいいかわからず（武士か）
でも無視するのも嫌なんで
「本当に毎日暑いですけれど、私はげんきです」っていう魔女の宅急便のキキみたい
な返しになってしまう。（おちこんだりもしたけれど　私はげんきです）

時候の挨拶って恥ずかしながらいまだにうまく使えないんですが、
本来の意味から考えたら、メールにはいらないとか、初夏にはこの言葉しかあかん
とか決まってるわけではなくて
読む相手のことや手紙の内容を考えて、**必要だと思ったら書くし、自分が伝えた**
かったら書くっていうのが正しいんやろうなあ。
とは思いつつも、相手が全然そう思わない可能性もあるから、どこかから文例を探
してきてそのまま書いたりしてるんですが。

「季節の変わり目ですが、ご自愛くださいませ」っていう文章を覚えたことにより、こればっかり書いてるわ。


「毎日暑いですがご自愛くださいませ」

「まだまだ寒いですがご自愛くださいませ」

「寒暖の差が激しい季節ですが、ご自愛くださいませ」


毎回同じ人へのメールでも、かなりの頻度でこれ書いてしまってる気がする。

「ハイ出たーお得意のご自愛！」「ヨッ！　ご自愛野郎！」とか言われてたらどうしよ。


でもこの、手紙にふわりと季節感をもちこむ風習、まわりくどいけど結構好きです。相手が今何してるか、元気なのかしんどいのか悲しいのかわからん。でも「とりあえず季節はこんな感じですよね」「ですよねー」っていう共有というか、奥ゆかしさ。

「新緑が…」とか書いてたら一瞬だけファッと若葉を感じるし、「桜が…」って書いてあるとファッと春を感じるし、**「夏草が…」って書いてるとファッと堂珍を感じる。**

それもまたいいなと思います。

堂珍
堂珍嘉邦さん。CHEMISTRYのメンバー。現在はソロ活動中。「夏草が〜」はCHEMISTRY2枚目のシングル『Point of No Return』の歌詞。

縁日の輪投げや、おっちゃんについて

うちの実家の隣は小さい神社で、毎年春と秋にお祭りがあります。
たい焼きやわたあめやお好み焼きが売っていて、金魚すくいにスーパーボールすく
いなんかがある、ごく一般的なお祭り。なんのお祭りかはわかりませんが。豊作を
願ってか健康を祈ってか、なんかそんな感じちゃう？（どんだけ適当やねん）

小中学校時代は、友達と毎年欠かさず行ってました。
この日ばかりは、毎月のお小遣いより多い１０００円を1日で使い果たすっていう
すごい贅沢を味わってたわ。できる限り色んなことをしたくて、めっちゃ計算してた。

縁日と言えばですが、**輪投げ**って、なんなんやろうな。

大好きで何度もやりましたが、そのお祭りでは、５本で３００円もするんですね。
でもあの輪投げの商品よ。
何あのプラスチックのオブジェの数々。プラッチックの。（大阪のおばちゃん）
金色の五重塔とか
金色のかぶととか
金色のカエルとか
変な貯金箱とか

誰が欲してんねん。誰がデザインしてどこで製造してんねん。たとえ5本とも入っても絶対300円以下やろ。

しかも全部に変な土台がついてて、その土台が、**輪投げの輪の直径ギリッギリ。**

下手したら**輪の直径よりでかい**のもあるかもしれん。

しかも、ほんのちょっとだけでも土台に輪が引っかかってたら

あの**長い棒**でさっと輪をとられて

「はい残念」

って言われんねんな。

え――――！　絶対はいったや――――ん！って言いたいねんけど

そんな**子どもの悲しみと悲痛な叫びなんかびっくりするぐらい無視**やから。

ほんま縁日のおばちゃんとおっちゃん強すぎるわ。子ども全然好きちゃうからな。

残念賞も、ガムか、あのイベントごとに強いペコちゃんのペロペロキャンディー。

で、300円。（ちなみに小学6年生当時の私の一ケ月のお小遣いは600円）

たまごっちがブームやった時に、なんとたまごっちが景品に並んでいて。

みんなどうにかしてとろうと必死でやっていました。

色んな子どもが何百円も使い果たして、ようやくある子どもがゲットしてんけど、

それ、たまごっちの形した**ただのプラスチックのおもちゃやった**っていう。

いやもう、切なすぎるやろ。おばちゃんもわかってて何で言ってくれへんねん。

はみだしレシピ

縁日のたまごせんべい

【材料（１枚分）】

えびせんべい（市販）…１枚

卵…１個

お好み焼きソース、天かす、青のり、マヨネーズ…各適量

【作りかた】

❶卵は目玉焼きにする。市販のえびせんにソースを塗り、目玉焼きをのせてマヨネーズをビャーッとかけ、天かす、青のりを散らす。

★ここから目玉焼きを抜くと、「たこせん」ですが、大阪では、えびせんを半分に割ったものに、たこ焼きを2〜3個はさんだものも「たこせん」と言います。

ほんまひどいし、ぼったくりやねんけど、やねんけども
いつまでも、こうであってほしいと思うねんなあ。

おみくじのおばちゃんに**「見てるだけはあかんでー。やらへんやつは出てってなー」**
って言われて、泣きそうになりながらくじ引きしたりする経験は（引くんかい）
少なからず何かになってる気がして。

たまごっちだって、そういえばどこにもたまごっちとは書いてへんし、だまされる
こっちが悪いねん。縁日に３００円で置いてある時点で疑わなあかんかってん。

今の世の中は親切なんで、たとえば「※本物ではありません」とか「※中身は別売りです」とかちゃんと明記してあったり、だまされると文句を言える権利もあるやん。
消費者は守られてるし、よくなってるんやと思うけど
ときどき、こういうがっかり感が懐かしくなります。
人生勉強のひとつとして、あってもいいんじゃないかなと思います。

最後に余談ですが…小学校の時に食べたベビーカステラの思い出。
いくつかトロッとしたクリームいりで「ラッキー」と喜んでたら
ただの生焼けでした。

ラテスカービベ。（縁日のテントの反対から見た表記）

たまごっち
90年代、女子高生を中心に大ブームを巻き起こし社会現象にもなったデジタル携帯ペット。品薄でなかなか手に入らず、各地で恐喝事件なども発生。禁止する学校もあった。お世話をしないと死んでしまうため学校にこっそり持ってくる子どももいましたが、現在のたまごっちはベビーシッターがみてくれる制度があるそうな。お見合いパーティで成功して出産したりもあるらしい。バンダイすごい…

金魚すくいは必ず毎回やってました。

配ってるチラシは受け取るほうか否か

「丸顔だからだ」と、いつからか自分を納得させるようになりましたが、街を歩いていると、道を聞かれることや、何かの勧誘をされることがすごく多いです。

勧誘、今では断れますが、昔はできませんでした。大学の登校時なんて、私だけ何枚チラシ持ってんねんって感じやったわ。ひどい時は自転車に乗ってんのに必死で追いかけて渡そうとしてきたり。こんなにたくさんの人がいるのになんで乗り物乗ってる人に渡そうとすんねん。

「すみません手相見ましょうか?」とかもよく言われてました。見ましょうか?ってなんやねん。見せてくださいならまだしも。なんで**あなたの希望かなえましょうか**みたいになってんねん。

でもチラシに関しては、昔はすべて受け取ったほうがいいと思ってました。今考えたら、見ずに捨てるならゴミになるだけやし、本当に必要としている人に渡ったほうがいいと思うんですが、一応いくつか理由があったんです。

高校時代**「吹き矢教室」のチラシ**を渡されたことがあって。最初はチラッと見て捨てかけたけど、ふと「もしかしてこのチラシで人生変わったりして…意外に才能あって、オリンピックに出たりして…」とか妄想して。（オリン

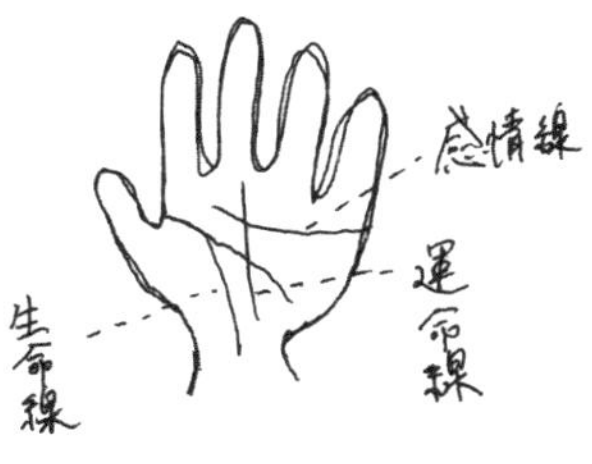

ピック競技に吹き矢て）もしそうなれば、**配ってたチラシをスルーしなかったことが人生にどれだけ影響を与えたことか**と。いつか「吹き矢を始めたきっかけは？」って聞かれた時に「実はあそこの駅でチラシを配られて…」って話すんやろうし、その配ってた人に一生感謝しなあかんなあと。

なんせ、いつもアンテナを立ててさえいれば、情報やチャンスはどこにでも転がってるんだ…とか思ってたのがひとつです。

ちなみにそれだけ妄想した吹き矢教室は、平日の昼間っていう絶対行かれへん時間帯しかやってませんでした。

人がせっかく…ってやつ。一生感謝まで考えたのに、向こうから願い下げて。

もうひとつは、もしその配ってる人がものすごく落ち込んでいて、そんな中で邪険に扱われたら、その出来事をきっかけにもう**「やっぱり僕なんて生きていても無駄なんだ…」**ってなって自殺を考える可能性もゼロじゃないっていう理由。（ゼロやわ）

逆パターンで、もしその配ってる人がものすごく落ち込んでいて、そんな中で笑顔で受け取られたら、その出来事をきっかけに**「やっぱり僕は生きててもいい存在なんだ…」**ってなって自殺をやめる可能性もゼロじゃないっていう理由。（ゼロやわ）

とにかく学生時代って妙にこういうことばっかり考えてた気がする。

どうでもいい――――!!っていうようなことを常に頭にめぐらしてたわ。

吹き矢

もともとは狩猟の道具だが、日本では「スポーツ吹き矢」が主流。5～10m離れた円形の的をめがけて息を使って矢を放ち、その得点を競う。子どもからお年寄りまで楽しめ、腹式呼吸によって精神集中や血行促進など健康にもいい生涯スポーツとして注目を集めているとか。

ちなみに日本スポーツ吹矢協会のHPより。「筒と矢と的があれば手軽に始められます」…あるわけがない。

さっさと歩け。断れ。
でも、今でもチラシをもらう時、無理やり渡されたとかじゃなければ**「ありがとうございます」**だけは言うようにしてます。
母にそう言われたんで。「人からもらってんねんからお礼言いなさい、断る時はちゃんとすみませんって言いなさい」と。人それぞれ考え方はあると思うけど、単純にそのほうが自分の気分がいいんで一応そうしてるわ。
あー
ほんまはひっかかった勧誘について書こうと思ったけど、吹き矢に熱をこめすぎて長くなったんでやめます。
それにしても
なんでポケットティッシュはほしい時にかぎって誰も配ってくれへんねやろな。

就活 〜第三希望が御社です

街を歩いていると、就職活動中の学生さんをチラホラ目にします。
黒いリクルートスーツに白いシャツ、髪も綺麗にくくってケータイをいじって…

自分も数年前に経験しましたが
就職活動というのは、やった人にしかわからない独特の雰囲気がある気がします。

突然**「自分とはどういう人間か」**という質問を投げかけられ（丸顔で猫背で八重歯です）
将来のことなんて何も考えず暮らしていたのに、5年後、10年後の自分を想像し
そこから逆算して職業選びの軸を決め（**「トマトケチャップが好きだからカゴメに入りたいんです」**ではアカンらしいと気づき）
毎日色んなことを深く深く掘り下げて考えて頭ゆだってたわ。

面接でも名前や長所、志望動機だけを聞かれるわけじゃないんですよね。

- **学生時代に頑張ったことは？　どんな苦労がありましたか？　それをどう乗り越えましたか？　それによって何を得ましたか？**
- **自分を動物に例えると？　それは何故ですか？（他にも色、漢字、モノなど）**
- **自分にキャッチフレーズをつけてください。**

いやいや
キャッチフレーズなんて絶対つけたくないけど真面目に働きます、って言いたい。

「自分を色に例えるとなんですか？」っていう質問に関して、ある女の子が
「紫です。私は**基本的に冷静な青**で、何事もまず頭で考えてきちんと計画してから行動に移すタイプです。でもときどき自分でもびっくりするほど**衝動的に体が動いてしまう赤**の部分も持っているんで、**それを混ぜ合わせた紫**です」
みたいなことをもっと深く掘り下げて言っているのを隣で聞いていて、感動しました。（最初紫て聞いた時**「欲求不満で…」**言うんか思たからな）

色は私も1回だけ聞かれたことがあって。
考えて考えて絞り出した答え
「…ベージュです」
しかも理由聞かれて（そら聞くわ）
「なんにでも合わせられるんで。（もはや服選びの問題）
でも、**黄色ってほどじゃない**んで。
黄色ってほど立派じゃないんで…」
黄色＝立派って何やねん。
さらりと流されました。
いいねん。こういうのはさらりと流してくれ。（受かる気ゼロか）
この手の質問はうまいこと言えてるどうこうじゃなくて、課題に対してきちんと真

こぼれ話
〜自分を動物に例えると…

「猫です。好奇心が旺盛です」「キリンです。視野が広くまわりを見渡せます」など、自分の長所と動物の性質を掛け合わせるというエントリーシートや一次面接でよく出てくる質問で、すごく苦手でした。ある面接で学生が「僕は豚です」と言ったので「私も豚やわ。ただの大食いでしかない」と思って聞いていたら「豚は首が短いから後ろが振り向けない。過去を振り返らず前向きに進んでいきます」…理由立派やったー

面目に取り組んでるか、自分を客観視できているかが重要なんです。
ってとこまでわかってるくせに恥ずかしくて言いたくなかったわ。
会社によっては
●30分間自由に自分を表現する（それをビデオに撮られてみんなで見る）とか、
●みんなで劇をするとか
もはや拷問のようなことをさせられたり。いや、やらせていただけたり。（就活生）
グループ発表の順番なんかも、絶対最初に発表なんてしたくないのに
〝じゃんけんで勝ったグループから〟なんですよね。
一度グループ代表でじゃんけんした時、勝ってしまって思わず**「うーわ！　ごめん!!」**って言ったらみんな**「やったー！」**って言ってて就活の闇を感じたわ。

『面接ではあなたの本音を聞かせてください』
『ありのままのあなたでぶつかってきてください』

「私はいつまでも学生でいたいんです。でもそんなこと許されるわけもないし、お金が必要だし、気づけばみんなが就職活動をしていたので流れに乗っかっています。だからそんなに強い意志もないし、自身の成長にもあまり興味はなくて。とりあえず給料、勤務地、休日なんかの条件が自分の許せる範囲の会社に何十社とエントリーして、第三希望が御社です。どうぞよろしくお願いします」

言えるか。ありのままますぎてエルサもびっくりやわ。

こぼれ話
～自分にキャッチフレーズを…

この質問もすごく苦手で、聞かれても結局ひとつも思いつきませんでした。（セミナー中、他の就活生に『つっこみのマイク』とかどうですか？」って提案してもらって丁重にお礼を言ったことはあります）
ちなみに友達のみんみんは筆記でこれが出た時、ほんまの思いつきで「ナカノスタイリングワックスです」って書いたものの理由がまったく思い浮かばず「パサつかずしっとりまとまります」と書いて提出しました。ナカノスタイリングワックスの説明でしかない。

でも当時は毎日毎日、色んなエライ人の立派な話を聞くもんで
日々自己啓発セミナーに通っているようなフワフワした気持ちになっていて。
すべての職業が素晴らしいと思えたり、親や世の中全体に感謝するようになり
本気で「人の役に立ちたい！」「人の喜びを自分の喜びに！」と感じてました。

そして晴れてとある求人広告の会社から内定を頂き
そこから約1年残りの学生生活を謳歌し、遊びほうけ
とろけきった頭で晴れて社会人となり
その時に考えてたことはおおかた忘れ去って日々働いてたっていう。
そういうもんやんな。

就活 〜最低な自己紹介の思い出

とある会社の第一次選考での話です。地元だからと油断していたら時間がギリギリになり（むしろ遅刻）、
待合室をとばして直接会場に通されました。
中にいる人事の人に軽い会釈をして席につき、1人でぼーっと座って待っていたら
待合室から11名の就活生が
「失礼いたします！ よろしくお願いいたします！」
とひとりずつ深ぶかと頭を下げながら入ってきました。

さっそくやり直したかった。人生を一から。（ネガティブ）

12名が2つのテーブルに分かれて座りました。

「では、ひとりずつ自己紹介してください」

うーわ。自己紹介とかめっちゃ嫌。（基本）

「まず、名前と、学校名と…」

はいそこまで!! そこまではかろうじて言えるから、あとは出身地あたりで許して。

「最近ハマってることを教えてください」

最近ハマってること!!（な――――い!!）

最近ハマってるもの❶

頂きものですが、燻製しょうゆ、燻製塩、燻製ごま。そのまま何にかけてもおいしいですが、料理にちょこっと使うと、味に奥行きと深みが出る気がします。

やばいやばいやばい…… 考えろ考えろ……
最近何した⁉ ボウリング⁉ カラオケ⁉ でも話すことなんてない！

すでに**頭真っ白**。頭真っ白って、こういう時にこそ使うべきやと思う。
今思い出しても怖いわ。あの時の自分を救いあげて力強く抱きしめてやりたい。
そして色んな趣味や夢を与えてもう一度あのフィールドへ送り出してやりたい。

次々と進んでいく自己紹介…
「僕は今さらながら海外ドラマの24にハマってて、就活で時間ないのに観てしまうんですよ〜〜〜（笑）」
という人（基本的に話し上手）から
「私は、最近アイスクリームにハマってます★ 寒い中でコタツでアイスを食べるのが大好きです★」
というかわいこちゃん（基本的にバレッタ使用）までいるんですけど
みんな**自己PRを混ぜたい**あまり、なんとか自分の特技や資格の勉強などにもっていこうと必死。

「最近というか昔からハマってることなんですけど、実は私フルートが得意でして、県大会で……」これはまだしも

最近ハマってるもの❷

トマトはもともと大好きでしたが、この夏（2015年の夏）は特にハマって1日2〜3玉ペースで食べてます。青臭くてもいいから固いのが好き。無いと手が震えてくる。ト…トマトがきれた…ってなる。

「ハマってることというか、常日頃から自身が心がけていることは…」

いやいや兄ちゃんそれは無茶やで！
そんなん「ハマってることというか、自分を動物に例えると…」って言ったろか。
何の自己ＰＲにもなってないし、そっちのほうが難しいけどな！
…てつっこんでる暇はないはず!!

さっきから頭真っ白なわりに、**いらんとこの回転速度は電ノコ並み。**

……あと1人……（まっつったく前の人の話聞いてない）

「はい、では次どうぞ。」

……キター……

「山本ゆりです。○○大学社会学部です。最近ハマってることは…」

なんて言ったと思いますか？

「**餃子と**

（餃子と――――!?!?　↑心の声。本当の自分）

こぼれ話
～書道の思い出

3歳で姉についていったのが最初で、中3まで習っていました。最初はクレヨンであいうえお、その後硬筆・毛筆にうつり、10級から始まって段になり、初段、二段…特待までいって辞めました。同級生も多く、いつ来ていつ帰ってもいいような自由な教室で、本当に楽しかったです。5年生の時、その教室で仲良くなった6年生に突然ミニバスケットボール部に入ることを勧められ、心底嫌だったのに断りきれず。翌日友達のはまざきまいと一緒に朝練に行ったんですが、それが高3まで続くバスケットボール生活の始まり、春魂(syunkon)の始まりだったので、人生どこでどうつながってるかわからないなあ…と今になって思います。

書道です。（真顔）」

何の嘘———————！！！！

爆笑された。

しかも驚いたことに、自分の話があんなにもできなかった私が他人の（架空の）話となった瞬間でてくるでてくる。しかも落ち着き払った口調で。

山本：餃子は、あの餃子事件の時にふと思い出して、『あ、餃子、めっちゃ好きやったのにそういや食べてないな』って…。

最近どころか何ヶ月も食べてないわ。そして特別餃子好きやったこともない。

人事の人：（笑）あ、でも、わかるわかる。（笑）

ごめんなさい、私にはわかりません。（社会学特殊講義17『私に共感するあなたに共感できない私』 第3校舎101）

山本：**1人でラーメン屋に行って餃子とライス頼んでます。**

餃子事件
2007年に中国製冷凍餃子で食中毒が発生した事件。餃子からは毒性の高いメタミドホスが検出され日本中が震撼した。それにより一時期、日本の食卓から冷凍食品の餃子が姿を消した…中でのこの自己PR…

私にそんな勇気あるなら説明会たかだか3分遅れたぐらいでビジネスパークから引き返さんっちゅーねん。

山本**：**書道は昔やってたんですけど、最近また急に字を書きたくなって、就活で頭がごちゃごちゃした時とかに1枚書くんです。**絶対一文字なんですけど**（架空に対して何のこだわり）、書いたものを溜めていってます。落ち着きます。

お前どんだけ暇やねん。（人事の方やたら笑顔でうなずいてる――!!）

山本**：**以上です！

ありえへん。就活で一番やってはいけないと言われる**嘘をつくという行為**をこんなに堂々としてしまった自分に嫌悪感。

とりあえず嘘つきにならんように書道を始めないと。一文字ずつ書いて溜めて心を落ち着かせよう。

1枚目は**「餃子」**で。（さっそく二文字）

今私が着てる服より確実にオシャレではあるけれど

毎年、**「去年裸で過ごしてたんかな」**と疑問に思うほど着たい服がなくなります。
なので買いに行くんですが、優柔不断なので即決できないんですね。

たまに調子がいい時はポンポン買えるんですけど（っていっても2着ぐらい）
たいてい、何度も何度も同じお店に出たりはいったりして
ぐるぐるぐるぐる店内を周っては服を広げ、直し、出ていき、また戻ってきて（店員さんに「あいつまた来た！」って思われてるやろな）
だんだん何が欲しいかわからんくなってきて、ただただスルーしていきます。

店員さんとか道行く人が着てたら「それそれそういうの！」ってなんねんけど
平面に畳まれてたら一切の魅力を感じへんねんな。
すべての商品マネキンに着せてほしい。（怖いわそんな人だらけの店）

ちょっと気にいったら値札裏返して「はーん」て思って値札戻すねんけど
どこに値札あるかわからん服ってめっちゃ困る。ゴソゴソしてんの見られたくない。
やっと見つけたら布の種類のタグとかやったりな。まあ、それを探してましたって顔するけど。（どんな顔や）
そして「ちょっと安い。いいな」と思ったら、**その服に付いてる小さな小さな首飾**

りの値段やったりしてびっくりする。（首飾りあるある）↑買い物あるあるやろ
そうこうしているうちにすべてがどうでもよくなってきて
結局なんにも買わずに家に帰り
「なんでもいいから買えばよかったアホー!!」って後悔するパターン。

〝ちょっとオシャレな服〟
っていうものすごい広い門戸から攻めてるのに、それすら見つけられないなんて…

いや、オシャレな服はいっぱいあんねん。
どれを手にとったとしても今私が着ている服より確実にオシャレではある。
でもオシャレすぎるというか
そもそもオシャレな人として周囲に浸透してる人が着たら「さすがオシャレ」って
なるけど
それを**自分が着たら滑稽になるファッション**ってない？

たとえば、まさにその時見つけたマネキンは
レースまみれのぴっちりしたズボンの上にレースまみれのTシャツを着ててんけど
こんなん私が着たら**「え、ゆり今日どうしたん変やで」**ってなるやろうし（陰で
「レース」ってあだ名で呼ばれそう）
実は高いブランドの**ネコとかクマの柄の服**とか
どこから頭と手を出したらいいかわからんような服とか（服というか布というか）
実は前だけチェックでーす、みたいな服とか。

そして、ちょっと服を見てたら店員さんが**「ユニセックスなデザインになってます」**と教えてくださって、一瞬意味がわからず固まった。（実際には「ああ〜」か「へぇ〜」って笑顔で言った）**国際連合児童基金**が頭をよぎったわ。（ユニセフや）

でも昔よりは、店員さんと色々話しながら買い物ができるようになりました。

昔は**「何かお探しですか？」**の時点で、曖昧な笑みとともにお店から逃げてたけど今は色々相談したり、試着させてもらった結果買わなかったりまた戻ってきますって言って戻ってこれなくても、気にすることはないと思えるようになった。こういうのが図太くなったっていうんかもしれん。

「その今着ていらっしゃる服ってありますか」とか言えるようになったもん。（で、値段見てギャ――すみませんでした！てなる）

その日、ショートブーツを色々見ていたら**「ショートブーツでお探しですか？」**と聞かれました。

ショートブーツがそこにあったから手にとってみただけで、どちらかというとコートをお探しなんですけど
「いやっ…別に…はい。そうなんです」と言ってしまったら、**「ショートブーツ、お持ちじゃないんですか？」**と聞かれました。

ちなみに、**その時履いてたの一応ショートブーツやってんやん。**

え、これ…って思ったけど

ユニセックス
男女どちらでもオーケーなファッションのこと。衣類や髪型、アクセサリーなどにも用いる。

ブログより
「服はあるのに着る服がない…めちゃめちゃわかります！」「激しく同意」「季節が変わるたびにぶち当たる壁」「部屋じゅう服だらけなのに着る服は見つからない」「タンスはパンパンなのに…」などなど、この記事は共感コメントのオンパレードでした。

ファーみたいなん付いてるからショートブーツに入らんのかな…とか勝手に思って
「持ってないんですよ」って言ったら
「えぇーそうなんですかー⁉」

ってめっちゃ高い声で驚かれた。

そんなに驚くことかい。

「パンツ一枚も持ってません」って言ったんならまだしも。

ちなみに店員さん自身もたぶんそんなに驚くことではないと思ったんやろう（適当に口から出てしまったみたいな）どう続ければいいか迷って
「すごく…ショートブーツ持ってそうですのに」

どんなんや。すごくショートブーツ持ってそうな人ってどんなんや。

まあでも、そらそう思うのも無理はないやんな。

なんせ**今履いてるし。**（すべて含め何この会話）

すごくショートブーツを持ってそうな私ですけど、買いました。

パーカーはよろしかったですか？

その日、めずらしく気に入ったスカートを見つけました。

店員さん：これすっごく楽ですしスタッフみんな持ってますよ。めっちゃ使えます。
山本：カワイイですね。
店員さん：**このパーカーとセット**なんですよー。このパーカーもスカートと同じ値段で…**８２９５円です。**

ぇぇ――それセットちゃうがな。**きっちり倍やないか。**しかも、もうめちゃくちゃ気にいってこのパーカーしかないんです!!ってぐらいじゃないと**パーカーに８２９５円**は私には無理やねんけど。（正直スカートでも厳しいわ）

その後店員さんはスカートよりパーカーをすごくお勧めしてくださり**ファーを外せる**とか、綺麗なラインであるとか、**ファーを外せる**とか、着きやすいとか、**ファーを外せる**とか言ってくださった。（ファーもういらんやん。取れよ）
店員さん：あと色違いもあって…ちょっと待っててくださいね!!

こういう時、私は大抵今見てた色が欲しいから遠くからかなり苦労して色違いを探して持ってきてくださったらめっちゃ申し訳ない気持ちになんねんけど。

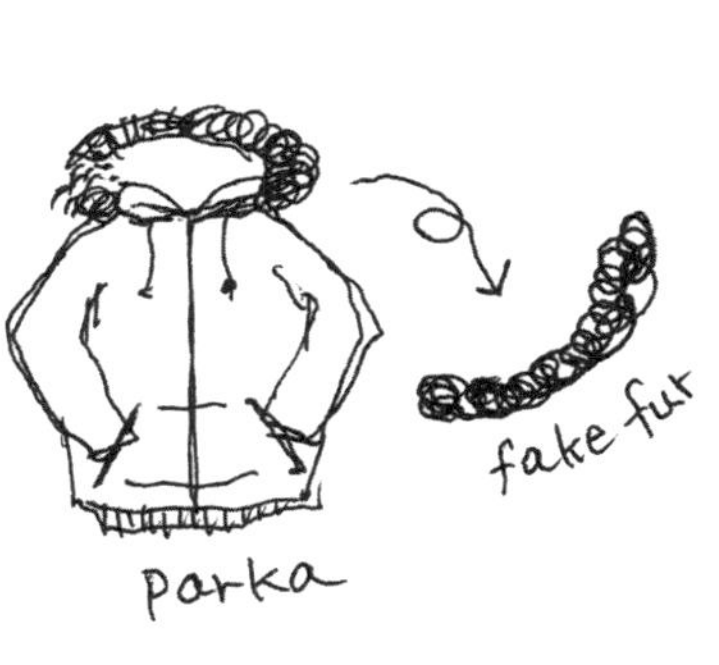

店員さん：（戻ってきて）あと茶色と黒もあります。
山本：わーその色もいいですね!! あ――でも…どうしよう…やっぱりグレー試着します。すみません！（迷ってないけど）
店員さん：**このパーカーも着られますか？**
山本：あ、はい、いや！ どうしよ…あの…着よかな……いや、スカートだけで。

どんだけ迷うねん。パーカーぐらい着たらよろしいやん。さっとはおるだけやろ。

試着して…
店員さん：**お疲れ様です――！ わ――！ すっごく綺麗に着られてます！**

この「綺麗に着られてる」とか「綺麗に穿《は》かれてる」ってなんなんやろな。スカートを汚らしく穿くとか不可能やろ。
その時は結局「ちょっと考えます。すみません」って言って店を出たんですがやっぱり気になったんで、戻って買うことにしました。戻ったらあの店員さんはおらず。（せっかく色々おすすめしてくださったからちょっと残念）
別の店員さん：よかったら鏡であわせてみてくださいねー。これ**パーカーとセット**なんですよ。色違いもあるんですー。

また一連の流れを繰り返しました。

山本：これお願いします。
店員さん：ありがとうございます！　**パーカーはどうなさいますか？**
山本：あー…どうしよ…いいですすみません。
店員さん：**逆にこの上何着られるんですか？**

え!!　何その質問！
このスカートこのパーカーしか合わへんのかい。こんな無地でよくある形やのに。
今私が着ていらっしゃる服にも合うはずやろ！（いつもそれ言うくせに！）
でも「今着ている服を着るつもりです」と言う勇気はなく
山本：**…家におなじようなパーカーがあるんで、それを…着ようかと…**

嘘ついた――――！

結局スカートだけお買い上げしてレジに持って行きました。
レジの店員さん：**パーカーはよろしかったですか？**

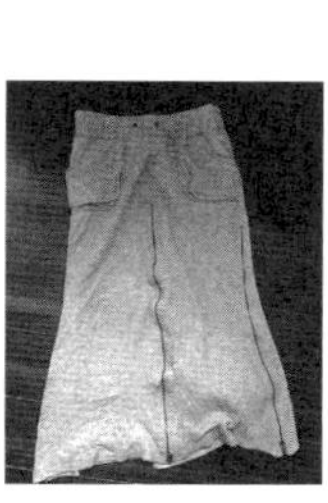

かれこれ4年以上穿いているスカート（8295円）。スウェットっぽい生地で、お尻にポケットが付いていて、とにかく楽。今着ていらっしゃる服にも合います。

美容院にて　～自分の髪の毛の量を把握してますか？

数年前から美容院は同じところに通うようになり、つかの間の至福のひと時ですが
昔は本当に苦手でした。日常とかけ離れた難しいことがありすぎる。
これは昔、毎回新しい美容院に行ってた時の話です。

どうしても翌日しか行ける時がなくて（しかも土曜日）こんなギリギリでどこも
空いてないやろなと思いつつ、行ったことのないお店に電話してみました。

山本：明日は空いてますでしょうか？
お店の人：**明日ですか？　はい大丈夫です。**（即答）
お店の人：お時間は何時でしょうか？
山本：あ…空いてる時間で大丈夫なんですが…。
お店の人：**午前でも午後でも。**
ええ――どんだけ空いてんねん。
山本：午後の…4時ぐらいでも大丈夫ですか？

お店の人：**かしこまりました。では4時にお待ちしています。**

よかった…
しかし若干不安に思いつつ（身勝手）、当日4時に伺いました。

お店の人：**カルテを作りますので、こちらのアンケートにご記入お願いします。**

このアンケートも苦手なんですよね。どう答えたらいいか迷うことが多くて。

●名前
●住所
●電話番号
●メールアドレス
●誕生日
●血液型
●**趣味**

趣味！　そんなんまで聞かれるんかい。
たとえば趣味が野球やったら五分刈りに？（どんな美容院や）
こういう質問たまにあるけど、雑誌選びの参考にするんかなあ。

「旅行」って書いたらカット中に**るるぶ**とか渡されたり

「料理」って書いたら**ESSEとかオレンジページ**渡されたりするんかな。

それとも会話のネタになるのかしら。**「最高何ピースいけます?」**とか。（ジグソーパズルｏｒケンタッキー大食い）

●職業

●未婚・既婚（同居○人）

どこまで踏み込むねん。未婚にぴったりの髪型とかあるんかい。

「既婚で同居６人…どういう家族構成かしら」とか想像されたら嫌やわ。（こういうのは単に客層を見るためなのであろう）

●今までされて嫌だった髪型

●今まで美容院に行って不満に思ったこと（複数回答可）

髪型　技術　値段　店員の態度　店の雰囲気………

●差し支えなければ前回いった美容院の名前をお聞かせください

なんか陰気やわ。切る前から暗くなるわ。

●これだけは絶対にしてほしくない髪型、都合によりできない髪型はありますか?

ブログより

美容院で渡される雑誌について「三十路になって無難にan・anをわたされたりしますが、特集によっては恥ずかしい…」「独身の頃はCanCamやらJJやら出してくれたのに、結婚した途端に、週刊誌やレタスクラブに…」「主婦雑誌を渡されると生活感出まくってるんだと少し悲しくなる」「週刊誌よりファッション雑誌みたいんだけどな…」「もうMOREは出されない」など、雑誌の種類で周りからどう見られているか知ってショックを受けるというコメントが多数ありました。でも、換えてとは言えないんですよね。

え——！「これだけは」って何その保険的な発言！
そんな最低限の希望しが通らん覚悟でおれっちゅーんかい。

●髪の毛の量　多い　普通　少ない
●髪の毛の質　太い　普通　細い
●頭皮の質　乾燥　普通　脂性

うわーわからん。

一般的なレベルから見たら自分の髪の毛がどこに位置してるんかがわからん。

髪が「多い」に丸つけて実際「少なっ!!」とか思われても嫌やし、

「乾燥」に丸つけて、**実際ギトギトやったら……**（ギトギトまでいったら自覚せぇ）

髪質についての質問に関してよくある
「しっとり」「さらさら」
っていう曖昧な表現も困んねんな。
比較対象を書いてくれな、私のしっとりと店員さん側のしっとりにバウムクーヘンとごま油ぐらいの差が生じてたらどうすんねん。一歩間違えば大惨事やで。

その後も私には答えにくい質問が続きました。
「適当でいいんやろな」って思うねんけど
このアンケートのタイトルが『**情報信頼シート**』やねん。

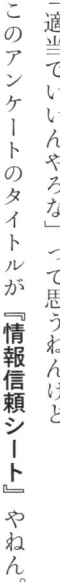

この情報を信頼する気満々っぽい。どうしよう。
趣味どうしよう。（そこどうでもいい）

その下には禿げ頭の**マネキンの頭部のイラスト。**

『クセのある部分などを図で記入』

難しいわ。この後ろの生え際がこっち向きにこう生えてるんです、とか私の画力で
表されへんわ。

でもその下にいくと「お客様への〜〜〜」みたいなことが書いてあって
これは美容師さんサイドが書く部分やったんかー!!と気づいた。

でも最初のあたりの質問は明らかに私しかわからんし
見直してみたけど、どこからいきなり美容師さん側にシフトされたんか謎。

恥ずかしい…

マネキンの後頭部の下のほうにもじゃもじゃ書いてしまった。

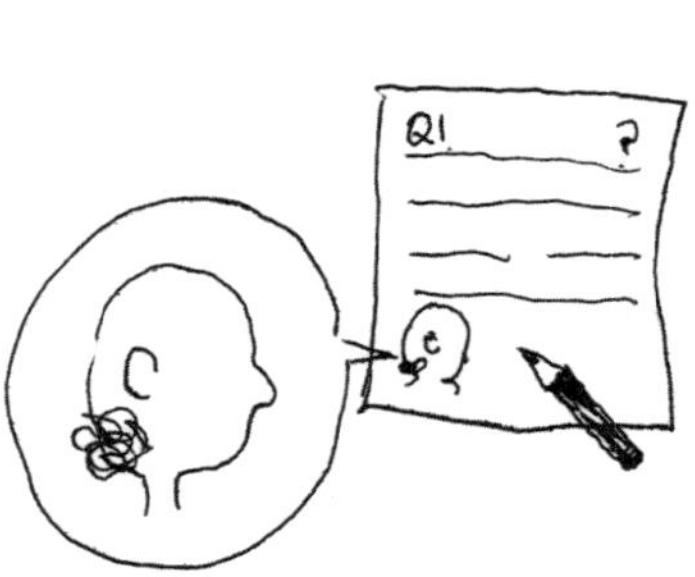

美容院にて　～流し足りないところはありませんか？

髪型の説明も難しいんですよね。
切る前はあんなに美容師さんとイメージを共有しあったはずなのに、仕上がってみると、確かに要望からは何ひとつずれてないけど「なんか違う」という結果になる。だいたい雑誌に載ってる女の子ってみんな異常なまでに可愛いから、安易に選んだら大変なことになんねんな。
髪質の違いというより**単純に顔が違う**から仕上がりが違って当然で、でもそれは美容師さんの力ではどうしようもない。（だいたい「丸顔◎」とか横に書いてあるけど、モデルさんに丸顔が起用されてないという矛盾よ）
逆にそれはこちらも百も承知で選んでるのに、美容師さんに**「この丸顔でよくこのモデルさんの髪型を選べたな」**って思われそうなのも怖くて…（自意識過剰）

結局いつもだいたい無難な髪型を選んで、シャンプーへ。

シャンプーの時って、**タオルをどうかけてくるか**毎回ドキドキします。
顔全体をバッサー覆ってくれたらいいけど
呼吸停止を恐れてか、たまにタオルを細く折って、**鼻と口元をまーるくあけてかけてくださるとこ**があるやん。あれやめてほしいねんけど。
口元をどういう状態に収めておけば普通なんやろとか悩んでたら

なんか笑けてきます。(中学男児か)
「上から見たらどう見えるんやろう」とか考えたら「にやり」てなる。上から見て「にやり」てなってる客がいたらめっちゃ気持ち悪いやんな。て思ったらさらに「にやり」てなる。
あとタオルがだんだん落ちそうになって、**もぞもぞと口と鼻を使ってベストポジションに戻す作業**も上から見てたらかなり気持ち悪いよな。

この間行ったところは、なんと**何もかけないシステム**で。目のやり場に困るわ。なんかかけてよ。**薄手のガーゼ1枚でもかぶせてよ。**(透け感が余計おもろいわ)

そしてシャンプーの時、どこまで美容師さんに頭の重みを預けていいのかわからずいつも中途半端に浮かせてプルプルしてしまう小心者です。

店員さん：**お首の位置は大丈夫ですか??**

これもいつもわからんねん。お首の位置の正解なんて持ち合わせてない。
確かに結構後ろに倒しててお首はしんどいんですけども、美容師さんが洗いやすい位置ならそれがベストなお首の位置じゃございませんかい。

店員さん：お湯の温度は大丈夫ですか？　熱くないですか？
店員さん：かゆいところありませんか？

まではいいんですけど（「鼻です」とは言われへんけど）
店員さん：**流し足りないところありませんか？**

こっちが聞きたい。これわかるわけないと思うんですけど。**「ちょっと耳の後ろのあたりヌルヌルしてそうな気が…」**とかどんだけ敏感やねん。
仕上げに**耳の中キュキュッ**と拭かれ、「めっちゃ汚れてたらどうしよう」って思いながらシャンプーは終了。そして…

人生で一番ブサイクな瞬間、タオルでキュッ!!ってすべての髪の毛を覆われて
顔どー――んの状態で席まで歩く儀式の時（儀式ではない）

「お疲れ様です！」「お疲れ様でーす！」「お疲れ様でーす！」

って店内じゅうから言われるのは「かぁぁぁぁ…っ!!」てなります。（一切疲れてないからソッとしておいてください）
そしてカラーへ。
この間行ったところでは
頭のまわりをぐるんぐるん円盤みたいなのがまわる機械を後ろに置かれました。
待っている間にお飲み物をサービスして頂けるのが至福の時間です。たまにカントリーマアムとか添えられてたりすると嬉しくなる。
「ここに置いておきますね」と

綺麗な美容師さんが笑顔でアイスティーを台に置いてくださってんけど

台、遠っ！


手伸ばしても全然届かん。

これを取ろうと思ったら、かなり前のめりになって手を伸ばして**このぐるぐるまわる円盤から完全に頭はずさなあかん**ねんけど、それは別にいいんかな。

別にこれ絶えず頭温めとかんでもいい系？（系ってなんやねん）

結局、色々考えて、迷って**ササッ！とアイスティーを手に取り、ガムシロもミルクもいれずにチュ――――飲んだ。**

小さいチョコレートらしきものも2個ぐらい添えられてたけど
あれが**チョコレートかどうかすら見定められへんほどの距離**やねん。
でも全部完食するほどこの機械から頭はずしまくる勇気はなく、あきらめました。

そしてカット。

カットをする時、美容師さんと会話をしますよね。それも、昔は苦手でした。

いや普通に楽しく話せるし、ハタから見たら**「お、お前ら盛り上がってるやんけ～」**て思われるレベルの会話力ぐらいは備わってますけども、
個人的には、**ちょっと放っておいてほしいタイプ**です。

というより雑誌が読みたいねん。この時ぐらいしかファッション誌なんて読まへん

から読み漁《あさ》って帰りたい。

でもこの雑誌も、結構すぐ読み終わってしまうんですよね。

「換えてください」とは言う勇気がないから、何回も何回も同じページめくってるけど、それも恥ずかしかったりするんです。

本当はその「大人のＳＥＸ事情」を読みたいけれども背後が気になって化粧品のページに逃げてしまったり、豊胸手術のページとか見てて上から「興味あるんですかー？」とか言われても嫌やし…（そんな美容師さんおらんわ）

ほんで、カットよりもカラーよりも恐ろしいのがパーマな。

何回失敗したことか。

前髪までくるんくるんで、思わずお魚くわえたどら猫を追いかけそうになったり
ふんわりした大きめのウェーブでお互い共有し合ってたはずが
仕上がってみると**チリチリの毛がファ――ン**なってたり。
チリファーやないか。（何それ）

最近当てたパーマ、美容院を出た時は「素敵！」って満足していたんですが
一夜あけていざ自宅の鏡で見てみたら**頭部がモサッ!!**と１・５倍に膨らんでた。

毎日雨の日状態。

美容院で買ったムースを何度つけても一切きまらない。**モッサリが止まらない。**

まだ１日しか経ってないのに、ウェーブ自体もすでにとれかけで

ブログより

「マッサージが痛いと言えない」「シャンプー時のタオルがずれて、悩んだあげく口を使ってこっそり少しずつ戻していくという技を使ったら、布が透けてて全部見られていた」「雑誌の下ネタページが読みたいけど美容師さんの目を気にして1週間コーデなんかを開いてしまう」「飲み物が遠く、ものすごい姿勢で飲んだら首の筋を違えた」「お菓子と飲み物、がっついてると思われたくないからちょっと残してしまう」などなど、気にしいな人たちから共感のコメントがたくさん集まりました。

チリチリやのに、パーマを当てたかどうかもわからんというか
とにかく、**ただのボサボサ頭の人**やねん。（ショートコント：静電気）
そして**前髪大暴れ。**

前髪がSやねん。
すごいSを描いてんねん。こうなってこうなってこう。

昨日の段階では、重ための前髪がまゆげの上でうまいこと横に流れてたのに
今はSのお尻の部分がものすごい**ピシ――**跳ねてんねん。前へ前へと、でこからど
んどん離れていくよ。でこからどんどん離れていくよ。待ってー。
どうしよ…**水でビッタビタに濡らしてピンで留める**しか解決策が思いつかへん。

でもこれはおそらく、私の髪質とセットの下手くそさのせいやと思うねん。
私の骨格がシュッとしてて、目鼻立ちが整ってて、髪の毛に艶があって
あの首の角度で微笑んだらたぶん注文通りやねんなあ…

そんなこんなで、いつも次に行く時期が3ケ月以上あいてしまい
完全に毛並みが死んでから予約の電話をいれています。

ブログより
～美容師さん側から
コメント

「雑誌を交換してほしい時は、雑誌を裏向きにおいておくといい」
「シャンプーの時は遠慮なく全体重を預けて」
「シャンプーのあとの耳の中の汚れなんて誰も見てないから気にしないで」
「ヘアカラー時の温めは、ちょっとぐらい離れても全然問題ないからゆっくりお茶とお菓子を楽しんで」
「なんでも遠慮なく言ってください」
など、文句ばっかり言っているブログなのに、たくさん優しいコメントを頂きました。ありがとうございます。

おまけレシピその3

「レモン1000個分のビタミンC」より

レモン½個分のビタミンC
レモンスパゲッティ

一時期ちまたで流行っていたっぽいスパゲッティ。
レモンの酸味がさわやかです。完全に邪道ですが、しょうゆをたらすとおいしい。

材料（1人分）

スパゲッティの麺……100g
塩……小さじ1強ぐらい
A
- レモン汁、粉チーズ、オリーブ油……各大さじ1
- バター……小さじ1
- 砂糖、塩……各ひとつまみ

あれば薄切りのレモン、粉チーズ、粗びき黒こしょう、ドライパセリ…各適量

作り方

1 水5カップに塩をいれて沸かし、スパゲッティを袋の表示通りにゆでる。（ゆで汁使います）ボウルに**A**を合わせておく。
2 ゆで汁を大さじ2ほど**A**にいれ、よく混ぜてトロッとさせてから麺をいれ、絡める。
3 器に盛ってあればレモンをのせ、チーズ、黒こしょう、パセリをふる。

シンプルなレシピなので、使う油、レモン、麺のおいしさで違いがでそう。私はスーパーの安いやつですが…

「レモン１０００個分のビタミンC」より

オルニチンを地味に摂取

しじみの味噌汁

普通のしじみの味噌汁。二日酔いの朝におすすめ。(完全な二日酔いの時に砂抜きとか絶対してられませんが) これでオルニチン、しじみ30個分ぐらいです。300個て。

材料（２人分）

しじみ……100gぐらい
酒……大さじ１
味噌……大さじ１強
好みで長ねぎのみじん切り……適量

今回は白味噌を使いましたが、何味噌でもいいです。赤味噌でも合わせ味噌でも。

作り方

1 しじみは砂抜きをし、殻をこすり合わせてよく洗っておく。鍋にしじみ、水２カップ(分量外)、酒をいれて火にかけ、アクをとりながら弱〜中火で３〜４分煮る。
2 火を止めて味噌を溶きいれる。器に盛り、ねぎをのせる。

バットにしじみをいれ、水500mℓに塩小さじ１を溶かしたものを、しじみの頭が出るぐらいまでかけ、新聞紙を乗せて暗いところに２時間ほど放置。

「レモン１０００個分のビタミンC」より

ほなこんにゃく食うわ

おつまみこんにゃく

甘辛く炒め煮にしてごまとねぎを絡めた、お酒に合うこんにゃく。
一味をふるとまたおいしい。

材料（作りやすい量）

こんにゃく……1枚
ごま油……小さじ1
A
- しょうゆ……大さじ1と½
- みりん、砂糖、酒……各大さじ1
- 水……大さじ2

白炒りごま、あれば万能ねぎの小口切り……各適量

一度冷ますと味が染み込みます。

作り方

1. こんにゃくは2㎝角に切って格子状に切り目をいれる。洗って耐熱容器にいれ、電子レンジ(600W)で5分ほどチンしてアク抜きをする。
2. フライパンにごま油を熱して**1**をいれ、チリチリいってきたら**A**をいれる。アルミホイルなどで落としぶたをし、弱〜中火で煮汁が⅓ほどになるまでときどき混ぜながら炒め煮にする。
3. ごまを加えて絡め、器に盛り、あればねぎをちらす。

「はじめてサブウェイに行きました」より

ソースも増量サンドセット

サブウェイ風バゲットサンド

市販のバゲットを使ったBLT サンド。ピーマンとオリーブがないのが悔やまれますが
手作りシーザードレッシングがおいしいです。
Q．どこがサブウェイ風ですか？　A．………パンの切れ目の入れ方です。

材料（1人分）

バゲット……½本
バターまたはマーガリン……適量
ベーコン……1枚
レタス、玉ねぎ、トマト……好きなだけ
A
- マヨネーズ……大さじ1
- 牛乳、レモン汁か酢、粉チーズ……各小さじ1
- 砂糖……小さじ½

粉チーズ、好みで粗びき黒こしょう…各適量

にんにくのすりおろしをほんの少し加えるともっとシーザーっぽくなります。

作り方

1 バゲットは切り込みをいれてオーブントースターでこんがりするまで焼き、バターを塗る。レタスはちぎる。玉ねぎ、トマトは薄切りにし、玉ねぎは水にさらす。

2 フライパンは油をひかずに火にかけベーコンをいれてカリカリになったら取り出す。バゲットにレタス、ベーコン、トマト、水気をとった玉ねぎの順にのせ、混ぜ合わせた**A**を合間合間にはさむ。粉チーズと黒こしょうをふる。大口で食べる。

「はじめてサブウェイに行きました」より

ソースも増量サンドセット

皮付き焼きポテト

サブウェイはオーブンポテトですが、オーブンがない人用にレンジ＆オーブントースターで。
油で揚げるより断然低カロリー。でも皮はパリッとおいしいです。

材料（1人分）

じゃがいも……1個
塩……ひとつまみ
オリーブ油またはサラダ油……小さじ1

作り方

1 じゃがいもは皮ごとよく洗い、水気がついたままラップに包んで電子レンジ(600W)で約2分加熱して冷ます。くし形に切って塩をふり、油をまぶす。
2 アルミホイルに皮目を上にのせ、オーブントースターでこんがりするまで7～8分ほど焼く。

すぐ切るとホッコリくずれることがあるので、冷めてから。油をまぶすことでパリッと仕上がります。

「縁日の輪投げや、おっちゃんについて」より

そのお祭りには売ってなかったけど

屋台の味！　ソース焼きそば

家で焼きそばを作ったら火力も弱いしべちゃっとしてしまいがちですが
水を加えず、麺と具を別にカリッと焼いて合わせれば屋台のようなおいしさに。

材料（１人分）

焼きそば用蒸し麺……１玉
豚バラ肉……50g
キャベツ……２枚
長ねぎ……¼本
サラダ油……小さじ１
塩、こしょう……各少々
A ┌お好み焼きソースまたは中濃ソース……大さじ２
　└ウスターソース……大さじ１
好みで青のり、かつお節……各適量

もやしなど水分が出やすいものをいれないほうがうまいこといきます。

作り方

1 豚肉は食べやすい長さに切る。キャベツはざく切り、ねぎは斜め薄切りにする。フライパンに油少々（分量外）をひいて豚肉を炒め、塩こしょうをふる。色が変わったらキャベツ、ねぎを加えて炒め、取り出す。
2 麺は袋ごと電子レンジ（600W）で１分加熱する。**1**の空いたフライパンに油を熱して麺をいれ、軽くほぐして表面がカリッとするまで焼く。**1**を戻しいれて炒め合わせ、**A**を加えて絡める。
3 器に盛り、好みで青のり、かつお節をふる。

【最近食べたおやつ】 とある日の小腹がすいたとき。

アメリカンドッグ（娘の昼ごはんの残り）もー。この棒にくっついてるカリカリの部分まで完食したわ。

ごはんに、**分厚いハム**（遠慮して半分）に、**タラコ**（遠慮してひと口分）に、**味付け海苔**。娘のドラえもんの茶碗を拝借。

市販の**ごぼうチップス**と、**パウンドケーキ**（半分）。甘→辛のコラボレーション。

ロイズのポテトチップチョコレートと、**まりもようかん**。北海道お土産セット。

＊**まりもようかん**…爪楊枝で刺した瞬間ずるむけになるようかん

スーパーで買った**焼き鳥**（残り½本は夜ごはんでつまむ）、一度溶けて固め直した、**手作りの抹茶フローズンヨーグルト**。ブログのコメントにて「いんげんかアスパラの天ぷらにしか見えない」という意見が相次ぎました。

しらすマヨトースト（遠慮して⅓に切ったもの）。その後、残りの⅔も結局**第2、第3のしらすマヨトースト**にして食す。（意味ない）

キウイと**トマト**。朝ごはん。
の前の準備運動的な食事。（何それ）

そのあと食べた朝ごはん。
昨日の残りのカレー。

オールブランと**プルーン入りのヨーグルト**。
こんなに食欲そそらない画像初めて。

さつまいもチップスと、**頂きものの焼き菓子**
（半分は別の時間に分けて二度楽しむ）

夕食の**焼きそば**。（オムレツをのせるつもり
が卵が足りんかったわごめん）

朝ごはん。**冷凍ごはん**をチンしたもの（フチ
に散乱）に、失敗して黄身がつぶれた**目玉焼
き**に、輪ゴムでギュ――ンと留めて保存し
てたせいでブリーンと反ってる**ウインナー**。
ブリンナー。

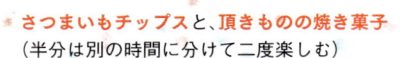

4章

結局、人生って何があっても大丈夫

自分が思ってるほど周りは自分を気にしてない

自分が思ってるほど周りは自分を気にしてない。

これがほんまにいつでも思い出せたら絶対に人生楽だと思います。

人は失敗したことそのものよりも、失敗したことを人に知られることにストレスを感じる、みたいなことをどこかで聞いたけど、確かにそうかもしれんと思う。

他人にどう思われるか

これを気にしない人なんかいなくて。気にしない人がいないからこそ「人の目なんか気にすんなよ!」って曲も流行るわけで(そんな曲聴いたことない)、むしろ「人の目なんか気にしてない俺」を見てほしかったりもするわけで、
とにかく人間は絶対に他人の目を気にしながら生きてると思います。
それがあかんわけではないと思う。この視点がないと自己中心的になるし、社会の常識やマナーの観点でも大事で。もし私がほんまに誰の目も気にせんかったら、体重あと50kgは余裕で増えてるやろし、常にダルダルの部屋着で外をうろつき、たまに地面に寝転んで叫んでるわ。(危ない人か)
わき毛は確実にボーボー。もうこれだけは誓える。
でも、**今、自分が考えてる50分の1も、他人は自分のことを考えてないんですよね。**

『小さいことにくよくよするな!―しょせん、すべては小さなこと』(サンマーク文庫)15年以上前の本ですが、色々悩んだり迷ったりした時に今でもよく開く本です。(1が近くに見当たらず)まあ、読んでもくよくよするんですけどね。

なんか間違った発言してしまったり、ミスしてしまったり、公衆の面前で思いっきり恥ずかしいことしてしまったら、寝る前なんてそのことで頭いっぱいで「どう思われたやろ」「嫌われたかも」「どう信用取り返そう」「消えたい」とか、もんもんもーんとしてしまうけど

逆に、**自分が寝る前に、誰か他人の失敗やら発言についてずーっともんもんと考えてることって、なくない？**

それが自分に向けられた発言だとしたらあるかもしれんけど、これでもやっぱりベクトルは自分に向けられてるやん。（わーベクトルとか言うたでこの人。数学者か）

そう考えたら、なんか楽になりませんか？

って、なりませんよね。ごめんなさい。軽率でした。

私も自分が悩んでる時はこんなふうに考えられへんくせに、何をわかったように。

でもここまで書いて後戻りはできないし、自分に向けても書いているのでこのまま続けますね。

って何このうっとうしい弁解。**さっそく周りの目気にしすぎやろ。**

みんな自分のことしか考えてないんです。

人間だれでも自分が一番可愛いねん。

だから何も気にすることはない。

新しい職場に、

こぼれ話
～赤面症について

今はそもそも人前に出る機会がないのでマシになりましたが、私は典型的な赤面症でした。人前で話す時、漫画か！ってぐらい「かぁぁぁ…っ／／／」と真っ赤になり、周りに「山本真っ赤やん」とか言われてさらにゆでダコ状態に。これ、赤面症の人ならわかると思うのですが、別に恥ずかしくないんですよ。なんにも。ただ、「赤くなったらどうしよ」って思うと、条件反射で赤くなる。だから人前に立つのが嫌で、赤面症でさえなければ（あと運動神経さえよければ）人生楽しいのになあと思ったことが何度もあります。でもこれもきっと、私以外みじんも気にしてないんやろうなぁ…。

お母さん同士の輪に、学校に、友達に馴染めてないとか、素でいられていないとか、
太ったと思われたとか、
評価が低いとか、
勘違いされてるとか、

大抵のことは自分しか気にしてない。


そして、これはある意味逆説やけど、もし実際にそう思われてたとしても、そこまで問題じゃない。**自分の中ででっかくしてるだけ**で。

何よりも、**実際にどう思われてるかなんて、どうやったってわかりようがない**っていう。

結局自分を苦しめるのは、実際の他人の目じゃなくて、自分の想像上の、自分を見てる他人の目でしかなくて（わかりにくくてきぃ――――!てなるわ）

何が言いたいかというと

大丈夫やで　ってこと。（5文字でまとまったー!）

なんかよくわからんけど好き

たとえば好きな芸能人でも、好きなファッション、食べ物、音楽でも、いったいどこがどう好きなんか考えた時に
顔がとてつもなく美人だとか、デザインにセンスがあるとか、色が綺麗とか、食感がいいとか、舌でとろけるとか、
そういう、具体的に挙げられる好きな部分なんて、実は大して重要じゃないと思う。
いやそりゃ重要なんかもしれんけど、
核じゃないねんな。
ほんまの「好き」て感情を生み出すのは、
そんな条件が全部無かったとしてもそこに残る何かやと思う。
「なんかよくわからんけど好き」というのが一番でかい気がします。

いや、そこを彫り下げて考えろよ！て話なんですが、
どんだけ必死に考えてみてもわからん時ってない？

かっこいいし、優しいし、背高いし、お金持ちやし、理想の条件に全部当てはまってるから好き、ていうのと、
かっこよくもないし、優しくもないし、背も低いし、怖いし、はなたれ小僧やし、条件とはかけ離れてんねんけど好き、

なぜか好きなもの❶
割り箸

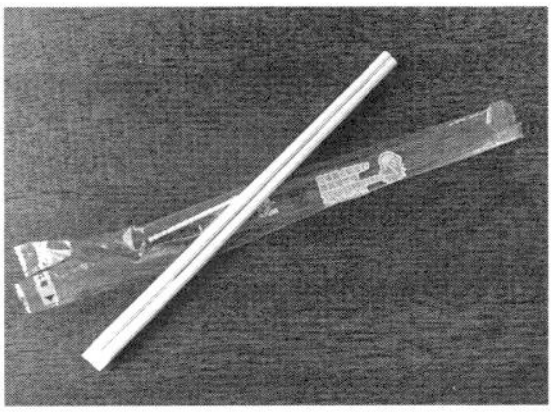

普通のお箸で食べるよりも、割り箸で食べたい、って思う時が多いんです。なんでやろう。

なぜか好きなもの❷
ペラペラの卵焼き

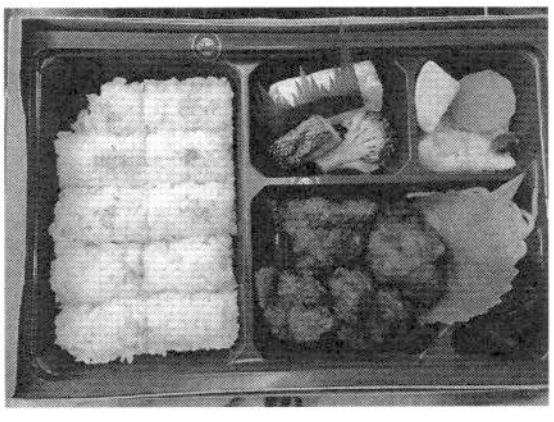

市販のお弁当にはいっている、ペラペラの甘い卵焼き。全然おいしくないんですけど、なんかそのおいしくなさが好き。

ていうのやったら、
絶対後者のほうが強いよな。（はなたれ小僧はさすがに嫌やけどな。小僧はないわ）

好きなものが自分の理想の条件と合致してたら、その条件の部分が変わったときに冷めることもあるけども、
どれだけ変わっても、理想と真逆でも、変わらずに好きって思えるのが、ほんまに心底「好き」なものなんやろうと思うわ。人でも物でも仕事でも。あめんぼあかいなあいうえお。（語呂）
逆に、自分の理想の条件には全部当てはまってんねんけど、いいとこばっかりやねんけど、
なんか違うって時もあるしな。

めっちゃ不便やのに離れられへん土地とか、ダサいのになぜか聴いてしまう音楽とか、使いにくいのに使い続けてるケータイとか、
おいしくないのに食べてまう安いお店のうどんとか。（で、「うん。やっぱまずい！」て再確認する）

一見ふにゃふにゃでなんの根拠もない、**「なんかわからんけど好き」**ってのが
実は一番頑固で、揺るぎなくて、たまに厄介なんですけど、

そういう感情を大事にしていきたいと思います。

こぼれ話
〜恋愛の場合…

これ、恋愛について特に思います。むしろ欠点がある人のほうが魅力的に感じてしまったり、ハマッてしまうと何でも許せたり。一般的な理想の男性像って大体みんな同じなのに、みんな違う人を好きになるというのは、種の保存とかそういう遺伝子レベルで操作されているのでは…とか夜中に考えたりします。

人生の無駄について

「すべての人に平等に与えられてるものは時間。だから有効に使いなさい」

てよく聞きますよね。ほんまそれ！って感じです。

それで、10分早く起きたら1年でどれだけ得するかとか、無駄にテレビを観る時間をやめてウォーキングしてみてはとか、そういう提案、大賛成なんですけど、

ダラダラしててもええやん。

と思う時もあります。

いや、わかってんねんで。その時間を英語の学習やヨガに充てたらどれだけ自分のためになるかとか、チリも積もれば確かな差になって現れることは。

でも、そう考えたらすごい焦ってしまうんです。

私は逆に**「無駄なものは何ひとつない」**っていいなって思うし、むしろ**無駄なものこそ価値がある**と思いたいんですね。（絶対誰も使わんような発明品を人生かけて作ってるおじさんみたいな人大好き）

人生で無駄な時間があるとすれば、**この時間無駄にした…って思う時間**やと思う。

「4時間もゲームをし続けてしまった…また時間無駄にした…」て思った瞬間その4時間は無駄になるんです。でもそこで、「気づかんうちに4時間も経ってたなんて、ダラダラできて幸せやわ〜」と思えたら、別にええやないかと。

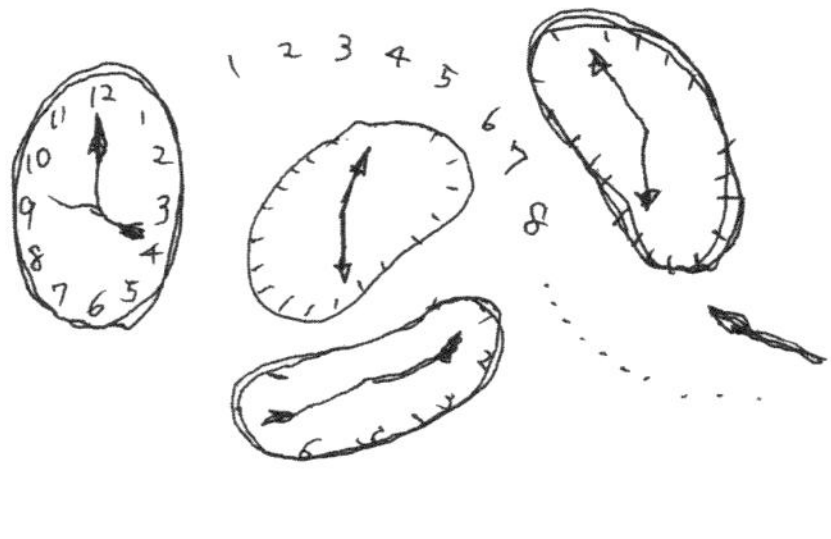

時間を分刻みで有効に活用してる人にしてみたら、「その時間で何でもできるというのに、なんて可哀想な」と思うかもしれんけど
時間は限られてる！　有効に!!て思いすぎると、せっかく幸せやったダラダラ時間に多少の罪悪感が伴ってしまって、楽しさを１００％味わわれへんくなるのが嫌で。

要は、**どちらがより幸せを感じるか**なんで、どっちも正しいんです。
５分でも早く起きて自分のために何かするのも、５分でいいから長く寝たいというのも、自分が幸せを感じていればそれで良し。

「時間を有効に活用する」っていうのは、どれだけ多くのことをできるかではなくて、**どれだけ気持ちが満足できるか**って話だと思います。（多くのことをできたほうが満足しやすいですが）
なので「今の時間無駄やった…」て思った時は、「いや、これはこれでええねん！」と思うようにすれば、すべて正解に変わると思います。

とは言いながら、夜中に無意味にスマートフォンをいじり、延々と他人の愚痴を読んで陰気な気持ちになり、最終的に**楽天で鰻を眺めていたら４時間経ってました**みたいな時は、自分を捨てたくなるんですけどね。
今のはほんまに無駄な時間を過ごしたなと。

こぼれ話
～「無駄」を検索してみた

ネットで「無駄」で検索してみたら、無駄な雑学がいっぱい出てきました。「切手を舐めると2kcal」とか「1円玉を作るには1円以上かかる」とか「アゴに自分のヒジはつかない」などなど。気づけば色んなサイトで何十分も無駄な雑学を眺めてしまい、この時間こそが無駄なんかもしれん…と思いました。（今必死でアゴとヒジをくっつけようとした人、挙手）

やる気が出ない時の話

この話は、やる気に満ちている明るい気分の時に読むとかなりイライラすると思うので、**ちょっと駄目人間になってる時**に読んでいただけたらと思います。

他人や環境は変えられない。
変えられるのは自分の心だけ。

っていうのはわかってるけど、**この自分の心っていうのがなかなか難しいもんで。**
やる気が出ない時ってありますよね。すべてが面倒で、何もする気が起きない。
なんかもう、
はーあって感じの時。
は――――――あって感じの時。
あれなんなんやろな。突然やってくる無気力。

昨日と今日、朝と夜…自分って多重人格かと思うぐらい、
『白湯《さゆ》を飲んで半身浴して、健康的で丁寧な暮らしをして、自分を大切にしよう。そしてみんなの幸せを願いたい。生きるって素晴らしい』
って思っていたはずなのに、

白湯
水を沸かしたお湯。美容や健康に効果的であると言われている。特に朝起きた時に飲むとデトックス効果が高くダイエットに有効だとか。私も試したことがあります。4回ぐらい飲みました。（継続せな効果ないわ）

『もうしんどい、なにもかもどうでもいい。仕事も辞めたいし誰にも会いたくない。どうせ私なんて…（菓子パンむしゃむしゃ）』

にいつの間にか変わってて、人間の脳みそはどうなってんねんと思う。

このまま溶けて消えるんちゃうか、
って不安になるぐらい何十時間でも寝れて、常に眠くて、なのにだるくて、**ふと気づいたら一日まったく何もしてませんでした**（かといって食料だけはもりもり摂取してました）ってなる日。万歩計つけたらリアルに37歩ぐらいで一日終わってそう。

壁にぶち当たって悩んでもがいて…とかじゃない。

壁すらない。まずまったく歩いてないからぶつかる壁すらない。

すなわち、**壁が立ちはだかるということは頑張って生きている証拠だと言えよう**って感じやわ。（そんな分析どうでもいい）

だからって、別に何も問題がないわけではないんですよね。せなあかんことはいっぱいあんねん。むしろ山積み。

ダイエットせなあかんとか、部屋片付けなあかんとか、子どもの服にワッペン付けなあかんとか、いい加減カードの登録を旧姓から書き換えなあかんとか、就活中やったら仕事探さなあかんとか、学生時代やったら勉強せなあかんとか。

ちっちゃいところで**卓上のアジシオが空になってるからいい加減詰め替えなあかん**（まま2週間経過）とか。

わかってんねん。

そういう状態の時って、わかってんねん、ってなるよな。**おしおのことは私が一番よくわかってる。**
甘えてることも、こんなに恵まれてて罰当たりなことも、今すぐ動きださなあかんことも。

何をアドバイスされても頭にはいってこなくて、そんなんやからあかんねんっていうのも自分でわかってんねん。(自分で書いててもうっとうしいわこいつ)

やる気がある時にその情報やアドバイスを仕入れたら、それはなんて的確で素晴らしくて、実行さえすれば幸せが訪れ、人生に感謝できて優しい人間になれるのに、
まさに**人生は掛け算で、**
相手方がどんなに熱心に100や200を持ってきてくれても、
こちらが0であるからどんな素敵なものも0にしてしまえるっていう。もったいな。

別に自分を取り巻く環境は何も変わってないから、要は自分の心次第ってことも、
頭ではわかってるけど、わかってない。

だからどうしたらいいかを書きたいわけではなくて、
だからどうしたらいいか知りたいわけでもなくて、

まさに今この状態でした。ちょっと詰め替えればいいだけなんですけど、これがなかなか。しょうゆなんかも、しょうゆさしに入れ替えずにでっかいボトルのまま使い続けたりしてしまうんですよね…

単純に、**人間ってそういうもん**だと言いたくて。

ただ、自分がどっちの側の時も、**そうじゃない側の人に対して批判したりさげすんだりするのは、よくないと思う。**言いたくなるのはわかるけど。

完全なる駄目人間モードに入ってしまうと、もうそういう、やる気があって輝いている人を見るだけで、ＳＮＳで楽しげにバーベキューをしている友達の写真や、大きなプロジェクトに向けて仕事を頑張っている様子を知るだけで、嫌になってしまうもんで。（そのキラキラがまぶしすぎて受け止められない。はーあってなる）

でも、やる気がある人は必死で頑張ってんねんから、応援とまではいかんくても何も言うべきじゃないし

逆に自分にやる気があっても、それを押し付けるのは、今は違う。

長々と書いて、話もそれてしまいましたが、

そんな時もあるよね

という話でした。

こぼれ話
～SNSとの距離感について思うこと

私はブログ以外、FacebookもTwitterもmixiもインスタグラムもやっていません。他人が今日何をしたなんて、気にならないしどうでもいいんで。

っていうカッコイイ人でもなんでもなく、やってしまうと、絶対いちいち気になりそうな気がするんで。

「みんなで集まってたんや…いいなあ…」とか。（人間が小さい）まあ、SNSなんてその人のほんの一部なんやろうけど、私は目の前に実際にいる人とだけつながっていられたら、それでいいと思っています。

本当に充実していて楽しいことは、別に誰にも伝えなくていいはずなんです。

と、毎日ブログを書いているくせに言ってみました。お前やそれ。お前が一番自己顕示欲の塊や。

本物の気遣いや気配りができるということ

すごいなー、いいなーと憧れる人よりも、一緒にいて楽しいなー、楽やなーと感じられる人に魅力を感じます。

本物の気配りっていうのは、たとえば居酒屋でサラダを取り分けたり、空いたお皿を重ねて隅に寄せることではなく、単純に**みんなが心地いい空間を作る**ってことなんですよね。

別に、取り分けたり重ねたりが必要ないわけじゃなく**「何のためにしているか」**を忘れがちっていう話で。取り分けてあげたほうが机も空くし、遠慮せんで食べられるなど、心地いい空間を作るための目的があるわけで、こういうのは意識しなくても自然にできるほうがそりゃいいと思います。（たまに「わざとらしい」とか聞きますが、目的を考えたらくだらない話で。ちなみに私はまったくできませんが）でも、それをしないほうが心地よくなるなら、しないことのほうが気配りになる。

私は適当で気の利かん性格なので、適当な人間といる時のほうが心地よかったりするんです。サラダなんぞ、好き勝手に自分のお箸で突っ込んで食べようぜ、のほうが楽。気が利かんくせに小心者なので、至れり尽くせりに対して心から「あー楽チン」とか思えないんですよね。

むしろ誰かひとりがせかせかと働いているとそれに気を遣ってしまって「すいません…」ってなったり「自分って駄目人間やわ」ってなってしまったり。そこに目上

最初に直箸をつっこんでくれる人、好きです。

の人がおろうものなら余計に。

お客さんを家に招く時は、完璧に片付けたいところを我慢してちょっと散らかってるぐらいのほうが相手が居心地いいと思うねんけど。（ザ・言い訳）「ゆっくりくつろいでね」と言いながら、こまごまと料理をしたり洗い物をしたりするより「ごめんこれ持ってってー」とか「洗ってー」とか言って、**その場に居やすくする気の遣い方。**

お言葉に甘えて車で送ってもらうとか、重い荷物を相手に持ってもらうとか、あえておごってもらうとか、一見図々しいけど、**相手を立てる気の遣い方。**

人間の満足度やら幸福度って、自分が尽くされている時よりも、相手に何かをしてあげて喜んでもらえた時のほうがより高いと思うねんな。

されてばっかりより、してばっかりより、お互いさまの関係が心地よい。

その場の空間と相手の気持ちを考えた本物の気遣い。

そういう大人の気配り、気遣いができる人になりたいなと思うし、そういう人に出会うと、「あ、この人すごいな」と思います。

っていう、全く気が利かないもんの言い訳を必死にしてみましたが何か。

余談ですが、私は営業時代、飲み会で社長の隣の席であるにもかかわらず**8割手酌させてしまった**という思い出があります。いや、タイミングが難しくて…

元バイト先の女の先輩とよく飲みに行くんですが、いつも「面倒くさいからゆりちゃんがレモン搾って」、サラダも「取り分けて。私先輩じゃけ」とアゴで使ってくれます。めっちゃ楽。これも大人の気遣いやと思うんですよね。

友達に対する独占欲について

友達に対する独占欲ってありませんか?

恥ずかしながら、私はあります。だからって何も言わんし何もせんけども。

「ねえ私だけを見てよ」とか言わんけども。(付き合いたてのカップルか)

この間、高校時代の友達男女5人(じゅんちゃん、澤田、たくや、あやか、山本)で集まった時に、**彼氏や彼女と友達の違い**を話していました。

誰かと付き合うと、行きつく先は結婚か別れかしかないけど(いや、大人になると他にも色んな形があると思いますが、一般的には)**友達には終わりがない。**

だから友達っていいよな、終わりがないっていいよなと思う反面、
彼氏彼女と違って**「自分の相手はこの人だけ。この人の相手は自分だけ」**ていう関係じゃないから、自分以外に広がっていく交友関係においてもちろん何も制限できへんし、何も干渉できへんやん。

それがなんかもう、ただただ**もどかしくて、さみしくて、たまらなくなることがあるよなっていう話**。自分もそうなくせに。人間というのは勝手極まりないわさ。(こんな口調のアニメキャラおるよな)

じゅんちゃんがふと
「俺、澤田が、今日大学のやつと遊ぶって言った時、ちょっとモヤモヤしたもん」

※これは2009年8月、まだ大学を卒業して間もない頃に書いた話です。

て言った時、可愛いすぎたからな。大の大人の男が。
でも、それめっちゃわかんねん。**このモヤモヤ感。**気づかないように流してるけど。

絶対に口には出さへんし、ほんっまに幼い子どもみたいなこと言うけど、
自分といる空間が一番楽しいって思っててほしいとか、知らないところでいっぱい
友達を作ってほしくないとか、心のどこかで思ってしまう時がある。

みんな多少なりともこういう感情を持ってて、でも自分の中で消化して、どっかで
抑えながらバランスとってうまいこと生きてるんだと思います。
そしてこういう不安定で不確かな関係やからこそ、失わないように、優しくなれる
んやろうなあ。(黒い話題をピンク色でまとめた)

まあ、どこでも誰とでもその友達が心から楽しんでてくれるのが一番やねんけどな。
なんにせよ、そう思えるような友達がいることが幸せなんです。

その時のメンバー。高校野球を観に、甲子園に行った時の写真です。

自分のものさしで考えるということ

たとえば居酒屋のバイトで5時間しか働いてないのに1万円もらったらめっちゃ嬉しいと思います。でもその時、3時間しか働いてない人が2万円もらってたら、その1万円は若干色あせませんか？
むしろ、ちょっと不満すら感じたりしませんか？

当然と言えば当然やねんけど、でも、隣の人がなんぼもらおうが自分は1万円をもらったっていう事実は変わらんし、隣の人が楽して稼いだ2万円でコートを買おうが旅行に行こうが、**自分の人生には何の関係もない**ねんなあ。
こういう罠ってちょいちょいあって。

不景気でみんなボーナスなんてないのが当たり前って聞いたら「どこもみんな同じか」って安心できるのに、誰々はボーナスで車を買ったとか聞いたら「なんでうちの会社は寸志すら出ーへんねん」って一気に不満になってしまうとか。
自分を取り巻く状況は何も変わってないのに、他人のボーナスの有無で、自分の仕事のモチベーションが上下する必要はないことに気づいてないっていう。

人間は平等なんて誰も言ってないから、というより確実に不平等やから（家の庭が油田やったら億万長者なれるし）←浅はかー！

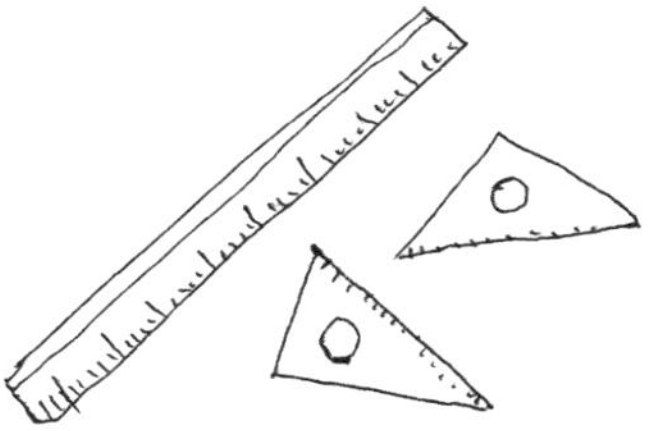

いちいち他と比べているとしんどいし、自分が十分恵まれてることや幸せなことに気づけなくてもったいない気がします。

といっても、ひがみやら劣等感っていうのは、残念ながら誰にでもあると思う。よっぽど自分に自信がある人以外。

特に、同じ会社内やチーム内、同級生やご近所さん、自分が得意な分野や頑張ってきた分野など、**自分と同じフィールド**の出来事に対しては過剰に反応してしまうもんで。

一気に自分の環境が色あせて「何であの人ばっかり」って羨んだり、「何で自分ばっかり」って落ち込んだりすんねんけども、

よ――――く考えたら

同じチームのメンバーがサッカーで日本代表に選ばれても、

友達がお金持ちの人と結婚して幸せな家庭を築いても、

同僚が運だけで売り上げを伸ばしても、

友達が容姿端麗ってだけで毎回得をしてても、

落ち込む必要なんてないはずなんです。

そうなる気持ちはすごくわかるけど。自分のものさしで考えなあかんねん。

うわー最初に歌詞とかなんかで「自分のものさし」って言葉使った人すごいよな。

「まさにですね!」て握手したいわ。(お前誰やねん)

比べることと競争することはまた別で、この人よりも売り上げをあげたい!とか競争心を燃やすのは全然いいと思うし、むしろ大事やと思うけど、

子どもの成長や性格も同じ。比べる必要はどこにもないんです。難しいですが…

ただただ比べて落ち込んだり、ひがんで文句を言ったりすんのは、相手のものさしに乗っかってんねんよなあ。

他人のものさしに惑わされることなく、自分は自分で頑張る。周りに嬉しいことがあったら、一緒に喜ぶ。

そんな人には絶対運がまわってくるやろうし、周りも助けてくれるやろうし。それでも結局全然芽が出なかったり、運がなかったり損ばっかりやったとしても、そっちのほうが絶対に気分が楽やと思うし、誰か絶対わかってくれる人はいるはず。お天道様は見てくれていますよ。（なんの慰めにもならんわ）↑こら

そして、**自分が自分のことをわかっていたら、それでいいと思います。**

ってえらそ――なこと言うけど（読んでて腹が立ちますね）、これ自分に言い聞かせてるだけであって、実際この罠に一番はまってるのは自分やねんけどな。食べても太らない体質の人にイライラする必要は全くないんだと。

そこが終わりの地点じゃない

よく「言霊《ことだま》というのがあるから、ポジティブなことを口に出しましょう」とか「嫌なことがあっても、笑っていたらいいことが起こります」とかいいますよね。「だって」「どうせ」「でも」はやめなさいとか。
それは真実やと思うし、わかります。宇宙の波長とかは正直よくわからんけど、人間の脳のシステム的にっていうのは納得できる。そうしたいとも思う。

でもさあ、
どうせ無理やねんけど。だって…（もう最低か。ＮＧワード使いまくりか）

そう考えられるのは、その余裕が若干残ってる時だと思うんです。最悪の状況では笑ってなんていられないし、ついネガティブなことを口走ってしまう。

そんな駄目人間の自分が考え出した、自分に甘い方法なんですが、
何か最悪なことがあった時、「最悪やわ」「もう無理」「絶対できへん」って口に出して言いまくったとしても、
そこが終わりの地点じゃないと思うようにしています。
「なんだかんだありましたが今はこうです」っていつか言っているのを想像する。

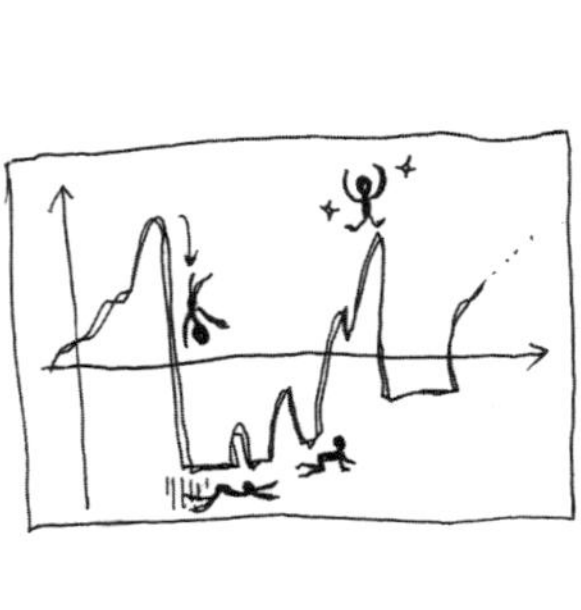

よく結婚式で、娘が母への手紙を読む時に、

「思春期は家出をしたり、喧嘩もしたし、本当にたくさん迷惑をかけました。でもこうして結婚式を迎えられるのは…」

って言ったりするやん。**そういう感じ。**（どういう感じやねん）

「幼児期は野菜も魚も全然食べなくて、オムツもいつまでも外れず、しつけもまったくできず乱暴ばかり。そんな息子ももう立派な中学生」

「会社で同僚とウマが合わず、上司にも気に入られず、会社に大損害も与えて、最初の3年は毎日辞めたかった。でも今こうして信頼できる仲間と楽しく酒を飲んでいるのも、あの時辞めなかったからだと思う」

「せっかく決まった仕事はクビになり、事業も失敗して、その後は家に引きこもり。一時は死にたいと思ったけど、今はやりがいのある仕事に出合えました」

「婚約までしていた彼氏にいきなりフラれて、10年間引きずりました。でも今こうして海外で日本語教師をしているのも、あの時自分を変えたいと思ったから」

「芸歴20年。まったく芽が出ずずっとアルバイトと掛け持ちの日々。でもやっとこの舞台に立つことができた」

「戦争もあった、食べ物がない時もあった、地震や災害も経験した。でもこうして孫に囲まれて幸せじゃよ」

とか。（誰やねんそれ。さっきから全部誰やねん。日本語教師て）

こういう台詞って時折、耳にするけど（というか、最悪な状態では人に語る余裕が

ないから結局言葉として聞けるとしたらこういう台詞しかないんやろけど）

このサラッと語った「会社に大損害を与えて」とか「10年間引きずった」とか、**その場その場ではもう、ものすごいこと**やと思うねん。たぶん一時はもうこの先どう生きていったらいいのかわからんくなったと思う。

でも、なんだかんだ毎日一生懸命過ごしてたら、最終的に大丈夫な日が訪れて、その時にはこのものすごい出来事が全部**「そんなこともあったなあ」**と思い出の一つに変わるんです。

そして何かあった時に「あの時よりはマシ」「あの時も乗り越えられた」っていう**これから先の糧になる。**

トラウマにもなるかもやけどな。（こういうとこがネガティブやねん）

そもそも思い返してみると、今のこの地点ですら、色んな悩みやピンチを何回も乗り越えてきてるんですよね。

落ち込んで毎日泣いて、しんどくてたまらん時は、これが永遠に続く気がして、先のこととか未来のことなんて絶対考えられへんと思うけど

この「そこが終わりの地点じゃない」と「あの時も越えられた」バージョンを使いまわして、心の平穏を保つようにしています。

まあ、これも結局は「それができたら苦労はしません」って話で、ばっちり落ち込んでる時に読んだら余計イライラするだけかもしれんけど、

もしよかったら、この思考法、使ってみてください。

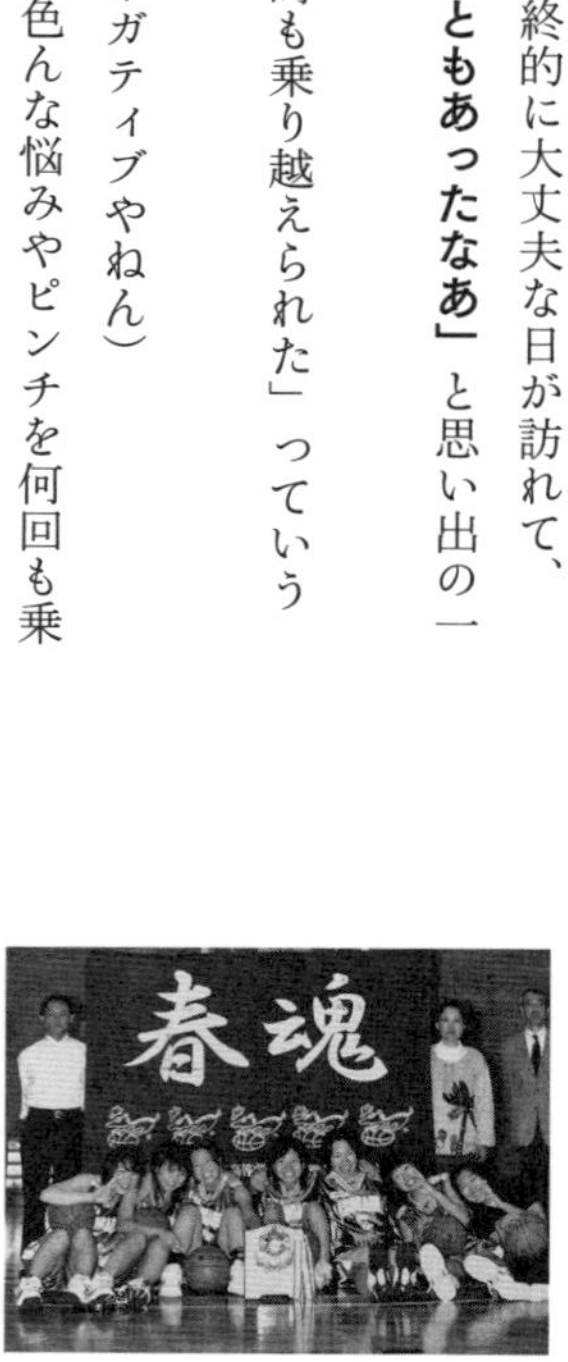

吐きそうになるまで走らされ、炎天下にしごかれ、怒鳴られた日々。しんどいことがあった時、倒れそうな時は「肉体的にはあの時よりはマシ」と自分に言い聞かせてます。

眠れない人への手紙

眠れない時ってなんであんなに嫌なんやろうなあ。
あの時間ってなぜかめっちゃ悪いことしてるような気にならん?
何回も寝返りうって、時計を見ては、あと何時間寝れるか計算して、絶対今寝ないとあかんのに!みたいな。

今日あった嫌なことを思い出したり、
やたらと過去を振り返ったり、
未来に妙に不安になったり、
異様にさみしくなったり、明日しんどくなるやろなあとか心配になったり。

私は最近、リアルのび太君かと思うぐらいすぐ寝れんねんけど、(布団入ったら瞬殺)
人生の中で今後も訪れるであろう眠れない時のために、
自分と、すべての眠れない人に向けて手紙を書こうと思います。

(注:これから先の文章は昼間に読むとテンションの差にドン引きする可能性大なので、**現在晴天の昼下がりです、**という方はとばしていただけますでしょうか)

よく眠れる方法いろいろ

・半身浴をする
・ホットミルク、ココアを飲む
・アロマをたく
・ストレッチをする
・パソコンやスマホを控える
・真っ暗にしない
・心がおだやかになる音楽を聴く
・呼吸に意識を集中する
・嫌なこと(勉強など)をする
・4-7-8呼吸法をする(アンドルー・ワイル博士が提唱している呼吸法)
❶いったん口から完全に息を吐ききる
❷口を閉じて鼻から4秒かけて息を吸う
❸7秒間息を止める
❹8秒かけて口から息を吐き出す
以上のセットを4回繰り返す
*『ワイル博士のナチュラルメディスン』(春秋社刊)より。

拝啓　眠れない人へ

眠れないのかい?・?・(のっけからなんて語尾やねん読む気なくすわ)

焦らんでも大丈夫やって。
ほんま全然大丈夫やで。
だって夜中に遊びに行ってたり、一晩中起きてる日だってあるやん。
今、居酒屋とかファミレス、カラオケにいたり、
みんなで旅行に行ってしゃべってたり、
とりあえず誰かと一緒やったらなんも思わんやろ?
1人で自宅の布団ってだけで、何をそんな焦ってんねん。

今すごい孤独を感じてるかもしれんけど、
今この地球上で、全世界で、起きてる人なんて何人おると思う?
最低でも18人はおるで。(世界狭っ!!!!)
全然ひとりじゃないで。
ブラジルとかたぶんめっちゃ起きてんで。(何の慰めにもならん情報)

今日やらかしてしまったことなんて絶対そんな気にすることない。
みんな自分のことしか気にしてないねんから。

この街並みの中でも何十人も起きています。

明日の昼間疲れたり、仕事がうまくいかんのが不安？
大丈夫、大丈夫。人間眠らんくてもそんな問題ないらしいで。
短眠法の人とか毎日2時間睡眠でもバリバリ元気やし、
人間、目つむって寝転がってるだけでも疲労回復するらしい。（この文章読まれへん）

寝返りうってもうっても落ち着かんとか、なんか足がむずむずするとか、
心臓がバクバクしたり、何かに追われてる感じがする？
ほなもうあきらめて起きよか。ちょっと楽しいことでもしよう。
知恵の輪しよう。（病むわ）

大丈夫。何がどうなったって、朝は絶対に来るらしい。どうやら。
ほんでずっと続くと今は思ってるその不安も、孤独感も、潰れそうな息苦しさも、
朝になったら勝手にどっかにいってしまうから。

そして今、私も起きてる可能性あるから、
何時でも大丈夫なんで連絡ください。

敬具

追伸：返事なかったら爆睡中です。（薄情ものか）

人間いつだって何やってもいい

高校生の頃めずらしく、誰かと付き合うか付き合わんかみたいな色恋沙汰になったことがあります。別に好きでもないけど嫌いでもないけどどうしよう、みたいな。当時まだ私は誰とも付き合ったことがなかったんで、そんな気持ちで誰かと付き合っていいもんかと悩んでてんな。

そんな簡単にアベックになってハレンチなことできるかいと。

その時に思ったのが「中学の時もっと色々経験しといたらよかった。もう中学みたいに若くないし、そんな適当に付き合うとかできへんわ」やねんけど、いやいや！　今思ったら高校生なんてじゅ――――ぶん若いっちゅーねん。

でも私の思考回路っていつもそうで。

ハタチの時は、

「もっと10代で色々やっとけばよかった」

25を過ぎれば、

「もうすぐ30歳やのにこれはあかんわ。ハタチそこそこやったらまだいいけど」

たぶん、90歳になっても思うと思う。

「80代やったらまだまだバンジージャンプ挑戦できたわ」とか。（死ぬわ）

そう考えたら、ほんまにいつだって何してもいいんやろうし、**なにか始めるのに遅すぎることなんかないのであろうと思われる。**（何この考察口調）

バンジージャンプ
現在の世界最高齢記録は南アフリカの男性が２０１０年に記録した96歳だそうです。うそやん。

なんせ10年経ったら今の自分なんてひよっこ。ポチャッコ。たあ坊。るるる学園。

今仕事で失敗して「終わった…」ってなったとしても、絶対3年後には「もっと新人のうちに失敗しとけば良かった」って思うねんから。ほんで6年後には、「もっと最初の3年間ぐらい失敗しとけば良かった」って思うねんから。

逆に、いつだって失敗していいねんって。取り返しがつかんとかないない。

50年後なんかもう、「なんか昔は色々頑張ってたなあ～」て思いながらさらにちっさくなったチョコパイ頬張ってるわ。（このロングセラー商品はどこまで縮むの）

人生は一度きり。結局みんないつか死ぬんです。

そのとき後悔しないように、**遠慮せんとやりたいことやったらいいし、我慢せんと言いたいこと言ったらいい**。私はそんな勇気ないけど。（ええ――！）


好きやったら間違っていたとしても今好きな人とおったらいいと思うし、息詰まりそうな場所におるんやったら逃げてもいい。

根性出すべき時が今やと思うなら、今死ぬほど頑張ればいい。


さあ、あなたも今からはじめませんか？

～ユーキャン～

（って感じの文章になってしまった）

ポチャッコ
みんなのたあ坊
るるる学園
サンリオのキャラクター。

チョコパイ
しっとりケーキでバニラクリームをサンドし、さらにチョコレートでコーティングされたお菓子。2012年頃から少しずつサイズが小さくなっているのでは？とファンの間で騒ぎになっている。ちょっと贅沢なケーキのような気分を味わえるので昔から大好きなんです。

ユーキャン
法律、ビジネスから趣味まであらゆるジャンルで常時130種以上の通信教育を手がける。新語・流行語大賞のメインスポンサー。

顔が見えてないけどそこに確かに存在する人

今朝5時に起きてブログを書こうとしたら、**サービスがメンテナンス中でした。**アメーバブログをやってる方はわかると思うんですが、たまにこういうメンテナンスがあって、その間は一切ブログにも触れないんですね。

その時「せっかく早く起きたのに…」って思って若干イライラしたりして、人によってはサイトに文句を書き込んだりするんですが（ネットって怖いわねー）

もしもアメーバブログのメンテナンスをしてる人が友達で、**「うわー今日夜中じゅうメンテナンスせなあかん日や〜（涙）」**って言ってたら、絶対そんな気持ちにならんよなあ。むしろ「ほんまありがとう！　頑張れー！」言うて、**うまい棒の1本や2本差し入れするわ。**（どケチか）

だいたい、誰のおかげでこれ無料で安全に使えてると思とんねん。いつも誰かが知らんとこでメンテナンスしてくれてるからやろ。

顔が見えないと、その存在や事実は自分の中でないものになってしまってんねんなあ。そしてマイナスの感情が芽生えがちで。

会社でも、現場と上の連携が取れてなかったらお互い悪い想像をしてしまいがちやし、遠距離恋愛にしてもそう。したことないけど。（なんやねん）

会社で働いてる夫と、家で家事と子育てをしている妻でも。

うまい棒
棒状のスナック菓子。昔から変わらず1本10円。高い物を見るとすぐ「うまい棒やったら○本買える」と比べてしまいます。

さらに顔が見えないと、時に、なんでもできてしまう怖さもあります。

ネットの書き込みにしても、戦争にしても、自分と同じように**家族も友達もいて感情もある人間が確かに存在するのに、**それが想像できないし、想像する必要がないと思ってしまうねんな。


そんなこといちいち考えて生きてたらしんどいわ！って思うけど生きてる中で絶対訪れるどうしようもないことってあるやん。

イライラの原因になるような、たまたま貸切ではいれなかったレストランとか、料理の品切れ、連絡の遅い取引先、融通の利かんお役所仕事、納得いかん政治…こんな時、逆の立場の存在をふと想像できたら、案外許せるもので。

別に、想像しましょうとか自分なんかに言う権利はないし、人それぞれやけども渋滞とか、道路工事、電車の遅延、野菜の高騰なんかに至っては
「ご迷惑をおかけしております」って書いてるけど、

「いやいやいつもありがとうございます」の立場やんな。


あと逆に、文句を言われる側に立った時も「誰も自分をわかってくれない…」と気にすることはないと思う。みんな顔が見えてないから気づいてないだけ。わからんねんそんなもん。気にせんでいいねん。

お互いがそう考えられたら、ちょっと気持ちいい世の中になる気がします。

こぼれ話
～DJポリス的な警備員

顔が見えてないわけではないですが…昔PLの花火の帰り道のこと。駅までの道がものすごい混雑していて、規制がかかり、何時間も行列で。当然暑いし早く帰りたいし、イライラ…こういう時、みんな自分のことしか考えられないんですよね。でもその時の警備員さん、メガホンで大声で「みなさん、そんなに急がなくても、いつか帰れます。ほら、周りを見てください。みんな同じです。ここにいるみんな仲間なんです。急がば回れという言葉にもあるように、人生というのは、急がないほうがうまくいくこともあるのです」…みんな噴き出して、その場がすごく穏やかになり、誰も文句を言わなくなりました。今でも忘れられない場面です。

ブログというものについて

己のその一言で、顔が見えていない誰かの人生を左右するほど傷つけることがある……ブログを書く時によくそう思っていました。

当たり前の話ですが、ブログっていうのは一方的にこっちが書いてるもんを、不特定多数の人が見るシステムなので、**温度差がものすごい**と思うんです。ちょうど同じ気分やったら「わかる――！」てなると思うけど、大概は色んな観点で読むわけで。**100％みんなが楽しい記事は無理**やからな。

たとえかつ丼の記事を書いたとしても、かつ丼を喉に詰まらせて亡くなった祖母の記憶がよみがえる人がおるかもしれんし、楽しい話を読むだけでも不快に思う人はいっぱいいると思う。きよこの話なんか、今介護で大変な方はすごく不快やったりするやろうし、乳首がポロリの話でも、乳がんで切除した人にしたら笑うどころじゃないし、子どもの話は、流産された方とか不妊で悩んでる方にはいたたまれへんかもしれん。

だから毎回記事をアップしたら、この記事でどこかの誰かは傷ついてるんやろうなって思ってます。別に誰からもそんなん言われたことないけど、勝手な妄想で。

言ってみれば、今この文章自体、楽しくブログを書いてる人を傷つけてるからな。

とか言い出したらキリないんですわ。（特技：一人相撲）

そんなん言うてるんやったらブログなんか書くな！って話やし、そんなん言うくせに結局書くんやったら言うな！って話なんです。ごめんなさい。

この葛藤はブログを書き始めたときからずっとあって、だからブログとかSNSが嫌い！って人もいっぱいいると思うし、それでやめてしまう人もいると思います。

でも、それはもう吹っ切れました。そんなもんすべての人を傷つけない文章なんか太宰治でも無理やわ。メロスですら無理やわ。（そんなこと気にしてもないやろ）

そもそもそんな深く考えなあかんほど、**影響力がある文章書いてると思うほうが自《うぬ》惚《ぼ》れなんです。**私なんかに何言われても別に「ふーん」ってなるだけやわ。

それに、もちろん逆もあるから。「私の文章でみんなに元気を与えたい」とは恐れ多くて思わんけど、たまにそう言われると驚くとともに素直に嬉しいし

結局、**どう受け取って、どう消化するかはもう自己責任やんと。**

ただ、**顔が見えない媒体を使って何かを書いている**っていう時点で、どこかにちらっとそういうことは頭にいれていようとは思います。なんでもありではない。

だいぶ優柔不断な記事を書きましたけど、つまり、ブログにあんまり裸体とかうんことか書きすぎるとそのうちほんまに苦情くるやろなっていうことと

そのギリギリラインを楽しみたいということです。

太宰治
だざいおさむ。小説家。代表作は『走れメロス』『津軽』『斜陽』『人間失格』など。芥川賞作家・又吉直樹さんは中学の時『人間失格』を読み、そこに描かれているのが自分の物語だと感じて衝撃を受けたそうです。

めっちゃ素敵な歯科助手の友達

昨日、ある女の子と飲みに行きました。たぶん全然、本名を書いてもいいと思いますが、一応名前は**ピッコロ**（仮）にしておきます。（※ピンクの服を着たペンギンか緑色の妖怪かはご想像にお任せします）

ピッコロは大学を卒業後、歯科助手をしているんですが、その歯医者での話です。

とある患者さん、小学校3年生の女の子なんですが、すごく大人しくて、誰が話しかけてもうつむいて黙っていたそうです。その子にピッコロが、

「学校どうなん？　もうすぐ運動会ちゃうん？」と聞いたら、

「わからん。学校行ってへん」と。

不登校の子やったらしい。その子は最初全然心を開かんかってんけど、ピッコロは、自分が小学校の頃の話をしたそうです。いじめられたことやら、楽しかったことやら。ほんで、「行ってみたら案外行けるもんやで」と。

次にその子が来た時、

「あんな、先生（ピッコロ）がな、学校行ってみーって言ったから行ってみてん。先生が言ったみたいに学校、そんなに嫌なところじゃなかったわ」って言ったらしい。

「歯医者さん行くんめっちゃ楽しみやねん」って言うから、

「おもちゃもらえるからやろー（笑）」と言うと
「ううん。先生に会えるから」

ピッコロ
漫画『ドラゴンボール』の登場キャラクター。大魔王は初代を指す。身長226㎝、体重116㎏。

ぴっころ
NHK『おかあさんといっしょ』内で放送されていた人形劇「にこにこぷん」の主人公のひとり、ペンギンの女の子。フルネームは「ふぉるてしも・ぴっころ」。

って笑って言ってくれてんて。
また別の時は、男の子が、届かないカウンターに背伸びをして「これあげるー」と折鶴を四羽置いていって。本来頭と尻尾になるべき部分が羽になってる、あの最後にパタンってし忘れたやつ。（失敗の部分わざわざ書かんでええわ）
その子のお母さん
「明日歯医者さん行くよーって言ったら『**先生にあげるねん**』って言って折りだして…汚いんで全然捨ててくださいね」
歯医者って子どもにとって嫌な場所やのに、ピッコロに会うことを楽しみに来るような子どもがこんなにおるとかすごいよなあ。
ピッコロはそもそも、歯科助手なんて別に希望していた仕事じゃなくて、たまたまお金のために始めたみたいな感じなんですね。でもどんな場所でも一生懸命やってたら、人に求められたり、楽しさややりがいが見つかったりすんねんなあ…と、すごく素敵に思いました。

そんなピッコロですが、彼女は今、小学校の先生を目指して通信教育で猛勉強をしてます。休日と仕事の合間に勉強して受かるような簡単なもんじゃないけど、

「受かるまで何年かかってでも続けてみせる」と言っていました。

「私が受け持った児童の全員が幸せに過ごしてほしい。たとえ職員会議で『ピッコロ先生のクラスは2人も不登校ですね』と言われようが、その子が自宅に安心できる

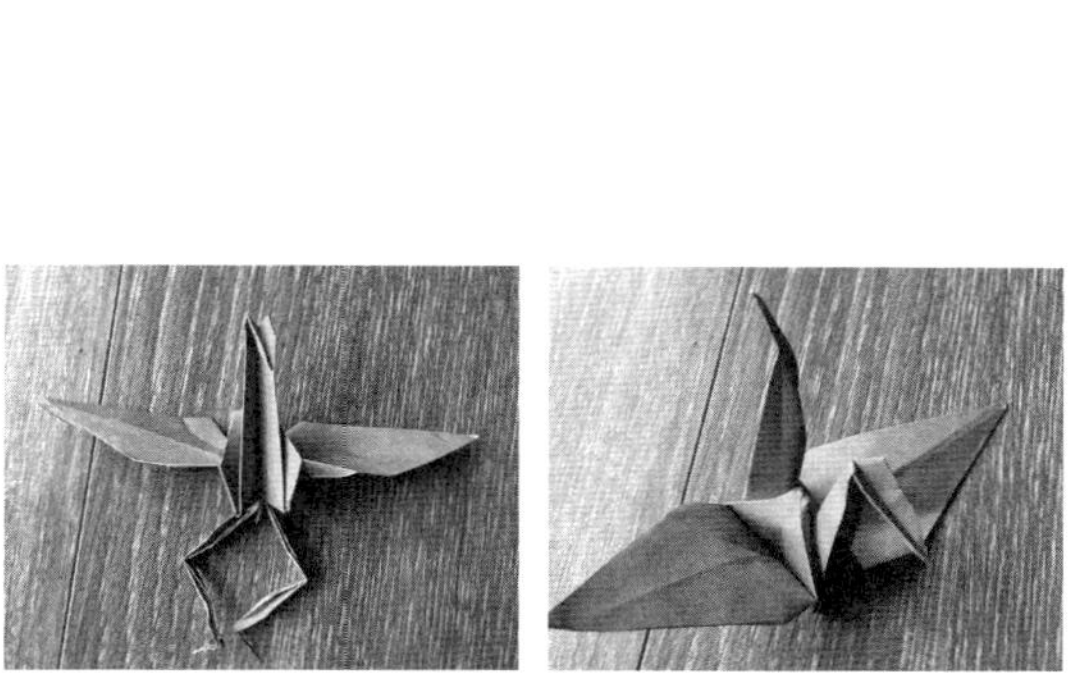

昔こんなふうに尻尾を足にするのが一瞬流行った気がする。

居場所があって、楽しく過ごせてたら、そのほうが大事やと思う」

自分の夢を熱く語るようなタイプの子じゃないねんけど、熱燗のせいか私の尋問のせいか、どんどん話してくれました。

めっちゃかっこよかったわー。

そら、理想ばっかり見てたら教師になって挫折しやすいかもしれんよ。でも、なる前から理想もなかったらさみしいやん。（ｂｙフリーザ）↑そっちのピッコロ

ピッコロの左腕には、無数のリストカットの傷があります。それはもう手首だけにとどまらず。手の甲からヒジまで。

「教員試験受ける前に皮膚移植せなあかんわー」と言うてました。それを含めてピッコロやし、そういう子を救える時もくるやろうから、そのままでもええやんと思うねんけど、やっぱり小学校やし、親からしたら心配やと思うから、と。

「自分にとったらこれも大事な傷やねんけどなー」

「お金めっちゃかかんねんけどなー」

自分の時間とかお金とかやりたいこととか、
夜中にふと追い詰められて握ったカッターとか、
今のピッコロにとって「先生になりたい」っていう思いの強さにかなうもんはなさそう。

みんなが心底応援してます。

頑張れ。
またもし引きこもる時はひと言メールください。邪魔しないので。
ちょっとだけ邪魔するかもしれんけど。（さみしがりか）

ＰＳ　明日急に「ごめんやっぱり和菓子職人になりたい」って言っても「お前…教師の夢はどうなったんだよ!!」とか言わんから安心してな。

追記
ピッコロはその後、実際に小学校の先生になりました。本当にこの時に話していた通りの、めちゃくちゃ熱心な、リアル金八先生のような先生。
この話を今回本に載せていいか聞いたら、快く承諾してくれました。（今は不登校でもいいとは言えない、むしろその原因を解決していきたいし、クラスを安心できる居場所にしてあげたいと言っていましたが）
子どもたちへの思いを語るピッコロは本当にキラキラしていて、ちょっと泣きそうになります。

ちよ
チャック上げるだけで15万かー

山本
（チャックをどんどん上げていくしぐさで）１万…３万…５万…

みんな
どんどん上がっていくシステムー！（笑）

山本
７万…ストップ！
私もうここまででいいです！

みんな
途中でやめた――！（笑）

みん
もう、そのままでいいです！

ちよ
（ずり落ちるドレスを必死で戻しながらバージンロードを歩いていく花嫁のジェスチャー）

みん
（必死でずり落ちるドレスを戻しながら）今日はありがとう

山本
（必死でずり落ちるドレスを戻しながらケーキカット）はじめての共同作業

みんな
（それぞれのずり落ちる様子をひとしきり再現し、ひとしきり爆笑）

ちよ
そもそも、ドレスやったらお金かからんって言ってんのに

みんな
！！ほんまや！（笑）

山本
話変わるけどコーヒー飲む？

えー
あ！　待って！　今日お母さんに「紅茶持って行って」って言われてん

山本
飲みたい！　ありがとう!!

えー
（ビニール袋に紅茶のティーバッグを７個ぐらいいれてあるのを出して）はい！

みんな
ビニール袋――！（笑）

山本
それ小学校の時友達の家にお菓子持って行くやつやん！（笑）

えー
ほんまはもっとあってんけど、賞味期限が過ぎてたみたいで

山本
そんなん気にせーへんのに

えー
家出てからお母さんからメールで「えいこ！それ賞味期限切れてたから渡さんとって！」って言われて

みんな
そんなん気にせんよなー

みん
どのぐらい切れてたん？

えー
２年

みんな
切れすぎやろ！（笑）

【友達との会話3　～えーちゃんが結婚する時編】

メンバー：えーちゃん、みんみん、ちよりん、山本

山本
何年付き合ってたん？

えー
7年？

みんな
長い！

えー
大学1回の時からやから……
8年か。どっちでもいいけど

みん
いや、7と8は全然違う

山本
1年あったら何があるかわからん

ちよ
うん。付き合って1ケ月と
付き合って1年1ケ月では
全然違う

みんな
全然違う！！！(笑)

ちよ
もう、新鮮さとか全然違うで

みん
会った時のドキドキ感とか全然違う

山本
どこまで見せられるかとか
全然違うな

みん
1年の違いはでかいわ

山本
生後1ヶ月と1歳1ヶ月は
全然違うからな

みんな
全然違う！！！(笑)

ちよ
首も据わってないか歩いてるか
の違いやからな

えー
ほんまや。ごめん。
ほんまごめん。全然違うわ

ちよ
もうドレスとか決まったん？

えー
それが決まらんねん。結婚式って
ほんまに金銭感覚狂うよな

山本
ちょっといいお花にしただけで
1万円とかな

えー
ほんまに。
たった1回のことで何十万も

みん
和装？　ドレス？

えー
ドレス。お色直しも、和装やったら
1回で15万とかすんねん。冷静に
考えたら、約ひと月分の給料がこの
1回着替えるだけでとぶねんで。ド
レスやったらそんないらんけど

ちよ
そうやんな。ドレスは後ろの
チャック上げるだけやしな

みん
チャック上げるだけか、15万か

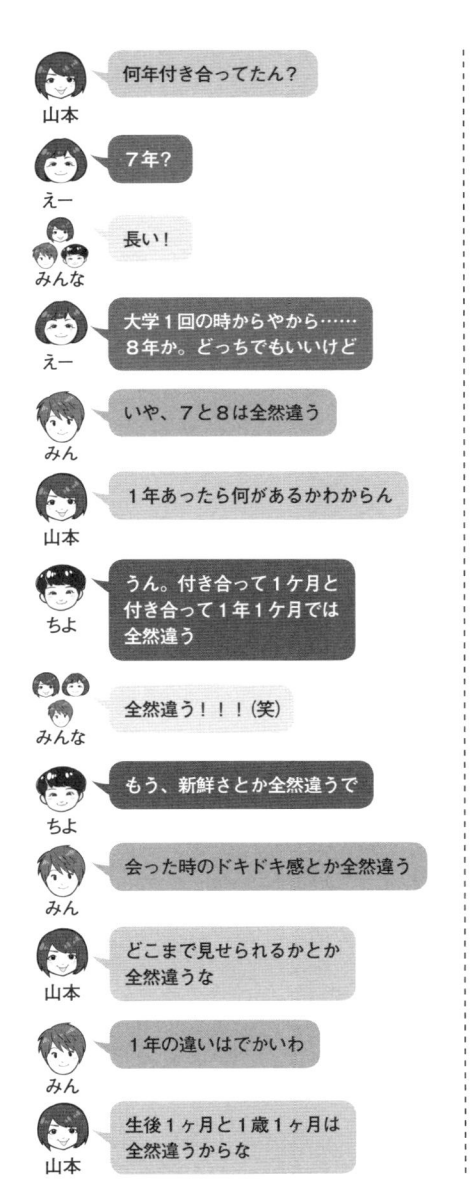

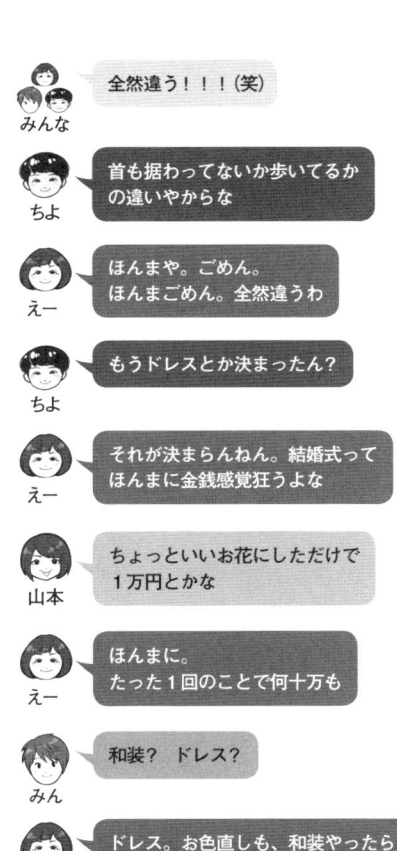

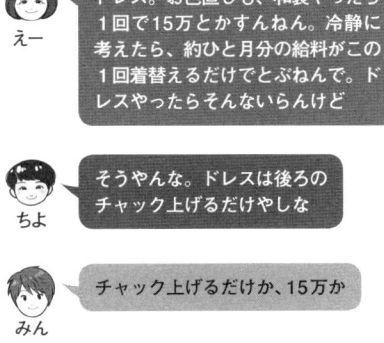

「好きなものは最後に残す派」

半熟の黄身と
ごはんにしょうゆを
たらっ…

目玉焼き丼

耳から徐々に攻め、
ハムゾーンだけに

ハムをのっけたパン

最後のひと口に
必ずお肉が
はいるよう計算

カレーライス

5章

自分が最高に
適当でいい加減であること

なんでそんなことしたんかわからない時の話

お正月明け、まだ返事を書いていない年賀状が10枚あったので、ハガキを買ってきてパソコンをプリンターにつなぎ、裏面を10枚バーッと印刷しました。

次に、住所の面を印刷するべく設定し、スタートを押し、お手洗いに行きました。

戻ってきて印刷済みのハガキを取り出したら
「三浦たかのり」宛の年賀状が10枚出てたわ。ドゥ――――ン…

原因は完全に私で、なぜかいきなり「10人ってことは…10枚ってことか」って思って、今までそんなことしたことないくせに、部数を「1」から「10」に変えてしまってん。**だからって同じの10枚出るか普通。**（出るわ普通）

もーなんでなん。わかるやん。ちょっと考えたらおかしいのわかるやん。そもそも、なんで2枚目ぐらいまでちゃんとできてるか確認してから出て行かんかったん。

だいたい、プリンター側もおかしいと思ってくれよ。**「え！　同じ人に10枚になってますけどOK？　□続行する　□やめる」**みたいな表示出してよ。

はー。まさか三浦に10枚も年賀状を送るとは。（ええ――全部出すんかい）

ときどきこういうことあるんです。

「なんでそんなことしたん？」って聞かれても、自分でもよくわからん時。

めっちゃしょうもない例でいうと、この間、部屋に暖房かけててんけど、なぜかその時**「ドア、閉めなくてもいいんちゃうかな」**って思って開けっぱなしにしてて。

当然ながら夫に「なんで暖房かけてんのにドア閉めてないん」って言われて

ブログより

「うぐいす餅を食べる時、なぜか餅にふーっと息を吹きかけて、緑の粉をテーブルにばーっと撒き散らした」「おでんのちくわから汁を吸ったらヤケドした」「耐熱のコップじゃないけど、何かいける気がして熱湯をそそいだら割れた」「風の強い日、落ちるやろな…と思いながらも、なぜかいける気がしてベランダの柵に布団を干したら案の定落ちてた」「噛みつくと有名な犬に、なぜかコイツは私にはなつくと自信に満ち溢れて右手を差し出したら、二の腕に穴があいた」「運転中の祖父の後ろで、何を思ったか運転席のシートを倒すレバーを引いた。もちろんシートごと後ろに倒れました。うわ――言ってたじぃちゃん」

などなど、ものすごくたくさんのコメントをいただきました。なんなんでしょうねこの心理。

「……」ってなった、とか。

忘れてたわけじゃないねんけど、説明できへん。なぜあの時いいと思ったのか。

他にも、いつもトースターで3分で食パンが焼けるのに、**なぜかその日だけ6分焼いてみたら案の定丸焦げ、**とかもあるわ。(アホでしかない)絶対に無理な姿勢で手を伸ばしてコップ取って、全部お茶こぼしたりな。そらそうやろって思うねんけど、その時はなぜかいける気がしてんなあー。

これは失敗とはまた違う話なんですが、母の話。

母は車の運転も得意で、事故も違反もしたことない、まさに優良ドライバーなんですね。そもそもドジじゃないし、ハメをはずしたりすることもないタイプ。

ある夜、母の運転中、道路の真ん中に赤いコーンが並べてあったらしいんですけど、それが**通常のものよりかなり小さめのコーン**で。母はそれを見てなぜか

「これ、倒していいんでは」

って思ったらしく、**全部バ―――ッと倒していったら警察に止められた**。

「酔ってるとしか思えない」と飲酒のチェックをされて「なんでそんなことしたんですか?」って聞かれたらしいねんけど、なんでか説明できんかったって言ってたわ。

(ちょっとコーンが小さかったから、って全然理由にならんしな)

絶対にそんなことするタイプじゃないだけに、めっちゃおもしろかったです。

あの……こういう時ありませんか?(どういう時や)

みんなどうやってうまいことやってるん?

私は筋金入りの不器用です。不器用ですから…っていうほうじゃなくて、手先な。まあ、足先もですが。(足の指広げられへん)

言葉では簡単に「不器用」ですまされるけど、これって**朝起きてから寝るまで×一生の問題**なんで、ものすごい人生に支障をきたしてると思います。折り紙が下手とか縫い物が下手とか、そういう具体的なことはもちろんやけど、なんていうか、**日常生活が下手。**

不器用、どんくさい、ドジ…的確な言葉が見当たらんけど、総括して**「もたもたしている」**っていうのが一番合ってる気がする。何をするにももたついてんねん。もたっこ。(サンリオ新キャラクター。ポチャッコのライバル)

しかも自分がもたもたしてることを知ってるから、そこにパニック(ワニワニ)も加わって挙動不審になり、さらにもたもたするという悪循環。

なんやろう。運動神経の悪さがすべてに影響してるんかなあ。アメトーーク!の「運動神経悪い芸人」の「人をうまくよけられない」とか最高に共感できるもん。

営業時代、名刺交換も苦手でした。名刺入れからの出し方も、出すタイミングも、渡し方も、もらい方も、あんなに練習したのに毎回ことごとくもたついてました。もらった名刺や資料も**ファイルにさっとしまう**っていうのができへんから、もたもたしながら慌ててしまって常に折れてた。上司にいつも**「お前の申し込み書だけな**

ワニワニパニック

5匹並んだワニをハンマーで叩いて撃退するモグラ叩き型のゲーム。だんだんワニのスピードが上がって焦る。類似にカニカニパニックやサメサメパニックなども。現在ではスマートフォンのゲームにもなっている。

アメトーーク!

雨上がり決死隊が司会の、テレビ朝日系のバラエティトーク番組。ある共通点をもった芸人を集めた〝くくりトーク〟が人気で、「運動神経悪い芸人」「徹子の部屋芸人」「家電芸人」など様々なジャンルがある。夫が毎週録画しています。

んでいつも端っこボロボロやねん！」って言われてたわ。

だからってゆっくり落ち着いていれるのはものすごく時間がかかるんです。

クリアファイルを開く、中にはさむ、カバンにしまう、って幼稚園児でもできることがうまくできへん。なんでみんなできるんかがわからん。


今でいえば、授乳。

1日10回ちかく、もう4ケ月もやってきてんのにいまだに下手で。すごいもたつく。不自然な体勢で飲ませてしまって何回も抱き直すし、おそらくベストポジションが見つかった時には卒乳を迎えてると思う。（ゲップもいまだに全然出されへん）

子どもにほんまに申し訳ない。服を着替えさせるのもお風呂いれるのももたつくし、**抱っこさえも。**

抱っこがへたくそな母親なんて今まで生きてて見たことないから、自分もいずれうまくなるんやと思ってたし、周りにも言われてたのに、全然慣れないんですけど。

友達の腕の中で気持ちよさそうに抱かれてる時とか**「教えて」**って言ってしまう。

（しかもみんな子どもおらんのに）

でも、今回書きたかったのはそんなことじゃなくて（前置き長すぎる）
スーパーのレジでのやりとり。人生で何百回とやってきてんのに、いまだにスムーズなやり方がわからないんです。流れの中での作業っていうのが苦手で。**動いてるものがとらえられへん**ねやろな。（新生児か）

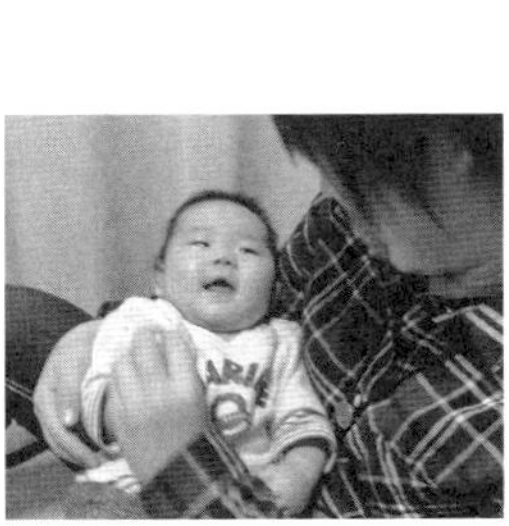
友達の腕で居心地よさそうにニコニコ笑う娘。教えて。

※これは2011年10月、娘が3ケ月半の時に書いた話です。

まずお金を出す時。1132円とか細かいと、絶対探せばあんねんけど、もたついて後ろの人に申し訳ないから**もうええわ！**って2000円出してしまうことがものすごい多い。ポイントカードなんて見つけられへんからほとんど出されへん。

それより問題はおつりとレシートをしまう時と、商品を受け取る時。

あれ、先にお札がくるやん。財布のお札ゾーンにしまうやん。小銭とレシートがくるやん。商品のカゴがくるやん。**無理やん。**

ってなる。（何も無理なことない）

小銭とレシートをしまってる時間がないやろ。

大抵、レシートの上に小銭がのってるから、急いでやるには、**レシートで小銭を包む感じでくしゃっ**と財布にいれるしかないねん。

え、それでいいんかな。あってる？（あってるとかない）

でも、これやと次出す時はレシートで小銭が隠れて見えへんし、レシートはお札ゾーンにいれるって人も周りに多い。私はそれがしたいねん！
でも小銭だけ小銭いれにすべらせて、レシートはお札ゾーンに…っていうのがもう至難の業。そうしてる間に次の人の商品のカゴがこっちにくるから。
もたもたすんじゃねえ！って心の声が聴こえてくるわほらほら…（ワニワニ）
おつりをもらったら、小銭だけすべらせていれ、**レシートは商品のカゴにいれてあ**

レシートはお札ゾーンにいれたいんです。本当は。

さらにここにクーポンやらポイントカードが返ってきた日にゃあ…（ワニワニ**とからしまう**っていう手を思いついたけど、みんなこうしてるもん？

最近は片手でベビーカーを押してるんで、最上級にもたつく。
もたつくどころか、**モッティスト**。カードもおつりもレシートもぜーんぶしまわず**そのままぎゅって握って、**商品を袋にいれる台で落ち着いてやってるけど**こんなやつ見たことないねんけど。**

なんでやろ。何が私をこんなに不器用にさせてるんやろう。
細かいことなんです。
鍵穴に鍵をさすとか、紐を結ぶとか、チャックをとじるとか、そういう日常のちっさいことがすべてもたついてんねん。
ブーツやら、カバンやら、パーカーのチャック、焦ってとじたことにより何個壊したか。ＹＫＫめ…（とばっちり）
ＹＫＫめ…
ＹＫＫめ…（どんだけ壊すねん）
ＫＹＫめ…（とんかつ関係ない）

ずっとこうやって生きてきたけど、ふとこの先不安になったので書いてみました。

ＹＫＫとＫＹＫ
ＹＫＫはファスナーで世界的シェアを誇る日本の企業。ＫＹＫは関西を中心に展開するとんかつ専門店。まったく無関係。

ポーン・アレ現象

私はものすごく物をよく失くすし、すぐ忘れます。

無意識にそのへんにポーン！と置いて「あれ？」ってなる、**ポーン・アレ現象**が日々起こるんで、鍵なんて何回失くしたかわからん。（最短で自転車を買った初日にスペアキーに移行）アメピン、ヘアゴムなんかの**紛失基本アイテム**から、服やカバンなんかのちょっと大きめのものまで、**直径1m以内の物やったらなんでも失くせる。**

この世界には見えない物体のブラックホールみたいな場所が存在していて、時間軸を整えるためか、ただの小人のいたずらかしらんけど、ときどきそこに物がはいってまたふと現れるんでは？って結構本気で思ってるわ。

だって絶対にここに置いたのにない、って時あるやん。絶対にここに置いたのに。

この間もケータイが見当たらず、家じゅう探し回って。トイレ、机、タンス、棚の上、台所、洗面所…その日の行動範囲をすべて網羅したのになくて。この狭い家で。しかもうちの家の固定電話、何かの設定がおかしくてケータイには電話できへんねんやん。終わってるよな。なんのための電話なんこれ。

なので固定電話から実家にかけて、実家からケータイに電話してもらいました。

ブー…（カタカタ）

ブー…（カタカタ）

ブー…（カタカタ）

アメピン、人生で何回買い足したんやろう。こんななくなりやすいものってある？

バイブの合間に小さく**カタカタ…**って聞こえることから、何かに捕まってることがわかり、音に近づいていったら、**洗濯機のふたを開ける取っ手の溝**にいました。
あー絶対そこに置いたわ。（置いたんかい）

こんなんが日常的に繰り返されると自分が嫌になります。
この間、これもわかる人にはすごくわかると思うんですが、電車を降りて改札を通ろうとしたら**切符がなくて。ほんの2駅ぐらいの距離で。**ポケットにもない、カバンのポケットにもない、財布にもない、向かいのホーム、路地裏の窓…
色々探したんですけど、あきらめて駅員さんのもとに。

山本：すみません。切符を失くしてしまいました。
駅員さん：どこから乗られました？
山本：上新庄です。
駅員さん：おいくらでした？
山本：えーっと……（左手に握りしめてる切符を見て）**２４０円です。**
駅員さん：**えっ？**
山本：（切符をよく見て）２４０円。**えっ!?**

！！！
半笑いでぺこぺこ頭下げて後ずさりしかなかったわ。

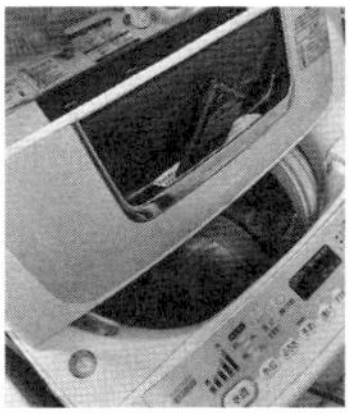
この取っ手の部分にはさまっていらっしゃいました。

向かいのホーム 路地裏の窓
山崎まさよしが『One more chance』で君の姿を探した場所として歌った。こんなところにいるはずもないのに。

飲み会に当日いきなり行きたくなくなること

特に大人数の時に多いんですが、飲み会や旅行に関して。計画する時は楽しみやのに、**いざ近づいてくると、なぜか行きたくなくなることってないですか？**（最低か）

いや、ドタキャンとかはせーへんで。でもたまにふと、面倒くさくなってしまう。

ほな行かんかったらいいやんって話やねんけど、違うねん。行ったら楽しいねん。

あとから考えたら「何が嫌やったん!?」てほどに楽しい。

それはわかってんねんけど、なんでやろうなあ。性格悪いんかなあ。設定日まで間がある時とか特にそうなる。近づいてくるにつれて**「この飲み会って、やっぱり、あるよな?」**ってなる。（あるわ）**「いいけど、行くけど…あるよな?」**ってなる。

めっちゃ気の知れた集まりなら、逆に楽しみすぎてソワソワしちゃうけど。

この現象ってなんなんやろう。**急に行きたくなくなる現象。**（まんまか）

誰にも言われへんと思っていたらこの間、いつもの高校メンバーで集まった時（しーちゃん、みんみん、あさぴん、いばちゃん、にっしゃん）マイペースで有名なあさぴんが遅刻してきてひと言
「ごめん！　昨日あんなに楽しみやったのに**朝起きたらめっちゃ行きたくなくなってさあ。**みんなのこと好きやのに、なんで!?　ってなって、行くか行かんかめっちゃ迷ってんけど、やっぱり来て良かったわ——！」
みんな「**わかる————！（笑）**」この正直さよ。

傘がすぐなくなる件

傘って絶対にどっかに置き忘れませんか？

あれなんでなん？　ど――――しても傘だけはずっと持っとかれへんねんけど。

傘に意識を集中してられへん。結構サイズもあってフォルムもしっかりしてんのに、なんであんなに存在感を消せるんやろう？

昔傘にまつわる嫌な思い出でもあったんかと疑うぐらい記憶から速攻で削除されるわ。

電車の中、お店、トイレ、公園、学校…もう今まで何本失くしたかわからん。

ふと気がついたらない。ふと気がついたら雨に打たれてる。（どの時点で失くすねん）

だから絶対に安いビニール傘しか買いません。２０００円の傘とか失くしたら…


去年、雨の中、いばちゃんって子と買い物に行った時の話です。

いばちゃんは可愛らしい傘（いわゆる「ええ傘」）を持ってきててんけど、わざと高い傘を買ったらしい。高かったら絶対に失くさないよう気をつけるやろうと。

ふたりとも**「今日は絶対に傘を失くさんとこう」**と誓って、常に腕にかけてました。

ダサいけど。でも失くすよりダサいほうが幾分マシやん。

ご飯食べる時も、椅子の背じゃなくて膝の上にキープ。

常にどこかに存在を感じていたくて。（恋人か）

そして買い物が終わった帰り道。

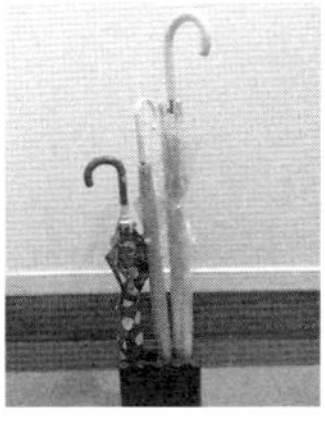

何回買っても失くすんで、常に一定量しかないうちの傘。やばいあと3本…

いばちゃん：**あ…傘ない！！！**

敗因：試着の際に一瞬隙を見せた。

傘は、アクセサリー屋のお店の壁に立てかけてありました。

いばちゃんは落ち込んでたけど、爆笑したわ。


飛び込み営業時代なんて1日何十件もまわるんで、何本も失くしてました。

新人の頃、リーダーの人に親切に「俺の傘持っていけよ」って言われた時はもう、**こんな目上の人の傘を置き忘れたらやばい…**と思って怖くて怖くて…

そんなに怖かったくせに**16回置き忘れたからな**。いやぁ〜ついうっかり。

店出てから少し歩いて、

「うーわ！ やってもたー！」で取りに戻り、
会社を出てエレベーターで降りてから、

「うーわ！ またやー！」

階段を降りて歩きだしてから、

「うーわ！ またやー！」

営業先の整骨院から離れて、

「うーわ！ またやー！」


毎回自己嫌悪になるくせに、毎回まるっきり同じ反応ができる自分に脱帽。

こぼれ話
〜傘がある時に雨は降らない

私は家を出る時点で雨が降ってなかったら、いくら天気予報で午後から雨だと言っていても持っていかないことが多いです。なぜか「いけるんちゃうか」と思ってしまう。案の定降られて、泣く泣くコンビニでビニール傘を買うか（540円もしてびっくりする）、あきらめてドボドボで帰るはめんですけど、持っていった時に限って降らないんですよね。あれなんなん。

最強に雑でおおざっぱで適当な自分

今さらですが、私はほんまに雑で適当でおおざっぱです。これを言うと大半の人が「私も！」って言うんですけど、今まで自分よりおおざっぱな人に会ったことないと思う。会いたいもん。自分が一番とか怖いやん。
大抵、おおざっぱでも**「変なとこ細かい」**とかありますよね。ノートだけはキレイに取りたいとか、ＣＤだけはこの順番に並べたいとか、お札の方向だけは揃えたいとか、人が握ったおにぎりは食べたくないとか。私はそういうのも一切ない。

具体的に今ぱっと思いつく限りで
●**充電器のコード、iPodのイヤホン**など、**基本的に3ケ所以上**絡まってる。
●**営業カバンの持ち手、はげてボロボロ。**（上司に「猛犬の鎖」と呼ばれる）
●**化粧ポーチが薄汚い。**（5～6年は替えてない）
●**デジカメなど何のケースにも入れてない。**（から2～3ケ所割れてる）
●**定期いれを使ったことない。**（カバンに直接いれてる。磁気が狂ってよく改札通れなくなる）
…あかん。絶対まだまだあるのに、**自然すぎて思いつくことすらない**わ。
最近靴下の左右の色が若干違ってても気にせず履いていったりするからな。
携帯電話１つに関しても、冷静に考えたらかなりありあります。

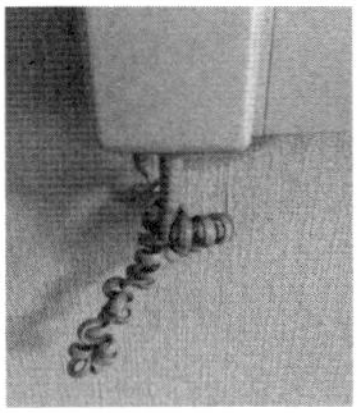
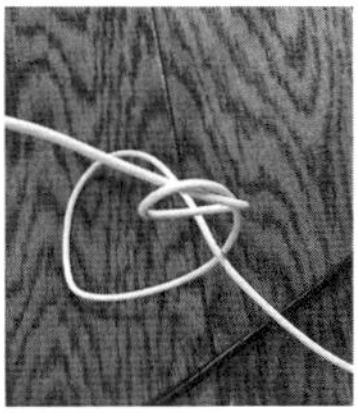
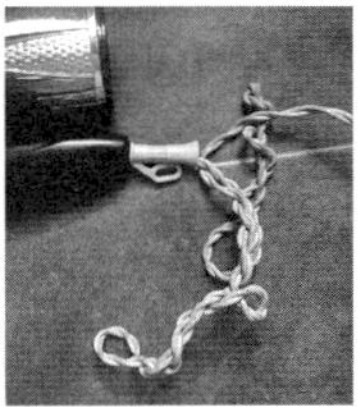

左から、インターホン、充電器、ドライヤーです。この状態（結び目）になるためには、端っこと端っこをいったん輪にしてくぐらせなあかんはずやのに、なんでこうなるんやろ。

まず**アドレス帳、フルネームもあだ名もバラバラ。**
最初の10人ぐらいまでは『**山本　ゆり（やまもとゆり）**』みたいにフルネームで、しかもグループ分けまでしてあんねんけど、途中からぐっちゃぐちゃ。
そして**振り仮名**ぐちゃぐちゃ。たとえば**「正志」**やったら、漢字出すために**「ただしいこころざし」**って打って変換してそのまま登録してるから**「た」行にはいってる**っていう。毎回探しづらくて仕方がない。（でも改善しようとはしない）

購入時に画面に貼ってあるシートありますよね。あれ、**速攻はがしたい派とずっとおいてたい派**がいると思うねんけど、**それすらほんまどっちだっていいねん。**

この間買った携帯電話のシート、まだ貼ってあることに気づいて今はがしたわ。

はがれかけてベロベロなってて、そういえば通話する時パシパシ当たってたのに。

基本的にマナーモードやから、持って1年経つか経たんかぐらいまで自分のケータイの着信音すら聞いたことなくて。
この間、たまたまマナーモードを解除していたらしく、社内にめっちゃ軽快な、
ペロッ♪ペロッポンッ♪
みたいな音が流れて**「何!?　誰今の!?」**ってみんなワヤッとしてたわ。
こんな音やったとは。（そしてそこから変更もせず）
1日30件以上迷惑メールがくるのに、アドレスを変えようとしたことないから、データフォルダにバイ☆グラの画像とイラストが大量に溜まっていってます。
社内で配られる資料も、クリアファイルの中で折れまくってて、

あまりの汚さに見かねた先輩（人生で一番パンを食べた日　P38の先輩）が誕生日プレゼントにくれた定期いれと、化粧ポーチです。化粧ポーチ、5年経った今でも毎日使ってます。

昔から**「こういうの気にならへん？」**っていう叱られ方をしてきた気がするけど、
気にならへんわけじゃないねん。
気にはなってるけど、別に「まあええか」ってなんねんな。
改善したら「めっちゃ使いやすい！ なんで今まで気づかんかったんやろ！」って
なるのに、大概、**不便をそのまま受け入れて順応してしまう。**なんでやろう。
だから昔、細かい彼氏と付き合った時なんか悲惨やったわ…（遠い目）

最近は、自分の感覚で仕事をしてはいけないと肝に銘じております。
もっときっちりやっていこう。

って思ってた矢先、会社で、営業所内の売り上げの表を書く役割を与えられまして。
マス目のある模造紙に太いペンで表を書くところを先輩が見ていたんですが
まずフリーハンドで表を書きだしたことに驚かれ。（だってマス目あるし）
ノルマのところに赤線を引いて**「ノルマ」**って書いたら、
「山本、そこまだノルマちゃうで。あと2マス上やで」と言われました。
なので横に**「まであと少し」**って書いて続行したら「おい！」て言われたわ。
でも続行しました。（こういうとこやわ）

小麦粉やカレールウ、マカロニなどストックをいれている引き出しです。雑誌の収納術を見て、最初は縦にピシッと並べてたんですけどね…気づけばわやくちゃ。

※これは2010年8月、社会人2年目の頃に書いた話です。

おうちに緑がある生活をしようと思った

心にゆとりのある生活をしようと思い、観葉植物を買いに、人生で初めて自分のために花屋さんへ行きました。
近所のこぢんまりしたお花屋さん。
力士がいっぱい居たら暑苦しそうな。（どんなお店でもな）

観葉植物のコーナーを眺めていると、すごく優しそうな店員さんが「そのパキラ可愛いでしょ？」と声をかけてくれました。
いやいや、奥さんのほうが可愛いですよ。（そこ一切比較するところじゃない）
私がいつもすぐ枯らしてしまうということを告げたら、
店員さん：**大丈夫。パキラは強いよー。ほとんど水をあげなくても枯れないから。**
私はそのパキラすら今まで5回は枯らしているんです…それを伝えたら、可愛い植物を売ってくれなさそうなんで黙っていました。

山本：植え替えとかしなくても大丈夫ですか？
店員さん：**2年ぐらいしたら植え替えてあげて。もっと大きく育つから。**
覚えてられるかなそれ。ヒブの予防接種の追加分より間があいてるやん。
ふと店内を見ていると、１００円のベビーリーフを発見しました。

パキラ
中南米原産の観葉植物。強靱な体質を持ち、頻繁に新芽を出すためすべての葉がなくなっても再生するほどで、育てやすいと人気。

ヒブの予防接種
ヒブ（ヘモフィルスインフルエンザ菌b型：Ｈｉｂ）による感染症を予防するワクチンの接種。生後２ケ月から6ケ月までに初回接種を開始し、合計4回接種する。生後6ケ月までに3回接種した後の追加接種は1歳になってからなので忘れそうになります。

店員さん：それ、ちぎってもどんどん育つから、キッチンにひとつあると便利よ。

確かにスーパーでベビーリーフを買うよりも安い。前もそう思ってミントを買ったら見事にすぐ枯らしたけど、今度は頑張ろうと、それも買いました。

店員さん：一応、食べるんだったら塩水で洗ったほうがいいよ。

山本：虫がついてるかもしれないからですか？

店員さん：いや、ずっと室内に置いてるから、ついてないねんけどね。でも無農薬だし、いや、ついてないんだけど、ほら…（小声で）**何があるかわからんから…**

誰に対する小声——！（笑）**もしも聞かれたくない人がいるとすれば私やろ。**

そんな可愛い店員さんからパキラとベビーリーフを買い、帰って早速並べました。
「やっぱり植物があると部屋が潤うやろ。見て」と娘のあみに話しかけ（あみ無視）鉢にさしてあった、育て方が書いてある紙を抜きとったら、その先に小さなナメクジがついていました。

わー。**もう鉢植えごと、どこか遠いところへ置きたい。**（最低か）

でも他には一匹も見当たらなかったし、そもそも健康な植物に虫はつきもので、それを嫌がるようじゃ植物なんて育てる資格はねえ！　農家の人に謝れ！って話なので、その紙をペッ!!とベランダで振ってナメクジをとばし、無かったことにしました。

実家の観葉植物

母はどんな観葉植物も枯らさず、最初は小さいものでも、ものすごい大きさに育て上げます。何が違うのか謎。

育て方は、日当たりのいい室内に置いて、表面が乾いたら水をあげるというもの。今までの植物は台所のカウンター（日当たりゼロ）に置きっぱなしだったんで、今度はちゃんと、**毎朝ベランダの室外機の上に出して水をあげることに。**（北向きの家で、家の中に日当たりのいい場所がないんで）

こんなに汚いガーデニングの写真をいまだかつて見たことがないわ。

ここで水をあげて、夜になったら部屋の中に戻して、朝になったらまたちゃんとここに……という生活を何日かした時にふと思いました。

この、部屋に戻す作業いる？

夜なんて誰も見ーへんし、どうせ朝になった瞬間に外に出すんやったら、もうずっとここに置いとけばええがな。何いちいち運んでんねん。

そう思って、その後何日間もここに置きっぱなしにしてました。

……………………

待って。おかしい。

もはや観葉植物の意味を成してない。

こんなはずでは。

ちょっと見てください。～あの植物は今

先ほど観葉植物（パキラ）を買ったという話を書きましたが、それから1年半経ちました。

その間、土にカビが生えるなどアクシデントはあったものの、パキラは順調に育ってて。

ちなみに家に来た当時のパキラがこれです。

※手前2つのハーブは早々にお亡くなりになられました。

そしてこれが、今から2ケ月ちょっと前に撮影したパキラです。

成長している……！！！
ちょっと感動しました。
見て。

成長している…！！！（見たわ。今見たとこやわ）
ほとんど水をあげてなかったのに、奇跡的に生きてました。
まさか私に植物を育てることができるなんて…

が、しかし、２ケ月前ぐらいからそのパキラに元気がなくなってきて。
あんなに青々と「はい！　趣味は乗馬と書道、最近ボルダリングも始めました！」って言いだしそうなぐらい覇気があったのに、なんやろ、人生に疲れたというか「タバコと酒とパチンコにあけくれてたらお金がなくなりお先真っ暗です。税金どうにかなりませんかね…」って市役所の生活課に相談に行く前みたいな雰囲気を醸し出してきて。
お前…!!　何やってんだよこんなとこで!!!　一緒に世界目指そうって言ったじゃねえか!!ってゆさゆさ肩を揺らしたくなったわ。（世界て何）
ほんでシャツをビリビリにやぶいてボコボコにしてやりたくなったわ。（やりすぎや。何様のつもりや）

このパキラ、結局台所に置いてたんですね。台所やったら洗い物してる時についでにそのへんのコップで水あげられるけど、ここから１ｍも離れた日には水やりの間隔が確実に25倍に延びる自信あるんで。
でもそのせいで調理中の油がとんで、葉にほこりが付着してしまっていて。
「く…くるしゅうない……」って聴こえる。（なんの強がり）
強靭なパキラではあるけど、**さすがの俺でも無理っすわ**、って感じやったと思う。

はみだしレシピ

つけ合わせなどに…　ベビーリーフのサラダ

【材料（２人分）】
ベビーリーフ…80gぐらい
A（塩ひとつまみ、オリーブ油大さじ１ぐらい、レモン汁小さじ１ぐらい、しょうゆ、砂糖、粒マスタード各小さじ½ぐらい）

【作り方】
❶合わせた**A**でベビーリーフを和えるだけ。

★生ハムやミニトマト、クリームチーズを合わせると一気にオシャレになります。育ちすぎて困ったベビーリーフでぜひ。（一度も食べずに枯らしたやつが言うな）

なのでたまーに「おしりふき」なんかで葉っぱの表面のほこりをぬぐいとったりしててんけど、
ふと、購入時花屋さんに
「2年ぐらいしたら植え替えてあげて」って言われたのを思い出した。
これは、根っこが伸ばしきれなくて苦しんでるんではないかと。

でもまだ1年半しか経ってない…**植え替えまではあと半年**…か。（そこきっちりか。どうでもいいとこ一番きっちりか）
いやいやこれはさすがに急を要する事態だと思い直した。
いつ植え替えるの？
今でしょ!!!
って。これ流行語大賞に選ばれるかな。（もう選ばれたわ）
そこからだいぶほっといてダラダラと植木鉢を探して購入し、土を実家から分けてもらい10月の初めに植え替えました。ＩＫＥＡの可愛らしい植木鉢に。

それから2週間……

見て。

流行語大賞
正式名はユーキャン新語・流行語大賞。読者アンケートにより選ばれた流行語の中からその一年の代表を決める恒例のイベント。「今でしょ!」は2013年に受賞。同時に「お・も・て・な・し」「じぇじぇじぇ」「倍返し」も選ばれた。お笑いタレントはこれに選ばれると、翌年から人気が落ちるとも言われている。
1984年に創始されたが、その年の流行語大賞はイラストレーター渡辺和博さんの「まるきん　まるび」。

どういうことやねん。

かっさりやないか。

いやいや、これほんまにショックやわ。

ネタみたいに書いてるけど、これから娘とともに成長して「これはあんたが赤ちゃんの時に植えてんでー」とかいう会話とほのぼのした情景まで想像してた私にとって、ほんまにショックやわ。

土が合わんかったんかな。それか、植え替え時に優しく作業せんかったから、根っこがなくなったんかな。

もう完全に息絶えたんやろうけど、奇跡の復活を信じその後も水をあげたり太陽に当てたりしていました。

それから1週間……

見て。

見て。

完全に死んだみたい。

もうなんなん。

なんか背泳ぎみたいになってもーてるやん。

ちゃんと耳の横に腕がくっつくようにピンと伸ばして…みたいになってるやん。

ということで

家の中にあった唯一の観葉植物がなくなりました。

おまけレシピその4

「眠れない人への手紙」より

深夜に食べても大丈夫
ワカメとねぎの春雨スープ

ただ煮るだけ。優しい味のヘルシーな春雨スープです。深夜に食べる場合、ささみやにんじんに触れるのが面倒なんでワカメとねぎだけで十分です。

材料（1人分）

春雨 …… 8gぐらい
にんじん …… 2㎝ぐらい
ささみ …… ½本
乾燥ワカメ …… ほんのひとつまみ。増えるんで
長ねぎ …… 4㎝ぐらい
A しょうゆ …… 小さじ1
A 粉末和風だしの素 …… 小さじ½
A みりん …… 大さじ1
A 塩 …… 少々
A 水 …… 300㎖
ごま油 …… 少々
あれば万能ねぎの小口切り、白炒りごま …… 各適量

作り方

1 にんじんは細切りにする。ねぎは斜め薄切りにする。鍋に**A**とにんじん、ねぎ、ささみ、ワカメをいれて火にかけ、ささみに火が通ったら取り出して割き、戻しいれる。
2 春雨を加え、1～2分煮て器に盛る。ごま油をたらし、ねぎ、ごまをちらす。

「本物の気遣いや気配りができるということ」より

すでに取り分けておきました
気配りサラダ

ただのサラダですが、オーブン用シートで１人分ずつ分けて盛るだけで
ちょっと可愛らしくなります。１人１個、気兼ねなく食べられるサラダ。

材料（３人分）

じゃがいも		小１個
トマト		½個
きゅうり		½本
レタス		３～４枚
サラダ油		小さじ１
塩		少々
ツナ缶		１缶
A	マヨネーズ	大さじ１
A	牛乳	大さじ½
A	砂糖	小さじ１
A	塩、こしょう	各少々
あれば粗びき黒こしょう		適量

作り方

1 じゃがいもは洗って水気がついたままラップに包み、電子レンジ（600W）で３分ほどチンして皮をむき、８㎜厚さの輪切りまたは半月切りにする。フライパンに油を熱して両面こんがり焼き、塩をふる。

2 トマトは薄い半月切り、きゅうりは斜め薄切り、レタスはちぎる。器に野菜と缶汁を軽く切ったツナを盛り、合わせたＡをかけ、あれば黒こしょうをふる。

オーブン用シートかワックスペーパーの、両端をキャンディー状にねじって中を広げたところにいれています。結構無理やり。

「みんなどうやってうまいことやってるん？」より

不器用でも絶対においしくできます
材料4つ！　コーンフレーククッキー

多少材料の重さがずれようが、練りすぎようが、粉さえふるわなかろうが
めちゃくちゃおいしく仕上がります。目盛つきのバターを買えば、量りさえ不要。

材料　(15〜20枚分)

無塩バターまたはマーガリン……80gぐらい
砂糖……大さじ2ぐらい
コーンフレーク(安い加糖のもの)
……2カップぐらい(70〜80gぐらい)
小麦粉……1カップぐらい(110gぐらい)

焼き立ては触るとくずれるほどやわらかくて「いけんのこれ」って思いますが、冷めると固まり、サクサクになります。保存容器にいれて冷蔵庫で保存すれば3〜4日はサクサク。

作り方

1 ボウルに室温に戻して(もしくはレンジに数十秒かけて)やわらかくしたバターと砂糖をいれ、泡だて器で白っぽくふんわりするまでよくすり混ぜる。オーブンは180℃に温めておく。
2 小麦粉を加えて(気分が乗ればふるって)ゴムべらでさっくり混ぜ、コーンフレークも加えて混ぜる。
3 オーブン用シートにひと口大ずつすくって薄く広げ、180℃で15〜20分ほど焼く。

「みんなどうやってうまいことやってるん？」より

料理が苦手な人でもできます

包丁も火も不要!! レンジで鮭のバターしょうゆ

ちぎったキャベツともやしに鮭をのせ、チンして終わり。
ふっくらした鮭が最高においしい。凝った料理よりおいしい。

材料（1人分）

キャベツ ………… 1枚
もやし ………… つかんだ量
生鮭 ………… 1切れ
塩 ………… 少々
酒 ………… 大さじ1
バター、しょうゆ、
　好みで粗びき黒こしょう ………… 各少々

塩鮭を買わないよう注意。

作り方

1 耐熱容器にもやし、ちぎったキャベツをいれ、鮭をのせる。塩をふって（鮭中心に）酒をふりかけ、ふわっとラップをかけて電子レンジ（600W）で3～4分チン。そのまま余熱でちょっとおくと火が通る。
2 バターをのせて溶かし、しょうゆをたらし、好みで黒こしょうをふる。

ポン酢＋ゆずこしょうでもおいしいです。

「最強に雑でおおざっぱで適当な自分」より

面倒くさがりな人にうってつけ

5分で完成！ レンジで1発＊甘辛ねぎ豚バラ

すべての材料を耐熱容器にいれ、チンして混ぜるだけ。
なんなんこれってぐらいおいしくできます。牛丼に近い味なんで、丼にするのもおすすめ。

材料（2人分）

豚バラ薄切り肉……200〜250g
長ねぎ（玉ねぎでも）……½本
A
- しょうゆ、酒……各大さじ1強
- みりん……大さじ1
- 砂糖……小さじ2
- こしょう、チューブのおろししょうが……各少々

作り方

1 豚肉は食べやすい長さに切る。ねぎは斜め薄切りにする。
2 耐熱容器にAをいれて混ぜ、1を加えて絡める。ふわっとラップをかけ、電子レンジ（600W）で5〜6分チンしてよく混ぜる。

加熱時間は容器の素材と大きさによるんで、まだ生っぽければ30秒ずつ追加加熱を。

「おうちに緑がある生活をしようと思った」より

パセリを育てて作りたかった…

パセリたっぷりガーリック炒飯

パセリって育ちすぎるんで困っちゃいますよね。って言いたかったわ。
わざわざ買ってきて作りました。臭みや苦みも消えるんで、たっぷりいれても全然大丈夫です。

材料（2人分）

パセリ	½束
ベーコン	2枚
にんにく	1かけ
オリーブ油またはサラダ油	大さじ1
ごはん	丼軽く2杯分
塩	小さじ⅓
こしょう	少々
しょうゆ	大さじ1
好みでバター	小さじ1
あれば粗びき黒こしょう	適量

作り方

1 パセリの葉とにんにくはみじん切りにする。ベーコンは粗みじんに切る。
2 フライパンににんにくと油、ベーコンをいれて炒め、こんがりしたらパセリを加える。油がまわったらごはんをいれてほぐしながら炒め、塩、こしょうを加えて炒める。しょうゆを鍋肌から回しいれ、好みでバターを加える。
3 器に盛り、あれば黒こしょうをパラッと。

パセリの豊富な栄養をとりたい！でも臭みと苦みが…という人用に最初に炒めてますが、逆に香りと苦みをこよなく愛するのであれば、最後に加えて混ぜてください。

「ドリアの思い出」より

せめてこっちを選んでほしかった… チキンドリア

そこのドリアはバターライスでしたが、個人的に、ホワイトソースやチーズには
ケチャップライスのほうがしっくりきます。ホワイトソースは電子レンジで簡単に。

材料（1人分）

鶏モモ肉……100g
塩、こしょう……各少々
玉ねぎ……¼個
サラダ油……小さじ½
ごはん……丼軽く1杯分
ケチャップ……大さじ1
ウスターソース……小さじ1
レンジホワイトソース（P253参照）……全量
ピザ用チーズ、あればドライパセリ…各適量

上の鶏肉をアイツに替えればエビドリアになります。アイツ…小エビ。アイツは小エビ。

作り方

1 鶏肉はひと口大に切って塩、こしょうをふる。玉ねぎはみじん切りにする。フライパンに油を熱して鶏肉をいれ、こんがり焼いたら裏返し、中まで火を通して取り出す。
2 続いて玉ねぎを炒めて塩をふり、しんなりしたらケチャップをいれる。軽く水分をとばしてごはんを加え、炒め合わせてウスターソースで味をととのえ、耐熱皿にいれる。
3 レンジホワイトソースをかけて1の鶏肉をのせ、チーズを散らしてオーブントースターで焦げ目がつくまで焼く。あればパセリを散らす。

「父てつやの教え」より

てつやのお弁当の定番
爆弾おにぎりおかかねぎしょうゆ

中学時代、私、姉、父の３人のお弁当を、母と４人で交代で作っていました。
姉と２人して好きだったのがこのてつや作のおにぎり。
めっちゃ海苔が噛み切りにくいんで、崩壊させながら召し上がれ。

材料（小さめ２個分）

長ねぎ		⅓本
サラダ油またはごま油		小さじ½
ごはん		茶碗１杯分
A	しょうゆ	大さじ½
A	かつお節	大さじ１
塩		少々
海苔（全形）		½枚

作り方

1 ねぎはみじん切りにする。フライパンに油を熱してねぎを炒め、しんなりしたら**A**を加えて炒める。ごはんに混ぜ、味をみて塩を加える。
2 ２等分して丸く握り、半分に切った海苔で１個ずつ包み（一部包みきれてなくてOK）十字に切り込みをいれる。

冷めると味は薄く感じるので、ちょっと濃いめに。

6章

幼い頃のわかってもらえない
感情のことなど

ドリアの思い出

今でこそ嫌いな食べ物はないですが、子どもの頃は、いくつかありました。

きよこのとんでもない料理を色々食べていたからか、ヨソで食べるほとんどの食べ物がおいしく感じられたので、多くはなかったですが。

今でも覚えているのは、**ドリアと冷凍の小エビ**です。
ドリアをはじめて食べたのは、確か家族で行ったファミリーレストランです。
「なんておいしそうなんやろう」と思って食べたら、おいしくなくてショックを受けました。ホワイトソースにチーズ、そこにごはんっていう組み合わせが、当時の私の口には合わなくて。（今は好きです）
あと小エビに関しては、なんか小エビのくせに結構味するし、とにかく苦手やった。小エビのくせに結構味するし苦手やったわ。（全然説得力ない説明2回したー）

小学3年生の時、クラスの友達とそのお母さんと3人で映画『学校の怪談2』を観に行って、帰りにレストランに連れて行ってもらったことがありました。

幼い頃、友達のお母さんにごはんをごちそうになる時は、その友達と一緒のものしか頼めない性格で。

それより高いものなんてまず無理やし、それより安いものやったら「気遣ってると思われたらどうしよ」って思ってたし、いつも結局同じものを頼んでました。

学校の怪談2
学校で起きる怪奇現象をテーマにした人気映画シリーズ。2は1996年公開。

幸い、このお店にはあらゆるメニューがありました。

友達：何にする？

山本：何にしよっか。全部おいしそう。

友達：これもこれもいいしなあー…あ、ハンバーグもいいなあ。

山本：ハンバーグにする？

友達：**ドリアもいいなあー。**

山本：！！！

友達：オムライスにしよっかな。

山本：オムライスおいしそう。（ドリアはやめて。ドリアはやめてなまじで）

友達：うーん……

山本：……

友達：このオムライスにしよっかな。

山本：うちもそうしよっかな。（ほんでまたドリアとか言うんやめてなまじで）

友達：あーでもドリアもいいなあ…

山本：（早速言うたー）

友達：決めた！

山本：（オムライス…オムライスにしてお願い）

友達：**ドリア。**

ドゥ――――――ン!!（ドリアはいりました――――）

はみだしレシピ

レンジホワイトソース

【材料（1人分。少量使い切り）】

バターまたはマーガリン…小さじ1強
小麦粉…大さじ1
牛乳…150cc
A（顆粒コンソメスープの素、塩、こしょう各少々）

【作り方】

❶大きめの耐熱ボウルにバターと小麦粉をいれ、ラップをかけずに電子レンジ（600W）で1分加熱し、泡だて器でよく混ぜる。牛乳を少しずつ加えてさらに混ぜ、再びラップをかけずに電子レンジで3分加熱する。

❷取り出してよく混ぜ、再び2〜3分加熱し、とろみがついたら**A**で味をととのえる。

★ブクブクなるんでかなり大きめのボウルで。冷めると一気にとろみがつくので、最後はゆるめでストップしてください。

ドリアやグラタンに。パンに塗って具をちらし、トーストにするのもおいしいです。

そして泣く泣くドリアのページを見ると
そこにはシーフードドリアとチキンドリアが。
ちなみにシーフードには**明らかにアイツがおんねん。**アイツ。小エビ。
アイツは小エビ。

お母さん：何ドリア？
友達：**シーフード。**（即答）

ドゥ――――――――――ン!!（コエビキタ――――！）

なんでやねーんなんで子どものくせにシーフードやねーん。（偏見）
だいたいこんなにもたくさんのメニューがあって、その9割9分5厘好きな食べ物やのになんで唯一ここ選んでくんねん。私の心読んでるんちゃうん。（やとしたらめっちゃ嫌なやつやないか）

お母さん：ゆりちゃんは？
山本：あ、**……ドリア…シーフード。**（スパゲティ・ミートソースみたいに言うな）
私も私でせめてチキンドリア頼めばいいのに、チキンのほうが好きなんやって思われたら恥ずかしいとこの時確かに思ってん。（なんっも恥ずかしいことあらへん）

そしてシーフードドリアが運ばれてきました。
あれ？　おいしそう！　これ、いけるんちゃうん。って思ったけどやっぱり無理で。
でも悟られたくないから必死で半分ぐらいは食べた。ここで残す量なんかも、何気に友達と同じぐらいに調節していた気がする。

今思い出すと、幼い頃はこんなふうにあらゆるどうでもいいことに気をもんでいました。無知と経験の少なさゆえ、どうでもいいこと、気にせんでいいことっていうのが圧倒的に今より少ないねんよな。
そのくせ**「ここは気にせえよ！」**っていう部分は全然見えてないという。

いつか自分の子どもが小学生ぐらいになった時、友達の子どもと話す時、その胸に秘めた人には言えない複雑で小さな（その子にとっては大きな）悩みに私は気づけるんだろうか。
と、ときどき考えます。

こぼれ話
～突然食べられなくなった話

小学校5年生の修学旅行の前夜ごはんで、突然なんの前触れもなく食べ物がのどを通らなくなり、それからしばらく、自分の家以外でごはんを食べられなくなったことがありました。食べたいのになぜか口にいれられない、いれても飲み込めない。たぶん「全部食べられなかったらどうしよう」っていう気にしすぎから来てたんですが、あれは不思議でした。その後、「無理やり飲み込めば案外いける」と気づき、治ったんですけどね。（なんやねん）

幼い頃のわかってもらえない感情

幼稚園、小学校低学年くらいの子どもを見ると、無邪気に笑ってても、**「あーこの子の頭ん中は色んなことでパンパンなんやろうなあ」**って思うことがあります。

無知ゆえにいろいろと不安になることや気にすることがあって、でも**それをうまく言葉に表現する手段をもってない**から、大人からしたら不可解な行動に出たり。

友達のさきちゃんの話です。

さきちゃんは昔から絵が本当にうまくて、大学は有名な芸大で、版画をやってました。卒業後は芸術系の仕事につき、今はキャラクターデザインなんかもしていて、友達の結婚式のウェルカムボードなんかは必ず描いてくれるような友達です。

幼稚園の時、ト音記号とか音符を書く授業があったそうです。

さきちゃんは音符を書くのはすごく好きやってんけど、**毎回心が痛んでいて。**

音符を書いて提出した時に、先生が二重丸とか花丸をつけてくれるんですね。

でもさきちゃんは、**せっかくうまく書けたのに、その音符の上に花丸をかぶせてくるのがどうしても嫌で。**花丸を見ていつもプルプルしていたそうです。

自分が書いた音符に重ならんよう、端っこに丸をつけてほしかったらしい。

先生にしたらそんなんわかるわけがないやん。みんな花丸もらったら嬉しいやろうとしか思わんやんな。

さきちゃんが大学時代に描いた版画です。カラーでお見せできなくて残念なぐらい色使いが可愛い。このコラム「友達との会話」の似顔絵もさきちゃんが描いてくれました。

そしてある日、**ついに教室を抜け出しました。**幼稚園内を逃亡。
当然すぐにつかまって「何してるの!?」てな感じに教室に連れ戻され
「上手に描けたね」って花丸をもらって、またプルプルしてたっていう。

この話を聞いた時、可愛すぎて、でもなんか切なくて、「わー」ってなったわ。
さきちゃんにしたら、もう、ひとつの作品やったんやろうなあ。
でも、どう伝えたらいいかもわからんし、そんなことを言うのはあかんっていうのはどこかでわかってんねん。でも、なにもせず流すことはできへんかってんな。

女子バスケットボール部のムギは、保育園の劇でサンタクロースの役をやった時、煙突ですすまみれになったシーンの黒いひげをつけるのがどうしても嫌でしょうがなくて、でも言えなくて。

私は幼稚園の発表会で小太鼓を担当したんですが、曲の始まりで「カンカンカンカン」って4回叩く行為が恥ずかしくて嫌でしょうがなかった。（でも先生には「ゆりちゃんカッコイイねー！」って言われてた）

幼馴染のはまざきまいは、合唱コンクールの前に髪の毛をおかっぱにされたのが嫌すぎて、舞台の上で、前の人にかぶって見えなくなるように徐々に徐々に移動してたわ。（余計目立つわ。ビデオにばっちり写ってたしな）
まいは小1の時、自己紹介の「すきなたべもの」の欄に「ぎょうざ」って書いてん

けど、みんなが「いちご」とか「ぶどう」とか言ってる中で「ぎょうざ」って発表するのが突然恥ずかしくなって。
そこだけとばして発表しました。
そしたら先生に「あれ？　まいちゃん好きな食べ物とばしてない？」ってつっこまれて

「ぎょうざ!!!!!」

って吐き捨てるように言って席に戻ったこともあったわ。余計印象づけるっていう。

どれも小さい話で、「気にせんでえぇのに」って大人からしたら思うけど、当時の自分たちの中では大問題やってんなあ…

だからって、そんなことを配慮して子どもと接する必要は別にないと思うけど。
「大人はわかってくれない」っていう経験はあって当然で、むしろあったほうがいい気がする。あとから爆笑話に変わるもんです。

こぼれ話
〜ちくわの嘘

小学校1年の時、朝ごはんに何を食べたか順番に答えるというのがありました。その日はおかゆとかまぼこを食べたんですが、そのかまぼこが、ピンクではなく、茶色のシワシワの皮がついてるタイプのやつで。当時の私はそれが何かわからず、考えて考えて「おかゆと…ちくわ」と答えました。その後それがかまぼこだと知った時、ウソをついてしまった…という罪悪感と、いつかバレるんじゃないか(家庭訪問で先生が「ゆりちゃんちくわ食べたそうですね」って言って、お母さんが「かまぼこですよ」って言ったらどうしよう)っていう恐怖で、何カ月も胸を痛めていたことがあります。今思うとほんまに何を気にしていたのか謎。そこより朝食が「おかゆとちくわ」であることへの恥ずかしさはなかったんかい。

娘の好きなぬいぐるみ

これ、元バイト先の先輩にもらったブランケットについてたサルのぬいぐるみ、にしてはスリムな人形です。

人形ではないけど。でもなんかぬいぐるみよりは人形っていいたくなるフォルム。めっちゃ可愛いやないかって思ったけど、子ども受けはしなさそうと勝手に決め込んで、娘（0歳8ケ月）に最初は渡してなかったんですね。
でも渡してみたら、これがえらい気に入って。

サル
写真のサルは雑貨ブランド「アクセントスタイル」のクラフトホリックシリーズ。地球に遊びに来ている猿型宇宙人で、すぐにおならしちゃう食いしん坊だそうです。知らなかった。

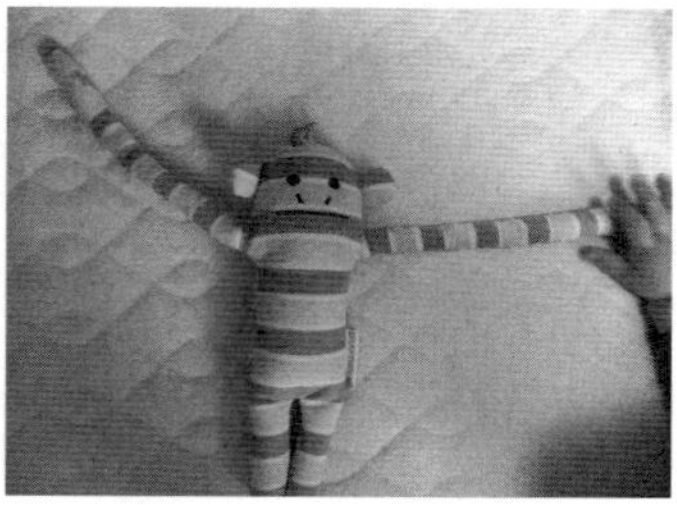

ずっと離さへん。

でも、まだこの可愛さがわかる年齢ではないと思うねん。

この可愛さは、たとえば**ちっさいおっちゃん可愛い**、みたいなほうの感覚やん。

別にこのサルの顔自体は可愛くないはず。むしろサルかどうかすら定かではないし。

サルとかじゃなくて、**こういうやつ**かもしれん。

あみにしたらまだ、この顔が好みとかそういう認識はなくて、なんとなくつかみやすいとかで気にいってるんやと思うんですが、
いったいいつぐらいから見た目の好みにこだわりがでてくるんやろ。


私が3歳で幼稚園に入園する前、母に作ってもらったうさぎの柄の座布団が気にいらなかったことがありました。

母に「これ嫌や」って言ったら「なんで?」と聞かれ
「うさぎが嫌」と伝えたら
「何が嫌なん。うさぎ好きやのに。せっかく作ったのになんでそんなん言うの」と。
そらそう思うわ。もし自分が「うさぎやったら喜ぶやろうな」って思って苦労して
縫った座布団を、「嫌や」って言われたらめっちゃショックやと思う。
思いっきり歯茎丸出しでウインクしてるウサギとかやったらわかるけど、ほんま当
たり障りないうさぎで。
ただ私は、**そのうさぎの着てる服が嫌やってん。**ボタンがついてる青いベストみた
いなのをはおっててんけど、そのベストがなんか嫌で。うまく説明できへんねんけ
ど、私やったら着たくないなって思って。(お前に着ろ言うてない)
でも**「このうさぎの着てるベストの雰囲気が嫌なんです」**とかそんなこと言えるわ
けもなくただもんもんとしててんけど
悲しそうな母を見ていると
せっかく作ってくれたのになんてことを言ってしまったんだと思って。
謝ろうと、母がはいっていたお風呂に行ったら、先に母から
**「さっきは怒ってごめんね。せっかく作ったのに、とか言われても、まだゆりちゃん
にはわからんのになあ」**
と言われて、なんかめっちゃ泣きました。めっちゃ悪いことしたと思って。
わかるのに!ってなったの覚えてます。わかるのに。もうそんなことわかるのに。
娘とも、これからこういうやりとりを繰り返すんやろうなあ…と、この人形を気に

いってる姿を見てふと思った。
今は彼女が何を考えてるか、言葉がないから想像でしかないけど。
「この紫と白のラインの感じが好みです」とか言われても嫌やけど。
にしてもこのサルって有名なん？　私が知らんだけ？

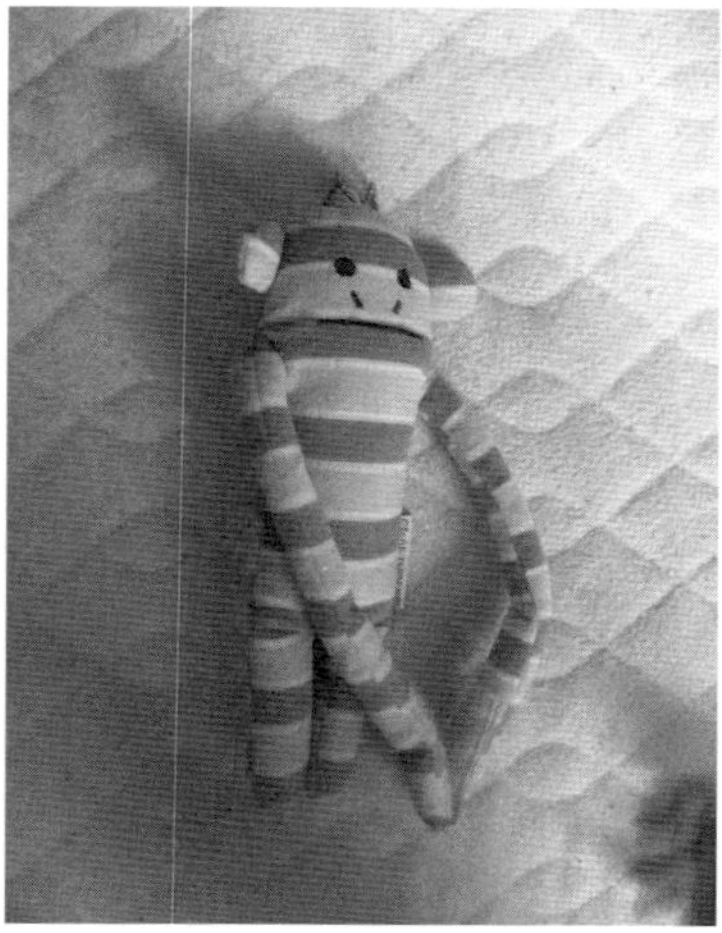

手の部分、マジックテープ。

その後成長した娘が2歳の時、保育園の給食用に作ったタオルナプキンです。完成して首にかけた瞬間、「イヤー！　これ外して！！　嫌い――！」と頭ブンブン振り回されてショックでした。これに好きも嫌いもないやろ！って言ったんですけど、あったんでしょうね。なんか嫌やったんでしょうね。

姉妹喧嘩

3歳離れた姉と二人姉妹です。

姉とは昔から、特別めちゃめちゃ仲良しでないけれど、ごく一般的な姉妹ぐらいの仲の良さでした。そして本当によく姉妹喧嘩をしてました。

私は友達と喧嘩することはまずないし、イラつくこともほぼないんですが、姉にだけはもうめっちゃ腹立ってたわ。

怒りすぎて一瞬頭がクラッとするぐらいまでイラついてた。

なんなんやろあの**「姉」っていう生き物。**

食べ物の取り合い、ゲームの勝敗、お風呂の順番など、喧嘩の原因は様々ですが、**勝手に相手の服やらカバンやらを使う**っていうのが一番多かった気がする。

別に減るもんじゃないくせに、勝手に着られた時のイラ立ちったらもう。

お互いひと言相手に断ってから着たらいいねんけど、最近着てんの見たことない服でも「貸して」って言ったら**「今日着るかもしれんし無理」**とか言われんねん。

「嘘つけ絶対着ーへんやろ！」ってなってイライラするから、
黙ってこっそり着て行って、バレて大喧嘩。

貸す時はやたらと恩を着せたり
「えーー伸ばさんとってや。それ高いねんから」とひと言添えたり。

なんせ気持ちよく相手に貸さんかったわ。なんて意地悪な。そもそも貸し借りせんかったらいいがなって話やねんけど、やっぱり相手のものがほしくなんねんなあ…

すぐ感情的になって泣いて手を出す姉と、口が達者で計算高い妹（私）。ふたりとも相当長いことおかっぱでした。

もっと幼い時は、さらにしょうもない喧嘩をしていました。

一番しょうもないのが**「相手の鼻歌に茶々をいれる」**。

姉：♪魔法～の国～からやってきた　ちょっと～お茶目～な女の子♪

ゆり：**お茶目ちゃうで。チャームやで。**

姉：**知ってるし。わざとやし。**

っていう流れ。なんで気持ちよく歌ってんのにそれを乱してまで参戦すんねん。

英語の歌詞でも、なんて言ってるかいちいち聞かれんねん。

例えば私が『いとしのエリー』を歌ってたとするやん。

「エリー My love so sweet」のところを、適当に聞こえるままに歌っていたら

ゆり：**♪エリー、マイラー、ソスイー――**

姉：**え、ゆり、今なんて言ったん？**

ゆり：**は？　何がやねん。**

姉：**エリーのあとゆっくり言ってや。**

ゆり：**は？　何がやねん。**

てなって喧嘩に発展するっていう。

言い合いになったら、**最後自分の一言で終わりたい**ってのがあって、

いとしのエリー
サザンオールスターズの3枚目のシングル。歌詞中の「エリー」は桑田佳祐が尊敬するエリック・クラプトンであるとか、姉のえり子であるとか諸説がある。

ぼそっとちっさい声で悪口言って、また向こうもぼそっと言い返して、さらに小さい声でぼそっと言い返して、向こうも…って延々つづく。ちっさすぎるわ。

ただ、叩いたり蹴ったりの喧嘩はあんまりなかったんです。母の方針で、

●たとえ相手から始まった喧嘩でも、1回でも手を出したほうが負け

●謝ったらそこで絶対に許すこと

っていう決まりになってたから、

口が達者な妹は、姉に手を出させるべくめっちゃ腹立つことばっかり言って、**最終的に姉がキレて手を出してきた瞬間に被害者ぶって母に言いつける**っていう戦い方に持ち込んでたわ。我ながらほんまに性格悪いよな。

でも、どれだけ喧嘩しても次の瞬間には一緒に遊んでるんですよね。姉妹って。

最後に喧嘩をしたのはいつやろう。私の大学時代に姉が一人暮らしを始めて出ていって、戻って来てからたぶんしていないんで（酔って絡んでくることはあるけど）ふと懐かしくなりました。

こぼれ話
～母のオムライス

子どもの頃、母が作ったオムライスが大好きで、大きいほうをどちらがとるかで喧嘩。私がほしいほうの卵を舐めるという最低な行動に出ました。そしたら姉も舐め、私も舐め、また姉も舐め…結局舐めたほうは食べたくなくて、最終的に押し付け合いの喧嘩に発展したことがあります。

恥ずかしかった思い出

人生において恥ずかしい思い出は多々ありますが、一番古い記憶は、幼稚園の年少組で発表会の劇の練習をした時です。
劇の内容は、絵本の『たろうのおでかけ』で、
主役の男の子が、誕生日の女の子にプレゼントを渡しに行くっていう単純なお話。
そのお供に、犬やら猫やらアヒルやら色々連れて行くんですが、
私はそのアヒルの役でした。名前は**があこ。**（まさにアヒル）

その練習の時のこと。
劇のクライマックスで、「みんなでお誕生日の歌を歌いましょう」っていうシーンがあって。
あの時、先生の「さんはい♪」に合わせて私が発した言葉よ。

先生：さんはい♪
みんな：はっぴば〜すでぃとぅ〜〜ゆ〜〜♪
山本：**ピッピピッピピッピッピ〜〜♪**（はっぴばーすでぃとぅ〜ゆ〜　のリズムで）

「ピ」で歌ってしまった———！
あの時の先生の**「ゆりちゃん⁉︎　普通に歌っていいよ⁉︎」**が忘れられません。

たろうのおでかけ
堀内誠一・絵、村山桂子・作によるロングセラー絵本。なかよしのまみちゃんのお誕生日のお祝いに行くためにたろうが、犬のちろー、猫のみーや、アヒルのがあこ、にわとりのこっことおでかけするストーリー。

めちゃめちゃ恥ずかしかった。

だいたい、それまで普通に台詞言うてたがな。「おめでとう」とか言うてたがなあんた。何そこだけ現実的に「あ、鳥の役なんで」ってなってんねん。

そしてアヒルのくせになんで「ピ」をチョイスしたんかと。せめて「ガ」で歌え。

でもそれには理由があって、
私は自分の役をアヒルのがあこではなく、ひよこのピーコやと思ってたんです。
そんなん**原作にもおらん**ねんけど、単純にひよこのほうが可愛いと思ってたから、知らない間に頭の中ですりかえていたらしい。

先生びっくりやったやろうな。

恥はすぐ忘れるっていうけど、25年以上経った今でも覚えている出来事です。

駄菓子屋「なかじま」

時々、ショッピングセンターの一角に懐かしの駄菓子屋コーナーを見かけます。

今はもう少なくなってるんやろうなあ……駄菓子屋。

私が幼い頃は、近所に2件ありました。

なかじまと**ふくべや**。

ふくべやのほうが、どちらかというと品揃えがよくお店の雰囲気も新しくて。

カラフルなねじねじのながーいゼリーとか、10円の当たり付ききなこ棒、10円のプリンなんかも売っていました。爆竹も売っていたような。

でもふくべやは校区外で、中学生が溜まっていたりもしたので、
小学校の時はだいたいみんな**「なかじま」**に行ってました。

「なかじま」はとにかくおばちゃんがいい人で、
いつもニコニコむかえてくれて、テストで悪い点をとったらなぐさめてくれ…
なんてことは一切なく。

なんせ怖いねん。

ちょっと見るのが遅かったら
「いつまでおんねんな。はよ決めなさい!」と怒られ、

懐かしの駄菓子

『蒲焼さん太郎』
10円でうなぎ気分。

『キャベツ太郎』
今でも夫が買ってきます。

先に買い終わって、友達が買うのを横で待ってたら、
「あんたはもう買ってんから、店の外で待ちなさい！」と怒られ、
「このおばちゃん全然顧客第一主義じゃないよう」と泣いていました。（嘘つけ）
とりあえず全然子ども好きではないオーラが漂ってたわ。あなたなぜ駄菓子屋を
…っていう。

とにかくみんなの中で**「なかじまのおばちゃんは怖い」**という認識があってんけど、
それでもみんな通ってました。
そこしかないから。（あと、１００円分買ったら10円分おまけしてくれたりはするし、
ビーズとかねりけし、文房具も売ってたんで）

でもこういうのってなんかいいよなあ。
今はお店なんてどれだけでも選べるし、わざわざ怒られるとこに行かんやろうけど。
子ども心に傷ついたり、矛盾を感じながらも、避けるわけじゃなく、
毎回行っては気を遣ったり、うまくできずに怒られたり、
どうしても不満な時は、友達に愚痴ってネタにして笑い合ったり、
小学生でも、そんなふうに社会をやりすごしていくもんで。
そんな中で、**ときどきすごい優しい日があったり、笑いながら色んな話をしてくれたりする時のうれしさとか、特別感。**
思い返してみたら、自転車をお店の前に留めたら迷惑やとか、ずっとお店の中にい

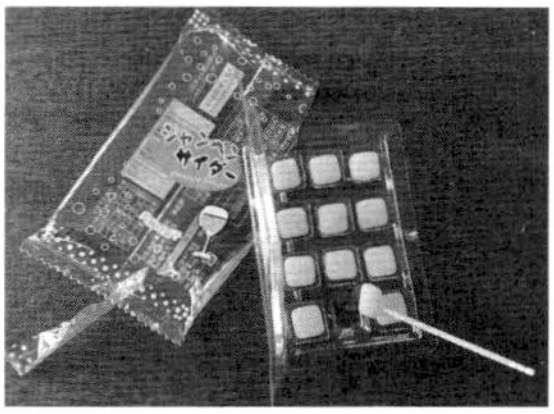

『さくらんぼ餅』『サイダー餅』
チミチミと食べていけるおやつ。

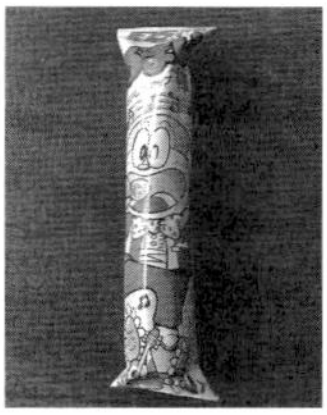

好きだった駄菓子ベスト3
（全部10円）
1 うまい棒（チーズ）
2 チョコマシュマロ
3 きなこ棒

たら他の人がはいられへんとか、叱られるにもちゃんと理由があった気がする。
今はあんまり親以外で怒ってくれる場所ってないよなあ。

そういうことを思い出しながらショッピングセンターの駄菓子屋コーナーに行って、あの、ちっちゃいアイスクリームみたいな、とんがり菓子?みたいなのとか、爪楊枝さして食べるちっさい四角いグミとか、小さい容器にはいったヨーグルトっぽいあれ。あの…そう、それ、なんかを買ったら案の定、特においしくなくて(というよりものすごい甘さ。水を…水をください…)

それが妙に嬉しかったです。そうそうこの味、ってなった。

はみだしレシピ

懐かしのおやつ きなこ棒

【材料(6本分)】
きなこ…大さじ4
はちみつ…大さじ1と½
きなこ(まぶす用)…適量

【作り方】
❶はちみつは小さい耐熱容器にいれ、電子レンジで30秒ほど加熱し、きなこを混ぜてよく練る。
❷棒状に伸ばして好きな長さにカットし、きなこをまぶして爪楊枝をさす。

★ボロボロにならないよう、ギュッギュッとにぎって。爪楊枝の先を1～2本赤く塗れば当たり付きになります。

父てつやの教え

私の父親は**てつや**と言います。

優しくて、怒られたこともない穏やかな人なんですけど、なんか色々と「うそやん」っていうエピソードが多い人でした。たぶん（というか絶対に）**天然。**

海でも山でもプールでも姉と私をひとりで連れてってくれるような人でしたが、子どもを育てる父親としての抜けはすごかったと思う。

押入れに座ってる赤ん坊の私を**「高い高い」**しようとして、
そのまんまの位置で勢いよく持ち上げ、
押入れの天井に思いっきり頭をぶつけたことに始まり、
小学生の時は、私が仰向けに寝転がってたら**誤って踏まれた**り。（成人男性の全体重が胸部に乗っかるってほんま。最悪の場合死に至るからな）
一緒にお風呂にはいると、よく間違えて**シャワーから突然熱湯を出してくる**んで、
素っ裸で大泣きで母のもとに抗議しに行ってました。

姉と私を連れて近所のスーパーに買い物に行った日のことは忘れようにも忘れられません。

「ここで待ってなさい」と姉とふたりで外で待たされました。

当時のお風呂は今みたいに温度を合わせてお湯を出すタイプではなく、お湯と水を蛇口から両方出して調節するタイプでした。父曰く、シャワーに切り替えた時に、蛇口からポタ…ポタ…とたれる水が気になり、水だけを止めたそう。ほんまやめて。

かなりの時間が経っても戻ってこず、待ちくたびれていたら
家の方面からダッシュで自転車をこいでくるてつや。

「ごめん!! 忘れてた!!」

うそーん。
買い物来て子どもを忘れて帰るとか奇跡やろ。(そして口に出さんやろ)

私が初めて自分ひとりでカレーライスを作った時のことです。
誰にも手伝ってもらわず、最後までひとりで作ってみたいやん。子どもって。
がんばって何時間もかかって野菜の皮剝いて、切って、ゆでていたら、てつやが、
「あかんわゆり。カレーは炒めてから作ったほうがうまいねん」
と割り込んできて、
ゆでている途中の野菜を引き上げ、フライパンで炒めだした。
大泣きしたわ。
(母に「一生懸命な子どもの気持ちを何もわかってない」と叱られてましたが)

旅行は父と姉と3人で行くことが多かったんですが、
毎回、新幹線に姉と私を残し、
発車時刻ギリギリまで、ひとりで売店で買い物したり立ち読みしたりするんです。
発車時刻が決まってるなんて当時は知らなくて、いつ発車するかと思って毎回大泣

きしてたん覚えてるわ。(父「え？　もし発車したら後から追いかけたらすむ話やん」)

40を超えてから免許を取得したんですが、車の運転も本当に下手でした。

私と姉を乗せて運転中、突然車から変な音が。


(ブ――――)


「またや…!!」とてつや。

「おい、この車ちょっと壊れかけてるぞ…ママに言っといて。エンジンかタイヤがおかしくなってる。この間からずっとそうやねん」

そうこうしているうちにまたその音がなり、**「あかん…前より多なってきてるぞ…」**

というので、姉と私はヒヤヒヤ。帰宅後母に必死で「車がおかしい」と訴えました。

結局その正体は、**道路の真ん中の線踏んで走ってる音**やったからな。

気づくやろ。せめて3回目で気づくやろ。

同級生たちには言えませんでした。

当時、通学路の途中に放置してあって、「あれやばくない？」と噂をされていた、**フロントガラスがアクション映画並みに割れてる車がてつやのものであることを。**

(ちなみにてつやは無傷。どういうことやねん)

母が昔から私たちに言っていたことといえば、挨拶は絶対しなさいとか「ありがと

う」と「ごめんなさい」は言いなさいなど、基本的なことでしたが、
父てつやからの何度となく言われていた教え

●垢溜めろ垢。綺麗に洗いすぎるから風邪ひくねん。

そのあと「パパは今垢溜めてんねん。」と必ず自らの不潔さをアピール。

●お弁当を白ごはんとサバ缶だけにしたらみんなの人気者になれるで。

みんなに「ひと口ちょーだい」と言われまくるらしい。

●口と足さえあればどこでも行ける。

一切英語話されへんくせに日本語ゴリ押しでひとりで海外に行く人でした。

●爪だけは綺麗にしとけ。爪の汚い女性はあかん。

垢は溜めろと言うくせに。

●ママに買ってもらったって事は、パパに買ってもらったって事や。

何のアピール。（そして共働き）
思い出せる範囲で唯一まともな教えがこれ。

●ママよりいい女おらんで。

垢ため健康法

角質培養とも呼ばれ、極力なにもしないことで肌を再生する力を養うなどと言われるが真偽は不明。そして、てつやはそんな深く考えていないと思います。

人気者になれるそうです。

いっつも彼は、子どものことは**「二番目に好き」**と言っておられました。
そして、私にとっては日常でしたが、今考えるとうそやんという話。
小学生の頃、私は机の引き出しの中の封筒に、お年玉やらお小遣いを入れてました。
その机はてつやもたまに使うのですが、
遊びに行こうと封筒を開けると、いれてたはずのお金が無いねん。
代わりに1枚の手紙が。

『ゆり、1万円借ります。利子つけて返します。パパより』

…………

子どもの時は「ちょっと増えて返ってくる」っていうのに喜んでたけど、
総合的に、返ってきてない金額のほうが絶対に多かったと思う。
決して悪い人ではないねんけど、色々と不思議な父でした。
きよこは母がたの祖母なのが不思議やわ。ここに血縁関係がありそうなのに。

父てつやのネタ帳

中学校の頃、机の引き出しで偶然発見したものがあります。**父てつやのネタ帳**です。原稿用紙に汚い字で書きつらねてありました。（※別に彼はそういう仕事は一切してません。完全な趣味だと思われます）

内容は、もう身の毛もよだつほどのしょうもなさ。すごいで。いやほんまに。覚悟して読んでください。

1つめ

『それではニュースです。大阪北摂地方で毎日、熊が目撃されて住民の不安がひろがっています。

○ 私、熊のプーさんです。毎日、あちこちプータロープータロウーしています。

× 熊さん、そんなとこでうろうろせんと、はよ両親のところへ帰りなさい。

○ 私疲れているんです。毎日ウロウロしてるから寝てないんです。

× 寝てないって。

○ 目の周りにクマができてるでしょ。

× 何言ってるの、体全体が熊やんか』

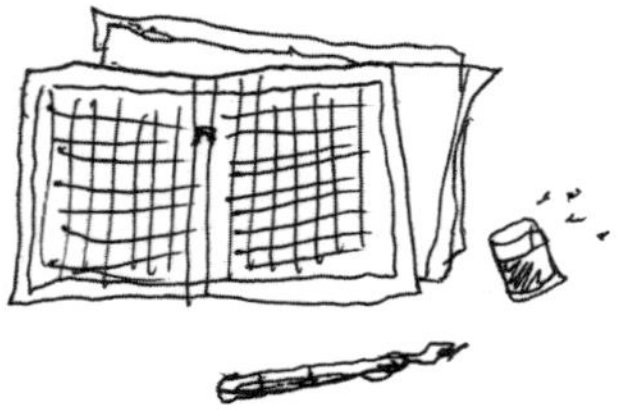

……………………

とりあえず、**おもんない**っていうのはもう周知の事実として、
まず設定おかしいやろ。熊と会話してるやつ誰やねん。
『プータロープータロウー』って何？　2回目のはっきりとした「ウ」何？
「プータローしてる」っていう動詞何？

え、全部何？

ちゅうかプーさんとプータロウをかけるとか、ウォルトディズニーにぶっとばされるで。

この「私、〇〇です」シリーズがもう1個あんねんけど、さらにひどい。

『マイケルジャクソンが宝石商から時計の件で、裁判所に訴えられました。
〇　私、マイケルジャクソンです。失礼なこと言わんといてください。
私、時計、きちんと返しました。
×　返したって？　宝石屋さん、時計が傷ついて、商売にならんと怒ってますョ。
〇　私、時計、ネジ巻いて返しました。宝石屋に。どれくらいいかんのか聞きました。
そしたら宝石屋、言いました。

まー、いける（マー、イケル↑※いちいち横に読み仮名付き）やろうと。

マイケル・ジャクソン
アメリカのエンターテイナー。キング・オブ・ポップと称される。CD・レコードの売り上げは10億枚以上。

× そんなことない。怒って裁判所に訴えましたヨ。
○ どれくらいの損やと聞きました。
じゃっかんの損（ジャックソン）や、言うてただけです。
× もうええワ』

きゃ――――――！（悲鳴）

会話がつながってないもう。何これ。**ネジ巻いた**とか一切聞いてないからな。

ちょいちょい出てくる小さい「ヨ」なんなん。

「まー、いける」はともかく**「じゃっかんの損（ジャックソン）」**ってもう無理やりにもほどがあるわ。口頭で絶対伝わらんわ。

ほんで、**マイケルも熊も人格一緒やないか。**なんで2人とも若干片言やねん。

最後に、時代を感じさせるネタをご紹介します。

『小室等、アムロナミエの沖縄サミットの曲「ネバーエンド」森首相に披露しました。
○ この曲、おもろいナ。
森と泉に囲まれてブルーブルーブルーサミット（ブルーシャトーの節で歌う）
× 森首相、そんな歌じゃないですヨ、ネバーエンドは。
○ 私、気に入ってます。ネバーエンド。
森政権がずっと続いていくという、ネバーエンド、いい曲や。
× いや、違うんですネバーエンドは。

NEVER END
2000年に沖縄で開催された九州・沖縄サミットのイメージソングとして小室哲哉がプロデュースし安室奈美恵が歌った楽曲。完成時に当時の内閣総理大臣・森喜朗にプレゼントされた。

ブルー・シャトウ
ジャッキー吉川とブルー・コメッツ略称「ブルコメ」が1967年にヒットさせた楽曲。

そんなにねばーれんど（ネバーレンド）と言ってるんです。

△　このへんで、ネバーえんどう豆』

え――――！！！

3人組――――⁉（もうつっこむところ多すぎて）

えんどう豆に関してはわけがわからなすぎてスルーさせてもらうけど

まず小室等じゃないから。小室哲哉やから。

申し訳ございませんでした。何を目指してたんかが聞きたいわ。

私、てつやと血、つながってんねんよなあ……まあええワ。

小室等

フォークシンガー。PPMフォロワーズ、六文銭のリーダー。井上陽水、吉田拓郎、泉谷しげるとともに立ち上げたフォーライフレコードの初代社長。

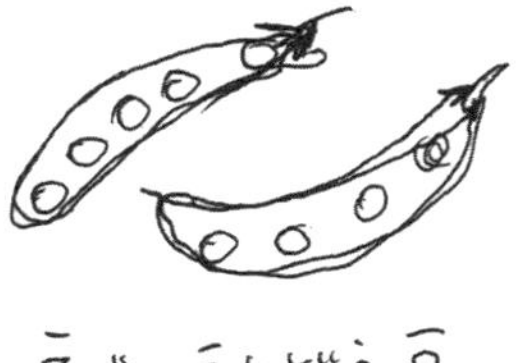

父てつやの歌

父てつやは筋金入りのオンチでした。

オンチっていうか、**音楽ってもんをそもそも理解してない気がする。**

昔、今井美樹さんの『プライド』を教えてほしいと言われ（いつどこで披露すんねん）必死になって教えたことがあります。

これ、一般的に「誰もが歌える曲」みたいなポジションのはずやってんけど、
出だしの
♪私は今〜

までで終わった記憶がある。

ほんま全っ然歌われへんねん。

そのあとに続く
♪南の一つ星を　見上げて　誓った
って部分、何十回歌ってもわかってなかったからな。
「一つ星を」のリズムがわからんみたい。
それがわからんことがわからんわ。何一つ特殊なメロディーちゃうし。

山本：**ひと——、つぼ——、しを——**
てつや：**ひと——、つぼ——、しを——**

PRIDE
今井美樹のヒット曲。作詞・作曲は布袋寅泰。カラオケランキングでは常に上位にはいる名曲。フジテレビ系ドラマ『ドク』主題歌。

山本：うん。じゃあ最初っから。　**♪私は今――**
てつや：**♪私は今――**
山本：**♪南のひと――つぼ――しを――**
てつや：**♪南のひとっつぼっしを――**
山本：**いや、なんで跳ねんねん！**

山本：**♪私は今――南のひと――つぼ――しを――**
てつや：**♪私は今――南のひとっつぼっしを――**
山本：**だからなんで跳ねんねん！！！**

ほんま何回も繰り返した。あの日絶対人生で一番「一つ星を」って言った数多いわ。
「1日に『一つ星を』って何回言ったか」っていうギネス記録があったら絶対載るわ。
（絶対にない）

なんとかもう無理やり次にいきました。

♪どんな時も
♪微笑みを絶やさずに　歩いて　行こうと
またまるっっっきり同じメロディー。まるっきり同じ。絶対わかるはず。

てつや
♪どんな時も
♪微笑みを絶やさずに　歩いて　行こうと
♪誓った

いやいや絶対おかしいやん！
なんでそこで「誓った」がはいんねん。
曲の構成上絶っ対におかしいやん。
「行こうと」でワンフレーズ完結してるやん。

もうこのへんでイライラが限界に達し、（たった2フレーズ）『プライド』は断念。

そんなてつやはなんと**自分で歌を作っていました。**（身の程知らずの極み）
しかも**一部のフレーズのみ。**他は未完成っていう。
しかも曲の最初だけあるんじゃなくて、なぜか最後だけあんねん。
その歌、今でも覚えてます。

（演歌調にこぶしをきかせて）

♪少し濃い目の　化粧だけれど
俺のまぶたに　焼きついた

キャベツ太郎の歌
作詞・作曲　てつや

キャベツ太郎が
呼んでるよ
はやくパパに
食べてほしいって
呼んでるよ
キャベツ太郎が
呼んでるよ

ああ――惚れてるぜ　愛してる
お前が好きだよ…

…………………………

ダサっ!!!　ちゅうか、最後くどっ。
惚れてるぜ、愛してる、好きだよて。
口調バラバラやないか。

インドでハヤシライス

すぐさまインドに
行かなければいけない

一見いい感じと思われた
加藤家だったが

我が強い
とにかく我が強い

1㎜の誤差も
許されない手術

つい目を
そむけたくなる現実

つとめて笑顔で
ふるまう私

しわを伸ばすのが
唯一の趣味です

「すいません」が口癖

世知辛い世の中

蚊がまとわり
ついてくる

留守ですか? あなたに
呼ばれたから来たのに

煮崩れ

れんこん地獄

靴もどき

昨日も今日もいる

ルイージ似

二割弱ルイージ似

二割強ルイージ

実はルイージ

じきにルイージ

実際ルイージに類似

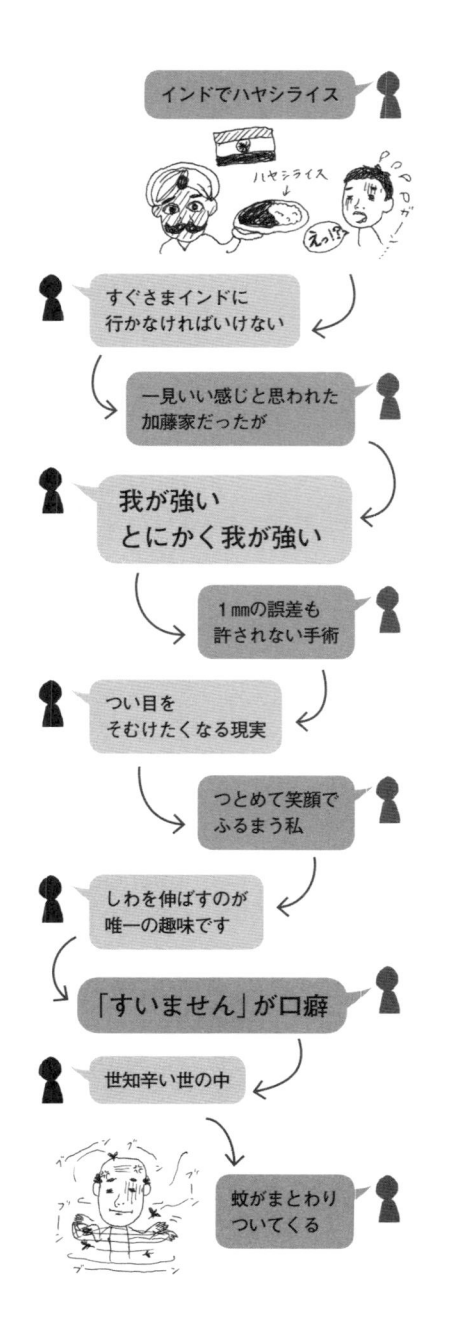

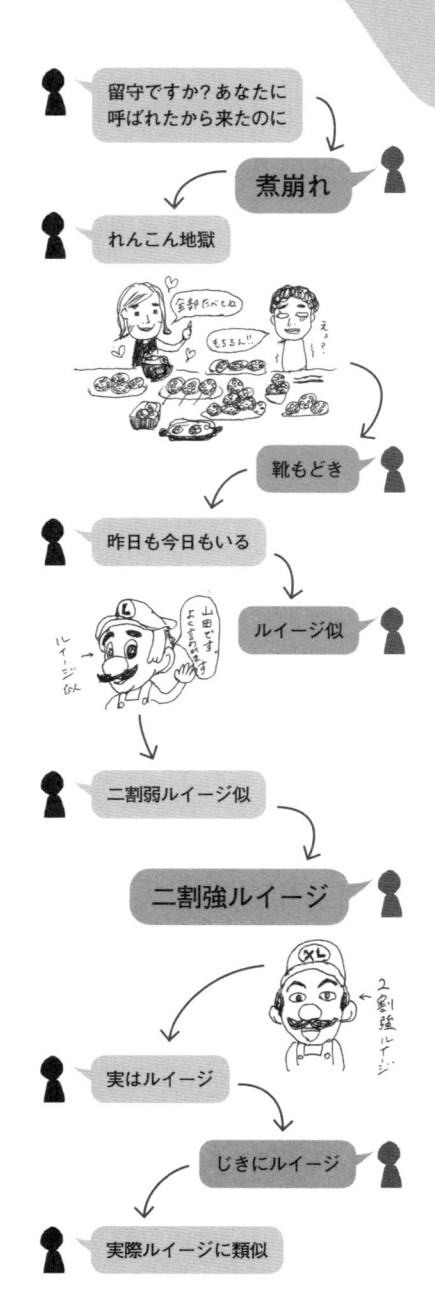

【ネガティブしりとり】

高校時代のメンバーでやっていた遊びです。ネガティブな言葉だけでしりとりをしてみました。

『かゆいのに手が届かない』の
『い』からスタート

いますぐ帰りたい

1ケ月ぐらい便秘

ピンクチラシを
集める友達

血まめだらけ

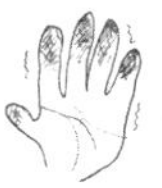

血色の悪い指先

昨日まではよかった

絶え間ない耳鳴り

利用された

単身赴任の孤独

クリスマスは
常に1人

離乳食が好物

連れが臭い

犬臭い

いまいち周りに
ついていけない

いつ来ても2巻だけ
置いてない

意味がわからない

意味なんてないのに

ニット帽、似合わず

ずるがしこい

今さら言えない

胃が痛い

いい加減やめたい

生きる活力に乏しい

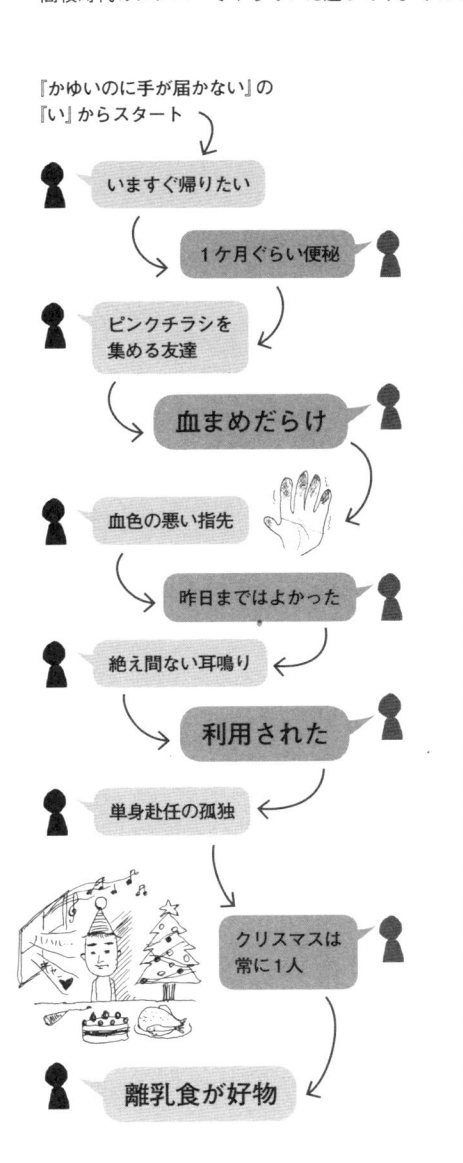

料理インデックス

メインおかず

サブおかず、その他

ごはん・パン・麺類

おやつ

「幼い頃の姉と私」

おかっぱ以外を知らない
幼少期（姉小学生　私幼稚園）

私の髪、きよこが切りました。ひどい…

「きよこと赤ちゃんとシロ」

この子はどこの子や？
（by　きよこ）

娘のあみ（0歳）を抱くきよこ（91歳）、見守るシロ（ロボ）

あとがき

こんなにたくさん書いたのに、まだ書くかと呆れられそうですが
この本を手にしてくださって本当にありがとうございます。

え、もしかして、あとがきから先に読まれるタイプでしょうか。

(私の姉がそうで。推理小説ですらオチを先に見て、犯人が誰かやハッピーエンドか否かを確認してからじゃないとドキドキして読まれへんらしい。おもしろさ激減やろ)

もしそうだとしたら…はじめまして。ハムです。ではなく、山本ゆりと申します。


エッセイ本を出したい、と、昔から漠然と思っていました。

大学時代に料理ブログを始め、レシピの合間に「ただの話」としてしょうもない日常を書き続けて7年。実際にこうして形になるなんて、まだ夢のように感じています。

2015年の夏はほぼ家から出ずにこの本作りに没頭していたんですが、
いやもう、本当に楽しかったです。終わってしまうのがさみしくてたまらない。

そしてあらためて読み返してみると、よくもまあ、こんだけ屁理屈を並べられたなあと(笑) 屁理屈と優柔不断の塊やないか。(特に4章。散々熱くしゃべっといて最後に「知らんけど」で逃げる大阪人の典型か)

特に何か事件があるわけでもない、キラキラ輝いているわけでもない、何気ない日常。

でもそれこそが人生で、そこにすべてが詰まっている気がします。

この本では、その他愛無い日常の1ページ1ページにあらん限りの情熱を詰め込みました。無駄をそぎおとすどころか、細部まで無駄を詰め込んだ、無駄だらけの一冊です。

この本を手にしてくださった方が、特に何か得られたり
頑張ろう!とやる気が出たりするようなことはないと思いますが
ほんの少しでも笑えたり、肩の力が抜けたり
今の人生でもいっか、

と、気楽に感じていただけたら、本当に幸せです。

今回本を作るにあたって、２００８年5月から現在までの2000を超えるブログ記事をすべて読み直しました。今読むと、ようこんなこと書けたなあと恥ずかしくなったり、浅はか!と感じたり、今とは違う考えもありましたが（文字に残るって恐ろしいわ）この7年間、いつも読者さんのコメントに励まされてきたなあと思います。
私のブログは「無人の野菜売り場のような、個人個人の秩序でずっといい雰囲気を保っていただいてるので、完全公開です」と添え
どんなコメントもすぐ反映されるシステムにしているんですが
読者さんがみんな優しくてネチケットが完璧なのか、そもそもこんなど素人のブログにいちいち文句をいうほど誰も暇じゃないのか（それやわ）一度も荒れることがない穏やかなコメント欄があったおかげでブログを続けることができ、こうして一冊の本にすることができました。あらためて、本当に感謝しています。

そして、こんなややこしいブログを1年以上かけて形にしてくださった、担当編集の小林孝延様。早朝から深夜まで数ケ月に及ぶ作業、本当に感謝してもしきれません。
震えるほど素敵なデザインをあげてくださるデザイナーの矢﨑進様、吉﨑梢様
忙しい合間をぬって、快く似顔絵を描いてくれた高校時代の友達のさきちゃん
家事をそっちのけで作業しても、何も言わずに支えてくれた夫と娘のあみ
母、姉、祖母きよこ、父てつや（みんな勝手にネタにしてごめん!特におばあちゃん）
女バスのメンバー、大好きな友達、幼馴染のはまざきまい
この本にかかわって下さったすべての方に感謝します。

季節の変わり目ですが、ご自愛くださいませ。（ヨッ御自愛野郎）

山本ゆり

山本ゆり YURI YAMAMOTO

BLOG http://ameblo.jp/syunkon/
Twitter @syunkon0507
Instagram @yamamoto0507
料理コラムニスト。1986年、大阪生まれ。結婚前は広告代理店の営業、現在は2児の母。レシピ本に『syunkonカフェごはん』シリーズ（宝島社）と『どこにでもある素材でだれでもできるレシピを一冊にまとめた「作る気になる」本』（扶桑社）がある。またエッセイ集に『syunkon日記　スターバックスで普通のコーヒーを頼む人を尊敬する件』（扶桑社）がある。ブログ含み笑いのカフェご飯『syunkon』は月間600万ＰＶ、Twitterのフォロワーは33万人を突破。

デザイン　矢﨑 進（yahhos）
写真・イラスト　澤崎朋美（P.41、42、112、113、214、215）　山本ゆり

＊本書は2015年9月に発行した扶桑社ムック
「syunkonカフェ雑記クリームシチュウはごはんに合うか否かなど」を書籍化したものです。

syunkonカフェ雑記
クリームシチュウは ごはんに合うか否かなど

発行日　2019年1月31日　初版第1刷発行

著者　山本 ゆり
発行者　久保田榮一
発行所　株式会社扶桑社
〒105-8070
東京都港区芝浦1-1-1浜松町ビルディング
03-6368-8885（編集）
03-6368-8891（郵便室）
www.fusosha.co.jp

印刷製本　大日本印刷株式会社
　ISBN978-4-594-08174-4

＊定価はカバーに表示してあります。

95歳　爆睡中…

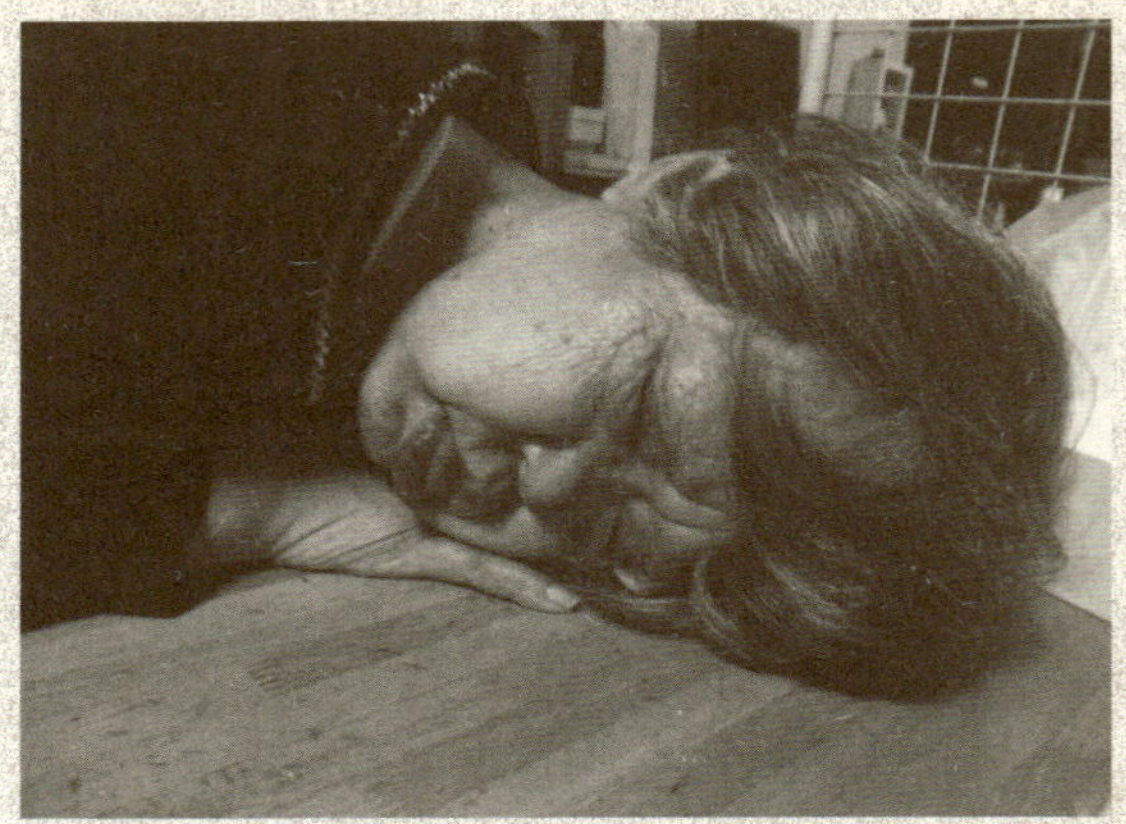

産まれた時から同居していた母方の祖母、きよこ。
長所：細かいことは気にしない　短所：細かいことを気にしない

巻末SPECIAL!

きよこ日記
KIYOKON

おばあちゃんの料理

～天ぷら編～

小学校時代、ふと見た料理本に**「野菜の天ぷら」**と書いてあって驚きました。

「エビの天ぷら」ならまだしも、いちいち「野菜の」て補足するもんなん？

天ぷら＝野菜の天ぷらではないってこと？


別にヘルシー健康志向の家庭ではありませんでしたが、うちでは野菜のみでした。

ちゃんとしている時は、
●玉ねぎ　●にんじん　●じゃがいも　●ナス　●サツマイモ　あたりなんですが
まずサツマイモの厚みが２㎝あるんですね。

とにかく素材を活かしきってて、ゴリゴリの食感。

玉ねぎも、横に１～２㎝幅にバーンと輪切りにしたもんを大量に揚げるんです。

揚げていくうちに輪っかがはずれ、衣もはがれ、わやくちゃなことになってる。

そして祖母のきよこは、大正生まれの人にしてはめずらしく気まぐれ自由人なので、
今挙げた材料がすべてなくても、しょっちゅう天ぷらでした。

●タケノコの水煮の天ぷら
●ごぼうの天ぷら
●昨日のサバの塩焼きの天ぷら
●グリーンピースの天ぷら
●ウインナーとししとうの天ぷら

天才か。何でも天ぷら屋さん開店か。


まず、タケノコですが。

春先、旬のタケノコを天ぷらに…やったら、風情がありますねって感じやけど
これ**真夏に作ってる**んですね。

しかも水煮。天ぷらに適さない食材ランキングで10位以内にランクインしそうな水煮。

そして驚くべきことに、

「たまたまタケノコの水煮があったから天ぷらにしちゃいました」じゃないねん。

「わざわざ天ぷらをするためにタケノコの水煮を買いに行っちゃいました」やねん。

もちろん仕上がりべっちゃべちゃ。衣ふんにゃふにゃ。
なんでなん。なんで揚げようと思ったん？

それやのに持ち前のポジティブさなのかなんなのか、失敗とはまったく感じておらず
「天ぷらするからおばあちゃんちょっとタケノコ買いに行ってくるわ」
って出ていく姿には毎回脱帽してました。

次は山本家では定番の天ぷら食材、ごぼう。
ささがきにしてかきあげやったら全然いいねんけど
とにかく太い。そして硬い。
バツ――――ンぶつ切りにして揚げられた、力強いお料理やねん。
ほんで毎回、「おばあちゃん、ごぼうは硬くて食べられへんわ…」と残すという。
（きよこは歯が１本もなく、入れ歯でさえもなく、強靱な歯茎で咀嚼しています）

お次はサバ。やったらまだしも、塩焼き。
きよこの昨日のおかずの残り再利用術、第３位が天ぷらなんです。（１位はカレー、２位味噌汁。ピーマンの肉詰めがお味噌汁に入ってるとかザラでした）

とにかく残り物は、「肉でも魚でも衣つけて揚げたれ」みたいになってんねんけど
下手くそゆえ、衣は完璧にはがれてるんで
食べる段階では昨日の塩焼きとまったく同じ状態っていう。**サバの塩焼きと、衣。**

そしてグリーンピースよ。これがまた。
かきあげっぽくしてると思いきや**豆と豆の間の距離が２～３㎝ずつ離れてんねん。**どうぞ衣をめしあがれ、っていう状態。
食感はふかふか。これは何？　パン？　お豆のパンなん？

ウインナーとししとうは、１回だけ出たんですが、なぜか串にさしてありました。
（ちなみにその日のおかずはこれが１人３本。それだけでした）
（そしてどちらもすごく生っぽい口当たりでした）

天つゆの存在を知ったのは小学校６年生の祖父のお葬式で、
それまでずっと、天ぷらはしょうゆで食べていました。それが一般的やと思ってた。
はがれた衣にしょうゆをかけてごはんのおかずにする、それが天ぷらやと思ってた。

お豆パンにもしょうゆひたしておかずにしてたわ。しょうゆってすごいよな。


そして次の日は、あまった天ぷらを卵でとじて天丼にするのが定番の流れでした。

サバの塩焼きのあまりの天ぷらのあまりの天丼。もうなんのこっちゃわからん。

その天丼さえもあまった時には、お庭にまいてスズメのエサにしていた、
そんなおばあちゃんです。

〜おぜんざい編〜

昨日、きよこが砂糖と小豆をゆでていました。

ゆで始めて20分…

きよこ：**おぜんざいできたよー**

早っ！！ うそやん！！


鍋を見ると、砂糖を溶かしたお湯につかった、かろうじて火の通った小豆たちが。

え？ おぜんざいってもっととろみあるやん。これさらっとしすぎやろ。

さらっとどころか、**濃度ゼロやないか。**


普通おばあさんというものは、とろ火でコトコトと気長に何時間も煮るもんやろ。

何、最近流行の「煮込まないカレー」みたいな、スープカレー的要素をぜんざいに盛り込んどんねん。

でも確かに記憶している限りでは、家で出されるぜんざいは大概これやってんな。

くっきりと原型をとどめた小豆に、限りなく透明に近い汁。

はじめて友達の家で食べた時、そのドロドロ感と甘さにびっくりした覚えがあります。


そしてきよこは、「これ入れて」と何やら白いものを渡してきました。

てんぷらの衣のような。…どうやらその中身は小麦粉と水だということが判明。


おお！ なるほどな！ これでとろみをつけろと^ ^

………………………………………………

コトコトせぇ――――――――――！！！！

何、外部のとろみに頼ってんねん。おぜんざいは時間がおいしくしてくれるもんやろ。
孫としては、おばあさんからはそういった“気長に待つ”ということを学びたいわ！

ほんで「コトコトせぇ」って怒鳴ったのはじめて。

～おかゆ編～

母が作るおかゆは卵入りでしたが、きよこは基本的に白がゆでした。
おぜんざいと同じく、油断したらものすごいサラッとした状態で提供されるから
そこは必死で訴えてました。「とろっとしたおかゆが食べたい」と。

そして、ときどき作ってくれたおかゆに中華粥があります。
自称中華粥。（霊能者みたいに言うな）
というのもケンタッキーフライドチキンを年に２回ぐらい、千里中央に行ったら母が買って来てくれたんですが
それを手で豪快に割いて（ハァハァ言いながら）
その骨で出汁を取って、ほぐした身もいれて作るおかゆなんです。
なので正しくいえば**ケンタッキーフライドチキン粥。**（つくれぽ１００件達成～！　みんなありがとう☆）←誰が作んねん

それがとにかく油っぽい。風邪引いた時に食べたら消化不良で悪化するわ。

でも私は意外にもこのジャンキーな味が大好きで、ケンタッキーの翌日は「おばあちゃん中華粥して！」って言ってました。中華の要素ゼロやけどな。人に言いなさんなね。（拝啓　当時の自分へ）

ただ…これたぶんやねんけど、きよこは自分が食べたあとの骨も使ってたんですよね。
記憶違いであってほしいけど、たぶん事実っぽい。食後の骨必ず置いてたもん。

そして、きよこが作ってくれた七草粥の具は

水菜　以上。

〜ごはん編〜

幼い頃、白いごはんがそんなに好きではなく、おかずさえあればいいと思っていました。口の中でごはんと融合させることでおかずのおいしさが何倍にも膨れ上がるというのをわかってなかった。
でもそれには理由があって、うちのごはんがおいしくなかったんです。

山本家では、平日の夜は祖母のきよこがごはんを作ってたんですが
その方は、**４人家族なのに毎回７合炊くんです。**
炊飯器パンパン。石原軍団の炊き出しか。（幼馴染のはまざきまいが自分の家のおでんについて語る時、毎回言う比喩）

母も姉も私も朝は大概食パン、昼は学校と仕事で家にいないので
みんな夜に１膳食べるだけなんですね。
それやのに最低７合は炊いて、**そのまま何日も保温。**
だから**ほとんど黄ばんでるし、もちろん冷めてるし、一部カリカリ**なので
そのカリカリの部分をお皿によけながら食べてました。
炊飯器の保温時間、**99時間**でよく止まってたわ。

いよいよ最終的に硬くなったら全部でっかい器に取り出して
お鍋で大量のおかゆにするっていうのが定番の流れ。
（それでも消費できない時は、庭にまいてスズメのエサに）

「今日炊き立てやで」ってきよこが言った日にゃあ、欲張って３杯は食べてたわ。
もしうちが毎日ごはんを炊く家だったら、ものすごいデブの子どもだったと思います。

でも、きよこはほんま悪知恵が働くんで
ときどき（いや、結構頻繁に）そのでっかい器に取り出した**黄ばんだごはんを炊飯器に戻して炊き立てのごはんに混ぜる**んです。

ひどくない？
ほんで**「今日炊き立てやで」**って言いよんねん。なんなん。なんなのあの人。嫌ー。
喜んでよそった自分のがっかり具合よ。
「混ざってるやん!!」って怒って泣いても「そんなんしてへんよ」とか言うからな。

「ほら、これ硬いやん！　混ざってるやん!!」って怒って泣いたら
「そうかー？　おかしいなあ。あれ？」とかとぼけだす始末。

ただ、幼い頃からずっとそうやったんで、どこの家でも同じだと思っていて。

小学校高学年の時、鍵っ子の友達の家で、その子がごはんを炊くのを見たとき
４人家族で２合しか炊いてなくてびっっっくりして。
炊飯器ってそんなちょっとのお米でも稼働するんかとそっちにも驚いたほど。

もちろん自分のとこが普通やと思ってたから
「え!?　これで何日持つん？　みんなごはん食べへんの？」と聞いてしまい
「毎日炊いてる」って聞いてまた「ぇぇ——!!」ってなったのを覚えてるわ。
「一気にいっぱい炊いたらいいのに」って言った気がする。（大きなお世話）

きよこのリメイク

きよこはカレー以外で、市販のルウを使うことがありませんでした。
クリームシチューもミートソースもハヤシライスも一から全部手作り。
これだけ聞いたらお料理上手なおばあさんって感じですが、
クリームシチューは**「あたたかい塩味の牛乳」**
ミートソースは**「あたたかい塩味のホールトマト」**
ハヤシライスは**「あたたかい塩味のホールトマト」**でした。
（すなわちミートソースとハヤシライスは同じものでした）

シチューは牛乳で野菜と肉を煮て、最後にとろみをつけようと小麦粉をそのまんまいれるから全部ダマになり、**小麦粉の塊**っていうのが**具のひとつとして存在してた。**
じゃがいもやと思ったらお前か…っていう。

ミートソースは、ホールトマトにお肉と野菜をいれて塩味で煮ただけなんで、しゃばっしゃば。それを、**数時間前にゆでたくったくたのぶっとい麺**にかけて食べるっていう。

私は麺よりごはん派なんでごはんにかけてました。(あ、これがハヤシライス)

これでも、ハヤシライスとかシチューは「どちらかというとごちそう」の位置にランクインしていて比較的テンションの上がる献立やった気がする。(あとコロッケ。コロッケは毎回すごくおいしかった)

カレーは大大大好きなメニューだったんですが、
お鍋のふたを開けるまで油断はできないんです。
3回に1回は前日の残り物がはいってるんで。(例:天ぷら、焼きそば)
匂いで期待が膨らんでるだけに、焼きそばの麺がちらっと見えた時の落胆はすごくて、
毎回泣きながらキレてました。

きよこは孫に泣かれて怒られて
「わかったわかった」「おばあちゃんが悪かった」と言ったり
ときどき「そんなに怒られておばあちゃん泣けてくるわ」とまで言うから、
ちょっとこっちも悪かったなと思ったら、
翌週にはもうポテトサラダとか平気ではいってるからな。

しかも「え、いれてないで?」とか言うねん。
見えとんねん。きゅうりが見えとんねん。ほんで酸味もしっかり残っとんねん。
そこを責めたら、「あれおかしいな。いれたんかもしれんな」とか言いだす始末。

ちなみに実際に残っている、大学時代に書いた日記がこれ。

『まず、鍋をのぞいて見てください。なすが見えます。
その隣はピーマン、その横はにんじんと見てよろしいですね?
あ、じゃがいももあんねや。えっ、ここにごぼうと大根いれますか。

ふーん。ちょっとこの下は?(箸でさぐる) 緊急事態、わかめ大量発生。
あとこれ何? 山芋か。何ヶ月か前の残りを冷凍庫にしまってたやつやんな。
で、さんま。半分。大根おろしとしょうゆつき。明らかにきよこの食べ残し。

目疲れてきてるんかな。麺も見えるわ。この鍋で昨日ラーメンつくった気がする。

では、いただきま〜す！…え!?　意外にこれが……!!

とかあるわけないからな。吐きそう☆』

晩ごはんの品数

突然ですが今日の晩ごはんの献立はなんですか？
私が小学生の頃の晩ごはんはきよこが作っていたんですが
「今日のごはん何？」って聞いて「サバ」って言われたらサバなんです。
●サバの塩焼き　●味噌汁　●おひたし　●冷奴　●ごはん
なんかの献立を総括して「サバ」って言ってるんではなくて

●サバの塩焼き　●ごはん

終了。基本的にメインしかない。良くてお味噌汁があるかないかっていう。
サバの隣にちょっと青物が添えられてるとかももちろんないです。

一番多かったメインのおかずは、きりぼし大根でした。
もう、大量に炊くんです。くったくたに。おかずはそれだけ。
小学校時代、５日続いた時はワナワナして、おばあさんに向かって座布団投げたわ。
あと多かったのが、菜っ葉の炊いたん、高野豆腐、白和え。
一見ヘルシーで良さそうやけど、これしかおかずがないのはつらいもんでした。
優しいジュワッとした甘さだけの食卓。

かやくごはんは言うまでもなくおかずはないし（かといって別に具沢山でもない）
友達の家でカレーライスにサラダが出てきた時にはびっくりしたのを覚えてます。
「カレーやのに!?」って。私が来てるから特別なんかなと思ってた。

ごくたまに、きよこの気まぐれで
●ハンバーグ　●コーンスープ　●ポテトサラダ　みたいな日が訪れて、
そうなったら何回も「おばあちゃんおいしい！」「おばあちゃん今日ごはんおいし

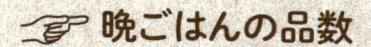

い！」って言いまくって、これを続けろアピールしてました。(ハンバーグの裏は毎回漆黒に焦げてたけどな。フライパンの底がくっついてきたんかなと思うぐらい)

でも３日後には、
「今日のごはん何？」「ポテトサラダ」
っていう残念な流れに戻ってんねん。ポテトサラダて。それとごはんって。

一番ひどくて今でも忘れられないのが、
「今日のごはん何？」「ブロッコリー」

いやいやどうやってごはん食べんねん！！！

きよこ：「マヨネーズかけー」
何が変わんねん。言われんでもかけさせてもらうわ。

なんでなんやろう。食費は十分にきよこに渡っていたんですね。
別にひどく貧乏やったわけではないし（もちろんお金持ちでもないけど）
母や父が作る時は全然普通だったんで
どうやりくりしたらその献立に仕上がるんか知りたいわ。

ちなみに小学校時代、おいしいおかずやった時、きよこによく言われてた台詞は
「それ以上食べたあかん！　なくなる！」と**「食べすぎたらアホになる！」**

でした。ぇえ――！やわ。おばあさんは「たんとお食べ」って言うもんじゃないんかい。

きよこの調理法

きよこは面倒くさがりなので
ときどき、まな板さえ使用せずに床やテーブルで野菜を切って傷だらけにしてました。
(この「床調理」ってめっちゃ多かったわ。遊牧民か。ゲルか)

チラシ1枚だけはさんで大根切ったりな。
じゃがいもの芽をとってるのも見たことないし、基本的に野菜洗ってなかった気が。

あとホットケーキでもなんでもですが、
一度使ったフライパンをよく洗いもせず使うんで、その前に何を焼いたかによって味にかなりの差が生じるんです。
お肉をしょうゆで炒めたやつやったらほのかにしょうゆが香り、
ねぎを炒めたあとならほのかにねぎが香り、りんごを炒めたあとならほのかに甘い。

冷凍されているものは、冷凍庫から取り出した状態でそのまま焼きます。
熱々の油に完全に霜まみれの鶏肉が投入される状態。
当然**バチバチバチバチ――――――!!**と油がはね、そこらじゅう油まみれになる。
(そしてすり足で歩いてその油を家じゅうに広げる)

ひどい時は、はねた油がコンロに引火して炎が上がってるんですが(ちょっとしたショー並みに)まったく動じず、平常心でそのまま焼き上げます。
あまりに炎に包まれた時は、さすがにバケツに水を汲んでコンロにバシャ―――ンとかけて消火してたけど。(ボヤ騒ぎか。たかが鶏肉焼くだけで)

当然、まわりは焦げても中はまだ生(というかカチカチ)なんで
そのまま火が通るまで長時間強火でガンガンに焼きます。
この時、決して火は弱めないのがポイント。(なぜ)表面は焦げ、中はカスカス。
幼い頃から「食卓で、料理の外側を剥ぐ」という作業を何度もおこなってきました。

そんなきよこなんですが
私はずっと、おばあちゃんは料理上手だと信じて疑わなかったんですね。
おばあちゃんにいつも**「おばあちゃんは料理上手だよ」**って言われてたからでしかないねんけど。

刷り込みって怖い。

きよこ夜中の料理

きよこは気まぐれなので、作りたい時に作りたいものを作ります。
ある日の深夜1時頃、私が寝ていると

「ゆりちゃん！　起きや～！　起きなさい」

……………（無視）………

「焼き芋焼いたよ——」

ぇえ——！　深夜1時でっせ。全然いらん。そんな焼き芋好きの孫の印象ないやろ。

「焼き芋早く食べなさい。熱いうちに」

あんまり言うから起きてみると、魚焼き網からモクモクと煙が立ち込めていました。
（軽いボヤ騒ぎなみの煙）その中に焼き芋を発見。

え、**黒っ！！！！**ていうか、**細っ！！！**

親指と人差し指で作った輪に余裕ですっぽり収まる細さ。わざわざ起こしてこれかい。
だいたいこの芋、いつからあんねんってぐらい前に買ったやつやからな。甘味ゼロ。

また別の日。
きよこはお餅が大好きで、水を張ったボウルに入れて保存してるんですが（保存方法もどうなん）大量購入のせいで、毎年お正月過ぎたらカビてるんですね。
でもそんなことはきよこには関係なく、カビをよけて食べ、せっせとひとりで消費していっててんな。

ある朝6時頃

「起きや———ゆりちゃん」

……………（無視）………

「餅焼いたよ～！　お餅焼いたよ――！！」

え、まっったくいらんねんけど。

「はよ起きんかいな。かとーなる（硬くなる）で～!!　はよ！」

何でじゃあ今焼くねん。寝てるんわかってるやん。

「カビ臭くないよ！　全然カビ臭くないから！カビ臭くないよ――！！」

『カビ臭くない』を売りにしてる――！！！

それ食品としての最低条件やろ。「えーカビ臭くないん!?　じゃあ１つ☆」とかならんわ。

「カビ臭くないよ――。**きなこかけてるから**」

ごまかしてる――――!!

極め付きに

「食べなさいよ。**カバンの上に置いとくから**」

え、なんでなんで?!　カバンって何!?　そこ普通机じゃないん？

そのまま寝てしまい、２時間後に起きてみると
カバンの上にめっちゃ不安定な状態で、お皿にのったお餅と箸が置いてありました。

なんなん。

クイズです

Q１.これはなんでしょう？
①かわら　②石　③お味噌汁

正解は③です。もちろんきよこ作。（作品名：『私の起こした奇跡』）
家に帰ったらすごい焦げの匂いがして、このお鍋にふたがしてありました。隠しきれてないから。

ポテトチップス

カルビーのポテトチップスの、「焼きしお味」って知ってますか？　それがおいしくて普段自分のためにスナック菓子を買うことってほぼないのに、わざわざ買いました。

いざ食べようと思ったら、なぜかどこにもなくて。

え、なんで？　誰か食べた？　…焼きしお——!!　私の焼きしお——！

探していたら

きよこ：あんた、これ、食べー。

チップス炊いちゃった―――――――――!!!

え? なんなんこれ。嫌がらせ?
炊いたでおい。90代が炊いてしまいましたよ。チップスを。

なんでなんで? なんでスプーン添えてるん?(そこ)

もう、最悪や。最悪の事態や。

きよこのおぜんざい(P4)その後

化石か。

魚焼きグリル

きよこは、魚焼きグリルをものすごくよく使います。もう、なんでもここで焼く。
冷凍の肉まんでさえもここで解凍しようとするからな。明らかに無理やろ。

下に水を張るタイプなんですが、きよこがそんなことするはずないんですね。
洗いもしないから、何年にもわたって落ちたカスが蓄積。もはや網の間からカスが盛り上がって出てくるほど積もってんねんけど、それでも使います。(家族はあきらめて放置)
それを繰り返したらついに破壊されました。

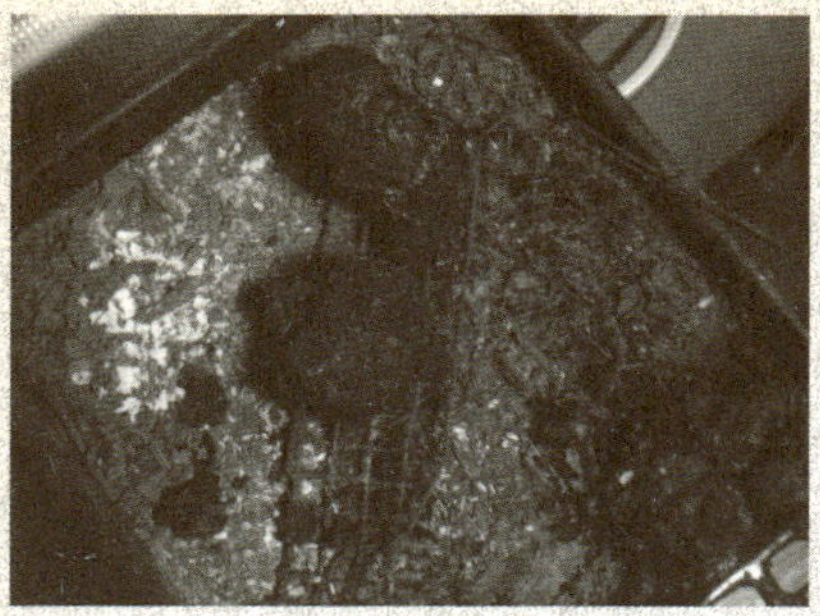

地獄絵図。

うどんの食べ方

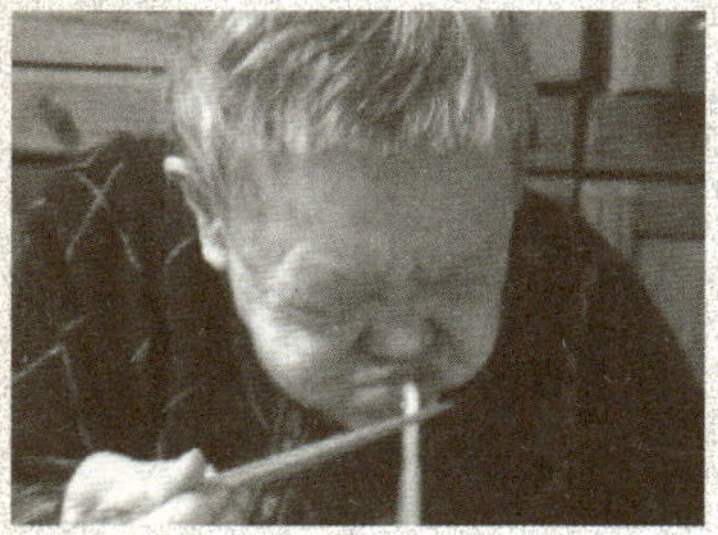

必死。

ロボット猫のシロ　その1

2011年1月19日、きよこは91歳になりました。
もう立派なおばあさんです。(25年前ぐらいからおばあさんやわ)

家族が集まる1月23日に誕生日会をすることにしました。誕生日会っていっても別にみんなで買ってきたお寿司やらステーキを食べるだけですが。

そして、プレゼントをどうしようかと。

敬老の日にあげたネックレスは好評価を受けた結果2日で失くされ、クリスマスにあげたストールはもはや一切使われておらず（それやのに一昨日なんと私のストール巻いてたからな）
何をあげようか途方にくれていたんですが

今回母の提案で、全員（母・姉・自分）で
撫でたり話しかけると反応する動物のロボットをあげようということになりました。

私は最初反対したんですね。なんか、ロボットを本物と思い込んだらいよいよ本格的になんかあかん気がして。(何があかんかはうまく言われへんけど)
でも母曰く、このロボットはボケ防止によくて介護施設でも利用されているらしい。
なのでそれに決定し、犬は高いので、猫のロボットをネットで安めに購入しました。

めっちゃ可愛いで。

な？　可愛いやろ。

これは食後にあげることにしました。

ごはんの間ずっと黙ってたきよこが、終盤いきなり快活に
「あんな、かみちゃんな、キレイな娘やねーって学校でもいっつも褒められるんよ。
かみちゃん毎日でもうちに来たらいいのになあ！」
と最初っから最後まで全く意味がわからない発言を笑顔でしだしたので、プレゼント
タイムに。
「おばあちゃん誕生日おめでとう」

きよこ：**わぁ──！　可愛らしいわんちゃん。**

わんちゃんではないやろ。

母：これ動くねんで!!　……あれ!?　え、電池いるん？　単２電池４本もいるん!?

猫、この日は動かず。
とりあえずきよこの部屋の床に置いておきました。

きよこが部屋に帰ってから様子を見ててんけど、猫に一切触れへんねん。
かわいそうな猫は、朝まで床でこのまんまの状態で放り出されていました。

が、しかし、翌朝デイケアセンターに行く際

きよこ：じゃあおばあちゃん行ってくるからいい子で待っときなさいね。わんちゃん。

話しかけた────!!

気にいってはいた。(わんちゃんではないやろ)

その後、猫に電池をはめてみました。

猫：**ニャーン。**

鳴いた。

他にも、撫でたらおなか見せたり、顔掻いたり。声に反応したり。何これ可愛い。

そこからさらに興味をしめしだしたきよこ。

枕元の猫に向かって

きよこ：鳴けー！
猫：…………。
きよこ：鳴け――！
猫：…………。
きよこ：**鳴け――――――！！**
猫：……ニャーン。

スパルタ。

ロボット猫のシロ　その2

翌日から電池がはいって動くようになった猫は、きよこにシロと名づけられました。

きよこはこのロボットを毎日抱いてるんですね。（ロボットって言うな）
デイケアセンターから帰ってきたら
「シロー！　おばあちゃん帰ってきたでー！　さみしかったかー？」と言って抱き

ごはんに行くときは「ごはん行ってくるわな」と話しかけ、戻ったら抱いてんねん。

不安になって母と姉に、「もしかして、本物やと思ってるんかなあ…」って言ったら、２人は当然のように**「え？！　そうやで」**と。今さら何言ってるん感覚で。

私が「それは絶対ないわー」って言ってんけど、２人は「いや思ってるって！」と。
うそやん。それはあかんやろ。なんとなくあかんやろ。
そんなシロは１日じゅう音に反応してランダムに鳴いたり動いたりするんで（１人でおる時に突然部屋から「ニャーン」って聞こえたらほんまびびる。友達にも「猫おるん！？」って毎回聞かれる）ずっと触ってるかぎり電池の消費が半端なくて。

この間、夜中にいきなりきよこに
「シロが動かへんねん。やっぱりこの子なんも食べてないからやわ。水も飲まへんねん。ちょっとあんた見たってーな！」と必死の形相で呼ばれたんで

うわ電池切れた

って思って、とりあえず「シロー！」って呼んでみた。

「…ミャーン」（ウィーン…カタカタカタ……）

動くやないか。
なぜこの**ウィーン**と**カタカタ**に疑問を抱かんねん。ロボやん。ロボそのものの音やん。

山本：動くやん！　ほら！　見て！　鳴いてるしほら！　補聴器つけてへんだけやろ！
きよこ：そうか？　あーよかった。シローよかったなあー！

でも、２週間に１回のペースで単２電池４本消費するって相当やんな。

母：本物の猫ちゃんのエサ代に比べたら安いもんやん。なぁ～シロ～～？＾＾

あんたもかい！　やめて。みんなしてシロを可愛がるのは。

私は、きよこは正直なところ、ちゃんとわかってるやろうと信じててんけど

この間部屋にはいったらシロの手に

…………………ん？………
からあげ――――――――！！

そして先日、きよこが**散々咀嚼しても飲み込めなかった肉の塊**がのっかっていました。
それ本物の猫やと思ってたにしてもひどいわ。

ロボット猫のシロ　その３

これが１年前のシロです。

ミャーン☆

そして

現在のシロです。

ミャーン…………

きよこのためだけの花嫁

2010年の10月に妊娠がわかり、結婚が決まりました。(順番が違ってお恥ずかしいんですが)
姉と母に伝えたんですが、このことを、きよこにいつ話そうかという話に。

なんせきよこは若干ボケているので、ものすごい方向に勘違いして突っ走ったり、あることないこと近所の人に話したりする可能性が極めて高いんですね。
(今までも「ゆりちゃん今度○○するんやっけ？」「何それ!?」っていうのもあって)

だから、ちょっと落ち着いて式の日取りが決まってからということになったんですが、きよこは式には来られないとわかりました。
私は車椅子でもどうしても連れていきたかったし、
友達もみんな「きよこに会いたい！」って言ってくれててんけど、(なんで)

ヘルパーさんとも相談した結果、トイレのことにしても、体力的にも、無理やろうと。

なので母からの提案。
母が結婚する時に着たウェディングドレスがまだ押入れにあるから、
それを着て「結婚する」って伝えてあげなさいと。

そこから１～２週間ほど伝えてなかったんですが、そのへんからきよこがまた元気がなくなって「はよ死にたい」「もう死ぬ」ばっかり言うようになり、
母が「あかん！　ゆりちゃん、もう今週末にでもウェディングドレス決行して、ひ孫ができるって教えたらな！」と焦りだしました。（きよこ、これ頻繁に言うけどな。もう死ぬって私が中学時代から言うてたわ）

週末、母が出してきたウェディングドレスは、黄ばみもないめっちゃ綺麗な状態で。
でも、なんで数あるウェディングドレスからこれ選んだん？っていうような
若干民族衣装的な形やった。なんか、サリーを豪華にして白くした感じ。
ベールも普通の布で、ドレスと一体化してんねん。
姉：なんかゆり、捕らわれて今から売られていく娘みたい……
いや、オシャレやし逆にちょっと新しいけどサ！（誰へのフォロー）

その格好できよこの部屋へ。

きよこ：ZZZZZZZZ…
山本：おばあちゃ――ん！
きよこ：……なんや？　え、なんや？
山本：………。
きよこ：あんたどうしたん？

山本：ゆり結婚すんねん。
きよこ：………。
母：ゆりちゃんな、結婚すんねん。子どもも産まれるから楽しみにしとかなあかんよ！
きよこ：へ――――!!　いつやのん。
山本：２月11日。
きよこ：え？
山本：にーがーつー！（指を２にしながら）

きよこ：……２日後か？
山本：どんだけ切羽詰まって伝えんねんそれ。（笑）
にーがーつー！！子どもはろーくーがーつ――!!
きよこ：へ―――！

そこからきよこはいつもの
「あーうれし。あーうれし」
というフレーズとともに、泣きながら抱きついてきました。

きよこ：あんた…よかったなあ～～～～～。（涙）
……………………………………………………………**サラリーマンか？**

そこかい。この偏見の塊よ。

翌日の昼、食事中。

きよこ：昨日な、おばあちゃんに結婚するって言ってきた子、あんた誰か知らんか？

やはりわかってなかった―――！

山本：あ、たぶん私やわ。

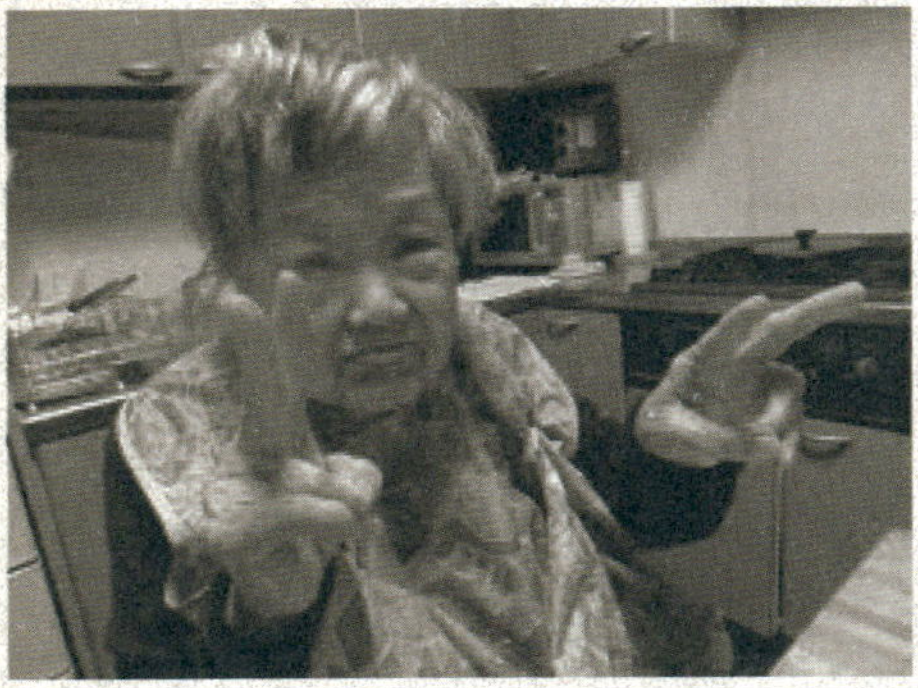

STOP!!こっちから開けないで!!!
※ネタバレになっちゃいます！

きよこ編は巻末からスタート